三晋百部长篇小说文库

科学遴选 权威论证
高峰展示山西长篇小说创作实绩
久经考验 再度锤炼
全面囊括中国当代小说山西经典

张雅茜 / 著

此生只为你

山西出版传媒集团

北岳文艺出版社
BEIYUE LITERATURE AND ART PUBLISHING HOUSE

图书在版编目（CIP）数据

此生只为你/ 张雅茜著. —太原： 北岳文艺出版
社，2018.1
ISBN 978-7-5378-5361-3

Ⅰ.①此… Ⅱ.①张… Ⅲ.①长篇小说—中国—当
代 Ⅳ.①I247.5

中国版本图书馆CIP数据核字（2017）第234601号

书　　名	此生只为你

书　　名　此生只为你
著　　者　张雅茜
责任编辑　陈学清
装帧设计　张永文

出版发行　山西出版传媒集团·北岳文艺出版社
地　　址　山西省太原市并州南路57号
邮　　编　030012
电　　话　0351-5628696（发行部）
　　　　　0351-5628688（总编办）
传　　真　0351-5628680
网　　址　http://www.bywy.com
E－mail　bywycbs@163.com
经 销 商　新华书店
印刷装订　山西万佳印业有限公司

开　　本　710mm ×1000mm　1/16
字　　数　190千字
印　　张　13.25
版　　次　2018年1月第1版
印　　次　2021年1月山西第2次印刷
书　　号　ISBN 978-7-5378-5361-3
定　　价　45.00元

《三晋百部长篇小说文库》组织机构

策划

杜学文　张明旺　王宇鸿　梁宝印

专家审读小组

主任:杨占平

副主任:续小强

成员:吕新　晋原平　张石山　王西兰

毛守仁　王春林　孟绍勇　王保忠

编辑出版办公室

主任:杨占平

副主任:续小强

成 员:古卫红　陈学清　闫珊珊　王保忠　潘培江

序：现代化进程中的山西文学

杜学文

从传统社会向现代社会的转化是人类发展进程中的重大课题。每一个国家、每一个民族都将面对，难以回避。个人，作为社会的组成细胞，也同样如此。这并不以我们自己的意志来转移。综观世界各国，在这种转化的进程中，都有了不同的选择，并表现出各异的特色。但总的来说，还是目前我们称之为"发达国家"的率先实现了现代化。其成功的转化有诸多原因，但从文化的角度来看，与其自然环境的特殊性、农耕文明的不发达，以及突出的个人奋斗精神、重利思想、实用主义等有极大的关系。而目前世界上的欠发达国家或发展中国家，则在向现代化转化的历史进程中，又表现出各自不同的特色。就中国而言，在其漫长的历史进程中，农耕文明得到了充分发展，并达到了最为繁荣的境界。现在的发达国家在转型早期的生存压力等表现得并不明显，从而一种自给自足、自得其乐的生活方式逐渐固化。向现代化转型的原生性动力并不强大。从某种意义来看，中国实际上进入了一种人类最美好的发展境界，那就是，依靠劳动来创造财富，与大自然和谐共处，有剩余的时间来体验人生的乐趣等等。中国从传统社会向现代社会的转化主要靠外部的强力推动。就是说，因为先发国家对财富、权力、欲望的强烈追求，在吸纳了东方文化，其中非常重要的是中国文化之后，骤然表现出突飞猛进的发展状态。其商业首先得到了快速的发展。特别是依靠对海外市场的分割，使过去形成的传统的世界市场在大航海时代变得更加活跃。同时，工业技术得到了快速的进步。人类的新发明成几何级数增长。新技术的出现使社会生产力得到了空前的解放，物质生产表现出前所未有的丰富。而与之相应的是社会制度的进一步变革。一种能够服务新的生产力发展的社会管理系统逐渐建立，并在血与火之中不断完善。在这样的变革转型中，东方古老的中国受到了西方先发国家的强烈冲击。传统的农耕文明与新发的工业文明之间出现了严重了错位，并引发了控制、占有与反控制、反占有的残酷斗争。中国从农耕文明的辉煌顶峰跌落，中国人开始睁开眼睛看世界，并反思自身文明存在的问题。在外力的冲击下，中国不自觉地开始了向现代化转化的历史进程。一代又一代的中国人筚路蓝缕、奉献牺牲，前赴后继、求索奋斗，就是要重新找到国家独立、发展、进步的正确道路，实现民族的复兴。在不同的历史时期，他们承担了不同的历史使命。不同的人们从自己所从事的事业中为这样一个艰难而宏伟的目标做出了自己的贡献。而中国的文学，同样没有疏离民族的历史追求，甚至在许多关键的历史时刻，承担了开启民智、传播思想、激发斗志、重塑文明的历史重任。在这样一个艰难的充满了探索的转型进程中，中国人民表现出了自己最大的智慧与韧性。一直到新中国的建立，才基本形成了主权统一、独立自主的现代国家形态，并以超人的勇气与奋斗精神、惊人的创造力与发展速度迈向现代化。在这样一个伟大的转化进程中，中国虽然经历了失败、屈辱、挫折，但终于创造了他人所没有的成就。而我们的文学，正是这一历史的亲历者、推动者、表现者。就山西文学来说，是中国文学的重要方阵，当然也是这一历史的组成部分。其努力与贡献非常突出。

首先是推动了现代汉语的大众化，为现代汉语从知识阶层走向普通民众，并使二者有机结合做出了积极的贡献。在中国追求现代化的进程中，经历了一个从"器"到"道"的转变。所谓"器"，就是中国人在最初以为是西方发达国家的技术、器物先进，因而倡导"洋务运动"，开办现代工厂，引进西方设施，等等。这些努力从历史发展的必然来看，当然是非常重要的。但是，事实很快证明，仅仅引进西方的先进技术并不能解决问题。之后发生了制度层面的改革，包括推翻清王朝，建立立宪政权，仿效欧美三权分立及选举制度等等。但是，这种形式上的制度变革没有使中国强大起来，反而使中国成了一盘散沙，四分五裂。于是，更多的人开始反思中国的文化。一方面，对中国传统文化中的落后部分进行批判；一方面引进国外的思想如无政府主义、新村主义，包括马克思主义等等。新文化运动成为当时风生水起的社会思潮。从今天来看，其对中国传统文化的批判有许多过激之言。但是如果我们回到具体的历史场景，就会感到这些批判背后所表露的急切心情及历史合理性。在新文化运动中，一个最为突出的问题，也是最为重要的成果就是把中国人使用了数千年的文言文转化为白话文。从文化发展传承的角度来说，以文言文为代表的中国书面语言具有其重要的历史价值、文化价值、文明意义。可以说，文言文的简洁、精炼、典雅，以及其表情达意的丰富性，是世界上任何语言都难以企及的。这也正是其生命力之所在。但是，从历史发展的现实来看，文言文也具有非常严重的局限性，难以适应现代社会的发展要求。首先是缺乏精确性。由于中国传统文化中思维追求整体感、人文感、艺术感，中国的语言缺少对事物的准确表述。这种特点虽然具有非常强烈的人文色彩，以及超越了具体现象的整体感，但是与现代工业技术发展中对事物精确性表达的要求有很大的距离。语言的背后体现的是思维方式。如果语言难以体现精确性要求，人们的思维同样将不能适应时代发展的要求。其次是书面语言与口头语言的分离。虽然任何语言都会表现出书面与口头的差别，也就是说，人们不可能把口头语言照搬为书面语言。但这种差别在汉语中表现得尤为突出。这就是作为书面语言的文言文与口头语言的"白话"之间的区别。这种区别使更多的普通民众与书面书写脱离，对开启民智、提升大众的文化素养产生了障碍。而现代化的实现并不仅仅是少数"文化人"的事，而是全民族的事。因此，语言的变革，使之更能够适应现代化的需要就成为一种时代的必然。20世纪的新文化运动，除了其在价值观方面的追求如"科学""民主"等之外，对语言的解放也是一种非常强烈的期待。一些有识之士率先放弃了对古代汉语的使用，积极采用白话文来构建现代汉语。这其中，出现了许多具有代表性的人物，如鲁迅、胡适等。今天我们仍然能够感受到鲁迅的语言中存留有古代汉语的元素。这是中国语文从古代汉语向现代汉语过渡的典型表现。而胡适等人则努力使自己的书面语言更加通俗化、口语化，也显示出某种过分倾向于白话的特点。另外一些具有欧美留学背景的人则企望借鉴外来语言对中国的语言进行改造，因而出现了许多非常欧化的表达方式。就中国现代汉语的成熟完善来说，这些努力都是非常珍贵的。但是，真正使新生的现代汉语从古代汉语中出走，并吸纳了民间语言的丰富、生动的特质，使之成为一种既有古代汉语的节制、典雅，又有民间口头语言的生动、活泼，从而使现代汉语能够成为一种具有完整的语法体系、鲜活的表现力，以及体现民族语言特色的"现代汉语"形态，则是以赵树理为代表的作家们做出了重要的不可忽略的贡献。

就赵树理个人的创作而言，其早期也是走欧美语法特色浓重的路线。但是当他发现这条路难以被普通民众接受后，其语言表达发生了转化，开始更加注重民族语言与现代性的融合。他的语言生根于中国古代汉语与民间语言的丰厚土壤。在保持语言典雅品格的同时，至少从这样两个方面进行了努力。一是更多地吸收了民间语言的表达方式，使普通民众能够走进这样的语言，使用这样的语言。也正因此，他的语言表现出非常鲜活、生动的状态，使语言的活力大大增强，表现力得到了拓展甚至突破。二是他的语言在规范性方面进行了重大的努力。一方面剔除了民间语言、方言中粗俗的、生僻的元素，使之更加典雅、庄重，另一方面，他保持并强化了以北方方言为主的结构形式，使之在语法形态方面更加完善严谨。所以，今天我们读赵树理的作品，其语言的流畅、生动、鲜活仍然非常突出。可以说，在中国现代汉语出现、发展、完善的进程中，赵树理做出了不可跨越的贡献。当然，这种贡献不可能是他一个人完成的，而是在特定历史条件下，由包括他在内的一大批作家共同努力，并在一代又一代作家的接力中实现的。赵树理丰富了现代汉语的表现力，并使这种获得新生的语言成为广大民众自己的语言。这后一方面的贡献更为重要。因为如果一种新生的语言难以得到民众的认可，其生命力是非常值得怀疑的。可以这样说，如果没有这些作家的努力，中国的现代汉语很可能成为一种"精英"的语言。也就是说，很可能成为一种少数有"文化"的知识分子的语言。这不仅将使语言的普及受到阻碍，也将因为得不到大众的认可而导致中国现代化的迟滞。

山西的作家受赵树理的影响甚深。除了创作理念、题材选择等方面外，在语言的运用上也同样如此。这也就是说，从赵树理以来的几代山西作家不仅坚持了赵树理的创作方向，也共同为中国现代汉语的进一步完善、发展做出了努力。尽管今天我们可以说，这些作家个人的成就不同，在语言表达方面风格各异，但是他们有一个共同的特点，即在坚持语言的民族化方面都进行了非常积极的实践。进入新时期，随着改革开放的不断深化，各种创作观念竞相显现。山西作家虽然与全国的创作相比更多地表现出固守的姿态。但是新的创作手法、元素等也在自觉不自觉地借鉴当中。其中就语言表达的追求而言，大体表现出两种特点。一种是仍然坚持语言表达的民族风格，并随着时代的发展变化使之更加丰富生动起来。他们的语言，不仅缘于题材选择的民间性、地域性，以及人物、故事的原生性，更缘于吸纳了民间语言的鲜活元素，在叙述、描写等诸多方面更多地体现了植根于本土的语言活力。另一种虽然也注重题材的地域性选择，但在语言表达中更多地呈现出一种开放的意识，比较侧重吸纳外来语言中的合理成分。如修辞的繁复，语句的长结构，象征意象的频繁使用等等。虽然这两种追求表现出各自不同的倾向，但他们随着时代的发展而推动现代汉语不断进步的努力是一致的。

需要我们重视的是，山西作家在自己的创作中表现了中国文化的原生态及其变化。这种原生态不是指文化最初形成的形态，而是指数千年来一直呈现出来的未经现代化浸染、改变的文化。从某种意义来看，它已经成为生活在这样的历史环境中每一个人不自觉的潜在意识，并支配着人们的思想与行为。文学的表达虽然是语言与形象的表达。但是隐藏在语言与形象背后的却是生成这种语言与形象的文化。如果一种文学性的描写没有隐晦地展示出某种文化及其价值观，我以为就是一种表面性的甚或肤浅的描写。山西作家在自己的创作中表现出一个非常突出的特点，即对自己生活的土地、家园有一种执着的关注。而就山西这一地域来说，其文化又具有某种典型性。这就是生根于黄土高原的农耕文化。在中国现代化的进程中，一个非常艰难的任务就是要改变这种文化，使之蜕变为一种新的文化：现代化。这一过程是非常艰难的，也是非常痛苦的。数千年的农耕劳作，已经形成了一种自足的完善的文明体系。但是，就在这种文明体系达到顶峰的时刻，我们突然发现她已经不能适应现代化的要求。于是，开始不自觉地改变自己。这一过程伴随着战争、灾难、屈辱、失去国土与家园等等。在经受这种外在考验的同时，还有我们内在的情感、思想、精神等诸多方面的考验。一方面，救亡与重生成为一种时代的必然使命。另一方面，精神与文化的重建、新生也面临着更大的挑战。就前者而言，山西作家的创作并不是真正的重点。而后者却是其在描写社会变革进步中隐藏的中心。山西是中国最早开始工业化、现代化建设的地区。但是我们很少能够看到山西作家所描写的这方面的作品。而曾经作为抗日战争敌后根据地中心的山西，实际上也没有太多的文学作品来表现。反倒是有许多作品在这样的社会背景下来描写当时的人们如何生活，并参与了这一影响世界文明进程的历史。可以说，这些作家们表面上看起来对社会变革更关心。但是一到拿起笔的时候，就情不自禁地流露出他们对于特定文化及其价值观的不自觉的关注。这实际上成就了他们，也局限了他们。如果就当代文学而言，最早的表达在于农民群体的觉醒。他们感受到了时代的变化，并参与、推动了这样的变化。比如小二黑，虽然具有了杀敌英雄的身份，但作家所要说的却是旧的文化观念，以及由此形成的生活方式对人性的伤害——当然是从爱情的角度切入的。作家的贡献不仅在于表现了时代变化中人性尊严的重新确立，更重要的是，作家生动地再现了这种旧的文化制约在人们劳动、生产、生活、情感，以及社会关系诸多方面的表现。也就是说，作家不是把一个关于追求自由恋爱、自主婚姻的故事作为一种孤立的现象展示出来，而是生动地表现了这种文化观念在旧的生活方式中的普遍性，以及其荒谬性。也就是表达了必须改变这种文化观念的必然要求。这当然是非常符合时代需要的，也是中国在现代化进程中必须跨越的。在山西作家的创作中，相当多地表现了劳动者——当然主要是农民，以及农民出身的、具有农耕文化背景的其他身份的人们对劳动的热爱，对土地的执着，对家庭的重视等等。从历史的层面来看，这些内容都构成了农耕文明的重要组成部分，也是这一文明能够发展、生长的原动力。但是从时代的要求来看，这种文化又成为那些最终必然要离开土地，不再是农民的人们内心世界与精神领域的时代痛苦。比如在改革开放之后，工业化的浪潮漫卷一切。在最具现代化特点的大型露天煤矿当工人的吴福却难以适应这种快节奏的标准化的生活方式。他无限怀恋地回到了自己的家乡。但是家乡已经不再是曾经的家乡，吴福也不再是过去的吴福。他身跨两界，无所归依，内心充满了痛苦。这是一种时代转换、文明更替的痛苦，是一种具有重大典型意义的内心再现。而在现代化程度日益加深的历史时期，农村也已不再是传统意义的农村。农民也不再是仅仅从事农业生产的农民。更大的市场与财富吸引了更多的农民，城市成为新的生活中心。虽然从某种意义来看，城市化可以作为现代化程度的一种标志。但是城市化也同时带来了传统文化的消失、传统生活方式的改变，以及传统人际关系的新建。老甘，这个仍然坚守在内心世界的"过去的农村"中的农民，痛苦地怀恋着昔日活色生香的农村及农村的生活。但是，过去的一切似乎已经义无反顾地过去了。他的农村已然不再。如果说这样的农村随着市场化程度的提高有新生的希望的话，也与过去的农村大不一样。老甘的痛苦同样是一种时代的痛苦，是我们在走向现代化进程中不可回避的痛苦。当然，山西的作家也描写了这种进程中人们的希望、新生，以及由此而来的快乐、自信。宋老大进城送公粮时那种发自内心的自豪感、主人感，那种终于直起了腰板的幸福感将永远感动我们。而在首都打工并学会说普通话的小雪也动人地透露出新一代农民美好的未来。

山西的作家们也企图从比较宏大的层面来揭示中国文化的品格，以及由此而反映出来的中国精神。这些描写不在意于对现实生活具体人事的再现，而是企图通过某种具象化的人事具有隐喻意味地表达作家对民族性的理解。他们营造的人物生活环境不太具体，而是具有某种概括性，超越了具体的、实指的时间、空间。其中人物的行为，以及由这种行为所表现出来的文化内涵、价值选择体现出一种超越了具象的恒久性。由此可以使我们领略一种民族的生存状态与价值操守。其中的一部分作品甚至具有进行人生意义、价值意义探求的哲学性努力。这时，作家关注的不再是现实生活中具体的人事，以及其中透露出的社会文化内涵，而是超越其上的价值追寻。在临危受命的戴夫人身上，作者赋予她民族人格最为优秀的内涵。她不仅具有一般人所可能具有的大局观，以及人性的智慧，而且作为生命个体，她具有了一种古人所言的"浩然之气"。她在漫长艰难的商旅途中，没有感受到生命的渺小，而是站在太行山顶吟诵前人的诗篇。她感受到的是生命的博大、伟岸，以及大自然的神奇、浩渺，是一种天人合一、物我两忘的至高境界。这不仅是她个体生命的壮美华章，也是民族文化中价值体系的完美内化。张马丁的遭遇则从另一种角度表现了不同文化短兵相接所引发的一系列事件，以一种宏阔的视野描写了文化境遇背后各异的价值体系之间的交锋、错位、融合。还有许多作品通过对具体人物生命境遇的描写，表现了具有历史意味的在潜意识中特定价值观支配下的民族精神世界。

　　读山西作家的作品，事实上也可以看到中国从农耕文明的顶峰跌落到重新崛起，实现现代化的历史进程。在当代文学中为数不多的抗日战争题材的作品中，我们可以看到以中国北方农民为主的人们如何从屈辱中觉醒、抗争，并取得了历史性意义的胜利。抗日战争的胜利，不仅仅是军事的胜利，而且是中华民族在经历了无数的失败、屈辱之后终于走向独立、自主，重新以一个文明民族的形象自立于世界民族之林的标志；也是中国在经历了种种探索，尝试了不同发展道路之后，终于表现出走向正确发展道路，迈出实质性转型步伐的标志。尽管一直以来我们都有这方面的创作，但是具有宏观性、历史深刻性的作品还不多。新中国的建立是中华民族终于在百余年的努力之后有了自己独立政权的大事，也是中国开始以超人预料的成就向现代化迈进的起点。山西的作家以自己敏锐的笔触描写了这一关键时刻中国普通人内心世界的喜悦、自豪，以及对未来的憧憬。还是在1949年10月1日，诗人高沐鸿就创作了诗歌《这是我们人民自己的胎生》，为新中国的建立而欢歌。之后的一系列文学作品生动地表现了站起来的普通民众内心世界的巨大变化，特别是其人格世界的变化。他们实实在在地感受到了新社会的进步，以及当家做主的自豪。他们不仅在经济上得到了解放，在政治上得到了翻身，而且在精神世界上发生了积极的蜕变。一个新的时代带来了新的发展与进步。也正是这些作品成就了这个新文学史上一个最具典型意义、产生重大影响的文学流派——"山药蛋派"。他们有共同的创作追求，有共同的题材选择，有以赵树理为代表的领军人物。这个流派出现的意义，不仅仅是属于文学的，更是属于中国文化的。他们在尊重并表现中国优秀传统文化价值观的前提下，呈现在这种价值体系影响下中国民众，主要是农民如何生活、生产、思考、发展。读这些作家的作品，不仅使我们能够了解到特定历史时期中国发生的事情，而且将使我们了解中国人是怎样的一种生活方式，中国人在新的历史时期发生了怎样的变化。在20世纪70年代末、80年代初，山西的作家们非常敏锐地感受到时代将要发生的巨变。这种感受不是源于理性的分析研究，而是源于他们对现实生活的关注与热爱，是他们从具体的生活中感受、发现了时代变革的动力。其中有他们对极"左"路线的批判，以及对中国变革发自内心世界的呼唤。这首先是已经成名的一批被称为"老作家"的人们走上了历史的舞台。而另一批将在中国文学园地表现出勃勃生机的作家以自己的敏锐发现了生活的变化。至20世纪80年代中期，以《当代》发表一组山西作家的作品为标志，文学"晋军崛起"成为中国文坛的一个重要事件，引起了广泛关注。这批作家一进入文坛即表现出不俗的活力，显得生龙活虎，风生水起。他们首先成为对极"左"路线的批判者。通过一系列生动的、充满生活意蕴的人物形象来揭示中国曾经走过的弯路，以及即将出现的变革。而后，出现了一系列呼唤改革的优秀作品。一些小说被改编为影视作品，在当时传媒欠发达的条件下产生了极大的轰动效应，甚至有万人空巷之叹。其中的朱克实、李向南、李高成等成为新的历史条件下拨乱反正、推进改革的典型人物。这些作品既是文学的，更是时代的、历史的。它们表达了中国人内心深处希望变革的期待，也呼唤着一个新的历史时期的到来！

中国的改革是中国从传统的农耕文明出走，迈向现代化的重大事件。随着改革开放的不断深化，中国表现出强劲的发展态势。同时，也遇到到了许多需要解决的问题。一方面是现代化程度的不断提高，另一方面是这一进程的艰难演进。一个时期，那种充满浪漫主义色彩的乐观情调被现实生活中的艰难前行所生发的复杂性代替。改革并非一帆风顺，充满了困惑、曲折，有许多困难需要智慧与勇气来克服。这一时期，山西的文学创作沿两条主线展开。一方面是直面现实，表现新的发展时期人民的智慧力量，及时代的进步，如农村改革，国企改革，全球化背景下的商业博弈，以及反腐倡廉、环境保护、民主选举、基层生活、重大事件等等。总的来说，山西文学表现出社会的艰难进步，这种进步首先是积极的、正义的、人民的力量战胜了消极的、不义的、损害人民利益的力量。同时也表现出了中国传统社会在时代的发展进步历程中逐渐变化：如传统农村的式微与新盛；农村人口向城镇的转移；土地的工业化、商业化等等；商品经济的蔓延，城镇化的发展；以及身处其间人们内心世界的彷徨、痛苦、选择；人对土地以及建立其上的生产生活方式的依恋；对改革进程中传统国有企业的情感等等。从这些作品中，我们可以观察、感受到中国正在发生的翻天覆地的变化。另一方面，许多作家企图从超越现实的具有形而上意味的层面来探求中国的民族精神。一些作品甚至具有了某种哲学性品味。他们可能借助于某一历史事件，或者设计一个与现实生活隔离的故事来表现自己理解的民族精神。这一类作品可能表面上与现实生活没有直接的关联，但是对我们认识民族文化、民族品格具有积极的意义。事实上这些作品为我们提供了一种思想文化资源，是对现实生活中剧烈变革引发人的价值观的迷茫进行的某种文化性指引。它不涉及现实问题，不为我们思考感受现实生活提供具体的形象。但是，为我们提供观照现实、解决现实问题的精神力量、价值选择和思想资源。这其中也有一个如何认识人生、如何认识民族、如何面对个人价值的问题。

总之，不论是对现实生活的直接表现，还是以隐晦的笔法对现实生活提供精神资源，都可以看到山西作家对社会生活、人生价值的一种积极的态度。他们试图以自己的描写来表达某种具有积极意义的思想内涵，为今天的人们提供精神力量，以推动中国社会的发展、进步，以及在历史蜕变中人的完善。这些努力也可以视为是在现代化进程中对民族精神的一种回顾与追寻。读山西作家的作品，可以使我们从一个侧面感受到中国走向现代化的历史进程。

山西作家在艺术创造上也进行了积极的努力。就山西文学的当代面貌来看，表现出一种从一元向多样的发展态势。当代山西文学受以赵树理为代表的"山药蛋派"影响甚重。一代一代的作家不仅受到这一流派作家关注现实生活、关注社会民生的创作理念的影响，而且在表现手法上也多承续这一流派。因此，直至改革开放前，山西文学基本呈现出一种"山药蛋派"式的一元状态。但是，进入改革开放的新时期后，这种局面开始发生变化。一些人更注重语言描写、心理表达等等。不同于

"山药蛋派"风格的作品开始大量出现。首先是题材选择表现得更加多样，其次是表现手法更加多样，再次是创作观念也呈现出多样化的格局。山西文学终于形成了从一元走向多样的创作态势。那些坚持以农村为主要创作题材的作家们也积极地吸纳了其他的表现手法，使农村生活的表现领域大大拓展。另一方面，山西也出现了典型的所谓"现代派"小说。心理结构、借鉴侦探小说手法的"悬念"结构、无情节结构、意象结构、寓言式结构等等次第登场，宏大叙事与个人化叙事并存一体。这些作品有的已经产生了比较大的影响。无论如何，他们都是山西作家对文学自身进步的积极探索。

从某种角度来看，山西文学似乎为我们呈现出了中国走向现代化的百年变迁史。这不仅表现在人们广为关注的小说创作之中，同时也更加丰富地表现在文学的其他领域，如诗歌、散文、戏剧，以及逐渐从散文文体中独立出来的报告文学及传记文学之中。当我们追寻这种变迁的历史时，不能割断由山西而表现出来的中国五千年文明史。山西是华夏文明的主要发祥地，从远古以来，这一文明代代相传，承续不绝，其中涌现出众多的仁人贤士。作为个人，他们有自己所处的具体的历史环境、成长条件，对人类文明的进步做出了自己的贡献。但是，作为一种文化现象，他们似乎勾勒出中国文明发展进程的历史脉络。在他们身上体现了中华文明的历史贡献、价值选择，以及思维模式。对他们进行研究，并用传记的方式表现出来，使今天的人们了解并感受他们所具有的闪光的人文价值，不仅对今天的改革发展具有积极的意义，对我们现代化进程中的文明重建同样具有非常重要的意义。这将首先使我们看到历史发展进程中文化的影响力，进而使我们能够进一步确立文化的自信心与自觉性。在这些如星光一般闪烁的先人身上，我们将体会到中华文化的魅力、价值和绵延不绝的生命力。承续山西文学的精神品格，创作出新的能够表现时代精神的优秀作品，是我们这一代人的使命。而对五千年文明发展进程中那些曾经做出突出贡献的英杰才俊进行文学式的描述，也将是我们传承民族精神的一种努力。因此，组织编辑出版山西文学"双百工程"，有着非常积极的现实意义。

这一"工程"包含两个序列三个方面的内容。一是"百部长篇小说"，其中一部分是已经发表出版并产生了较大影响的现当代小说。通过集中编辑出版，可以使我们比较全面地回顾审视山西文学某一方面的成就与贡献。另一部分是新创作的长篇小说。其目的是推动山西长篇小说的不断繁荣。把它们列入这一工程，即是对文学发展的新推动，也可以延续已有的成果，使人们看到山西文学创作的最新成就及更加生动的面貌。二是"百部山西历史文化名人传记"。山西的报告文学近些年来表现出非常活跃的态势。不仅参与创作的作家比较多，出现的作品比较多，而且产生的影响也比较大。其中一些作家应该说是中国报告文学领域的领军人物。同时山西也是华夏文明的重要发祥地，在五千年的文明发展历程中涌现出许许多多的对中华文化发展进步做出重大贡献的英杰先贤。以传记的方式把这些先人在中华文化发展进程中的贡献表现出来，有助于我们重新认识中华文明对人类的重大贡献，有助于我们进一步追寻中华文化的精神、操守、品格，并使我们从先人的风采中找到自己前行的楷模和动力，激励我们推动中国的改革发展进步。所以，这也就成为我们的一种责任。相信通过这一努力，既将促进山西文学的进一步繁荣，也将进一步增强我们的文化责任，重塑我们的文化形象，展示中华民族在漫长发展历程中表现出来的精神力量与智慧，为实现民族复兴的中国梦做出积极的贡献。

世界上最遥远的距离,不是生与死,

而是我就站在你的面前你却不知道我爱你

世界上最遥远的距离,不是我就站在你的面前你却不知道我爱你

而是明明知道彼此相爱却不能在一起　　　　　（泰戈尔）

——摘自《宋梅影日记》

序　曲

　　2008年6月,我在三〇一医院摘去一只乳房。先生接我出院后说,有个地方,非常适合疗养。我曾经在那里临摹过壁画,还有一个朋友叫宋梅影,她就在那里工作。于是,我就告别京城千里迢迢来到纯阳宫博物馆,准备跟在唐代神仙吕洞宾的七十二代孙身后,练习吕祖传下来的养生功"吸吸呼"。

　　"吸吸呼",就是改变传统的呼吸方式,采用两吸一呼,再配合双臂的甩动和两腿的运用,边行走边动作,就把松树柏树叶子中散发出的一种东西,

以超出常人一倍的频率,吸进自己胸腔,然后分布到全身,去击败那些妄图继续扩大地盘的癌细胞。据说这种方法不但简单,而且对恶性肿瘤手术后的治疗,效果显著,尤其适合不愿进行化疗的病人。对于我这个精神已濒临崩溃的女人来说,哪里还有更好的选择?

纯阳宫博物馆,是个道观,在黄河岸边的永乐县城北。除了有宏大的古建筑,有精美的壁画,有出家人来来往往,有花花草草,还有触目可及的百年松柏。简直就是个大氧吧。我一下车就喜欢上它了。我对先生说,奥运会结束你也别接我,我想多住几天。

这一住就是三个月。我除了在松柏夹道的青砖地上,天天练"吸吸呼",还从先生的朋友宋梅影那里得到一个意外收获,这甚至比疗养更让我精神一振。

宋梅影住在纯阳宫后面的小院,独门独户,老库房改造的宿舍,木门木窗,月亮门,还有几畦青菜、两架丝瓜蚕豆、一株杏树。当她坐着轮椅戴着墨镜出现在我面前时,我一时竟不知从何说起。在先生的记忆中,她似乎不是这样。后来我才知道,不久前的一场车祸,使她将终生与轮椅为伴。最残酷的是,她要用墨镜遮挡她失明的双眼。

毋庸置疑,我们成了好朋友。当她得知我是以写小说为生时,半晌沉默无语。然后有一天,她把心完全敞开给我,还有她的电视剧本手稿以及全部日记。

回北京后,我仔细阅读了她所有文字,我看到了一个女人从十四岁开始的爱情历程。简单地说,是她与丈夫、老师以及情人的情感纠葛。复杂点讲,是一个女人自己跟自己的战斗。这战斗长达四十年,一个女人,有几个四十年?

遵照我俩的君子协定,我用第一人称讲述这个故事,但必须是小说而非宋梅影传记,并把她一部分日记公布于众。我希望这个故事会让人喜欢,所以尽量想讲得符合故事要素,但我发现,自己根本无法改变它的本来面目。

第一章　浪漫之旅

多少年后我才明白,我与他唯一相同的是:都是走不出婚姻的人;都把毕生精力用来编织那个茧壳,然后把自己缚进里面。

可那时候,我们都无法看到这一点。我与他深信不疑,我们是世界上最相爱的一对。

——摘自《宋梅影日记》

1　从结束开始

今年春天的某个早晨,电话里洪流老师说:他走了。我后天一早到,去奔丧。声音从省城传来,通过光缆的过滤,仍然没有改变我熟悉的那种冷静、从容、笃定和略显几分磁性的深沉。

我不去。你知道为什么我不去。

去不去你自己考虑。我只是要告诉你,他死了,高扬死了! 一切都结束了。其实你早就该结束这一切,重新开始自己的生活。

我走到书桌前,掀过一页日历。

现在,是2005年,春分刚过,清明未到。我习惯用农历。

窗外似乎起风了,那一树杏花纷纷扬扬跌落在草丛和正在换季的冬青叶子上。青砖小径上的几瓣如同滴在画框外的颜料,隔着纱窗望去,像一幅没完成的水彩。

"小楼一夜听春雨,深巷明朝卖杏花。"纯阳宫没有小楼,只有一座座大殿和精美的元代壁画,还有我培育的杏树和那些蔬菜。今年是否又吃不到杏子了?我宿舍门前这棵杏树,也许,是我哪年站在台阶上吃杏,随手一扔,那核沾了泥土,竟然"无意插柳柳成荫"。

有人说这纯阳宫搬到哪里,就把仙气带到哪里,因为八仙吕洞宾显了灵。所以,每当我遇到什么事情,就会悄悄去吕洞宾祠堂院里,烧一炷香,默默念叨几声,求他保佑我迈过那个坎。像许多宫里宫外的人们一样虔诚。此刻,我却犹豫着,因为我不知道,自己遇到的这个坎,究竟需不需要,抬腿迈过。

我的宿舍,里外两间,是当初搬迁时的库房。土坯墙,木格子窗,青石台阶,长着瓦楞草的屋顶。从月洞门望过去,就是那片荷塘。从我来到这里,多少年里,屋里一椽一檩,院中一草一木,都像是自家东西。昼夜相依,心心相印。谁揪根草叶我都会像扯着自己的皮般,一阵战栗。

杏树不嫁接,就只结小毛杏,又酸又涩,像柿树不嫁接就叫作晚枣树一样。这是父亲曾经告诉我的道理。

我曾问父亲,明明是柿树,果实为什么要叫晚枣。

父亲不会回答我。他只是每年都会折一枝带叶子的晚枣,挂在窑门口让它风干,像那些拔蔓辣椒和霜杀后的桑叶;然后在我扁桃体发炎时让娘摘下几颗,为我泡水。这只是喉咙刚开始疼时有效,肿起来后,就要用刀子去刮柿饼上的霜,然后用剪成斜角的麦秆抄起一点,对着喉咙吹。良药苦口,晚枣和柿霜推翻了这个理论。多少年里,那枝晚枣,都会在每年深秋的风霜里,与白粉莲窗纸和窗格里贴着的大红石榴一起,成为我家窑门一景。那些叫晚枣的小果实,从嫣红变成黑褐,皱巴巴缩一团,此刻才像了一颗颗晒干的枣子,不泡水也甘甜如蜜。从此我格外迷信那些民间秘方,并在一个男人身上屡试不爽,省去他多少医药费。比如喝桑叶水驱心火,用花椒树下的湿泥贴疖腮,还有,熬茄子秆水泡脚上冻疮。他往往会在那一刻,拍拍我的脸颊说,小巫婆,哪儿学来的?这属于民间文化范畴,你在铺着青砖的小巷子长大,它给不了你这些东西。

我笑着,得意自己已经深谙他的嗜好。

但我奇怪自己,怎么从未想过要嫁接这棵杏树,哪怕它永远只结小毛杏。

眼前的茶杯,一改往日使我沉静如水的功能,碧绿的叶片在玻璃后面翩翩起舞,像昨晚刚看过的舞蹈《踏歌》里那些绿衣女子飞扬的裙带,以及水袖。

是的,高扬死了,可那些曾经发生过的事情,曾经像刀子一般,时时刻刻在戳我的心。我与他的一切恩怨,真的结束了吗?不,没有,如果说,我们那叫爱情的话,没有结束。

2　最后一个地窨院

从高扬的葬礼上回来后,洪流老师没有马上回省城,专门来纯阳宫看我,描述他的见闻,感慨万千。我以为他会重新拾起画笔,完成他那幅《捧灵芝玉女图》,但他匆匆走了。他说,这是甘枣村最后一个地窨院,你不去也好。

我当然清楚。那地窨院,三孔窑洞一面坡,住了高家几辈人。院中一株不知年岁的杏树,一到春分,半边枯枝如柴,半边繁花似锦。

其实,甘枣村风水颇佳,不然,唐代秀才吕洞宾,何以六十岁中得举人却弃官不做,要由此登山修炼,以至得道成仙?天朗时,站在每一家崖头,目光眺过转弯东去的黄河,华山北峰就在薄雾缠绕中,"青天削出金芙蓉"。扭回头仰脸,是九峰山,吕洞宾"坐弛"的洞窟赫然在目。苍茫丛林中,一条山道蜿蜒,直抵云深处,每一块青石板上,都留有吕洞宾草鞋的足印。再往上,曾经有过一座道观,叫纯阳上宫,与我就职的纯阳下宫皆属全真教派祖庭。八百多年前,香火旺到"道士近百,钟磬声震群峰"。八百多年后,只留下断碑残垣和大火焚烧的斑斑伤痕。翻过岭去,却叫了五老峰,也是一处道教圣地。红墙碧瓦的建筑耸立峰间。香烟袅袅,氤氲了一山苍郁。九峰、五老均属中条山脉系,中条、华山隔黄河相望,那一年,有诸多的学生在高考答卷中,把"中华"的来源由此搬到中原、关中,甚至冀中平原,全没有得分。正确的答案是:在古河东,今天的凤城市。

这九峰山从西往东数来,第六个褶子,承天地造化,顺山而下一条沟,愈走愈浅。早先沿沟两岸,重叠一排排窑洞,浅处便因地制宜,发明了地窨院。平地掘下去一个方坑,深三丈余,南北阔于东西,四壁凿窑洞,东南角安大门。洞子坡缓缓上去,通到崖上。崖顶下坡处,玉米秸秆围一茅厕,一户人家,就扎下了营。生儿养女,喂猪饲鸡,日出而作,日落而息。有能讲究起的,崖边竖一圈矮墙拦猪拦小儿,墙下嵌两排青瓦。下雨时,天水顺着瓦流到院子里,再流进东北角的水窖,加上冬天铲进去的积雪,一年的吃水就不用舍近求远上崖去村里唯一的井台上,一圈一圈绞五六丈长的皮绳。

地窨院怕涝。有一年连着七天暴雨,像是天河开了口子。水溢出窖进了窑洞,漂起锅碗瓢盆,人畜像被灌的地鼠,纷纷往崖上蹿。过后十来八天的风吹日晒,窑壁上还挂着水珠。褥子被子上的白毛,刷也刷不掉。除了这一点,地窨院冬暖夏凉,造价成本低,是一个时代里农家建筑的首选。再后来,新瓦房拔地而起,成了村里致富的标志,地窨院就理所当然地被淘汰了。

这个地窨院没被填埋掉得益于主人高扬曾经在报纸上电视里呼吁,地窨院是晋南盆地独有的民居,是劳动人民的智慧结晶,是文物,要保护下来供专家研究。并且身体力行,后来放着城市的洋楼不住,专门回老家去住地窨院。那土炕、烧柴火的炉灶和风箱、院子里悠闲的鸡和猪,在报纸的图片里,摇曳生姿,让城里住腻水泥匣子的人们眼睛一亮。一时间,永乐县沿九峰山一带窑洞全挂上"农家乐"旅游景点的牌匾。那些靠土里刨食的庄稼人,在院子里盖起水泥匣子自己住,腾出窑洞给城里人避暑。接着,山里的野菜、沟里的鱼、树上的叶子、乡村妇人用大铁锅熬出的玉米糁子粥、揪的水疙瘩、竹笼屉蒸的菜卷、麦秸火烙出的煎饼、煨出的牛圈馍、苇子叶裹的粽子,就都进了城里人肚子,成为"农家乐"的经典节目。

3 我的"临摹"

我多么想让洪流老师多住几天,看他临摹完那幅《捧灵芝玉女图》,尤其是这个时候,可他赶着回家。他说,李淑平没多少时间了,我要最后陪她一程。不然,即使住在宫里,也无法安心作画。临走前他又用一贯的眼神盯住我说,你,我,我们,都要好好生活。你若是看到最后的高扬,就会彻悟,人生多么短暂。

他详细的描述,使我产生了讲述这场葬礼的欲望。不过,仍然是一幅"临摹"作品,并非原创。

也许没有人知道,我为什么要细细"勾勒线条",要"重彩浓墨",要"沥粉贴金",还要"做旧",像临摹一幅纯阳宫壁画一样,少不了每一道工序。这是我进纯阳宫以后人生的最大转折。也许,是因为我的中学老师洪流,每天爬在大殿地砖上,临摹那幅捧灵芝玉女的不厌其烦,唤起我对那些元代壁画的热情;也许,我骨子里原本就与这个道观有缘,就钟情这些"木骨泥皮"的传统道释画;或者,从十四岁的那个下午,老师用他手中的铅笔,把我的姿势与神态,永远定格在那张十六开的图画纸上时,我就冥冥之中,与绘画结下不解之缘。可惜后来我再也没有见过那幅速写,也许老师早把它丢了。你想,那个年代,经历了那么多事情,谁还能保存一张普通的速写?但是,从洪流老师走进纯阳宫博物馆那一刻,我就一反常态,在大殿里频频出进,并对大殿墙壁上那些人物,迸发出异乎寻常的爱恋。

说到洪流,我以为我已心如止水,不再是那个初中一年级女生,不再是那个校文工团最小的女演员,不再是洪流老师速写中的模特,不再是在心底深处悄悄盼望他能与妻子吵架离婚的傻女生。而他,也不再是每个女生都会暗恋的代政治、美术和音乐课的男老师,那个校团委书记,那个被教导主任捉了奸、以"破坏军婚犯"去服刑的"教师败类"。如今他是省壁画研究所的副所长,是被请来帮助纯阳宫临摹壁画的专家。这些原大临摹品,将拿到海峡对岸去展出,去让更多的人欣赏世界上现存的同时期唯一最大面积、最有价值的壁画珍品。

那个下午,我看着他与十多位画家走进宫门,沿着长长的甬道,一步步走来。长及耳根的头发、一脸络腮胡子、高挺的鼻梁、黑色体恤、牛仔裤，都在夕阳的余晖下泛着一圈金光。与昔日相比，他已是一副艺术家派头。但是，一切变化仍然遮不住我熟悉的那种东西：超过常人一倍的步速，始终挺拔的背。还有，一说话就直视对方眼睛的习惯。这些都使他站在画家群里，仍然夺目。

我站在他面前说，洪流老师。

他看着我，满脸惊喜。宋梅影，我们又见面了，这世界真小啊。

是啊，是真小。接下来，我突然找不到话说。

后来，我才清楚自己想说什么。我想问他，他是否还记得，曾经给我画过一幅速写。速写中的我，梳根长辫子，手中捧本书，坐在他的柳木圈椅上。侧面，低头，十四岁。

馆长在喊他了，他说，回头见。这下可以天天见面了。

天天见面又能怎样？他已不是当初的他，我也不是当初的我，我们会说些什么话题？那些刻骨铭心的记忆，还有后来难以启齿的事情，曾在我心上划下一道裂痕，多少年来不能愈合。我只记得，我悄悄躲在校门墙壁一侧，望着押解洪流老师的吉普车从身边驶过，驶出校门而去，扬起的尘土久久不肯散去。就在前一天的课堂上，他还给我们讲"思想道德修养"，领着我们唱"我们走在大路上，意气风发斗志昂扬"，是谁，让他一夜之间变成一个坏人？

他将在纯阳宫临摹两年壁画，也许更长时间。而我，一颗心被高扬塞得超过了负荷，再也放不进一丁点东西。也许不久，我就将远走高飞，去省城与高扬生活在一起。这世界可真有意思，这位我曾暗恋过的老师，又一次出现在我面前时，我竟然如同一池水扔进一粒石子，一阵涟漪过后，就恢复了原来的平静。在这个夕阳将要隐去的下午，让我怀疑，那座以辛亥革命闻名的老宅子里发生过的一切，是否与我有关？

我怎么也不会想到，未来的两年间，我与高扬之间所发生的一切故事，都与老师有关，都将被他见证。就像多少年前我离开机械厂一样，他站在娘炕前说：你，我，我们，都不能活得太自私。毫不夸张地说，是他这句话，把我从死亡线上拽了回来。

我开始"临摹"。不是壁画，而是，高扬的葬礼。它的原创是，我的老师——画家洪流。

这天，甘枣村的高氏家族出殡。从三天前倒头（咽气）开始，村里人真正见识了啥叫个名气。来吊丧的城里干部络绎不绝，像腊月二十八的集市。村口几家准备盖房的地基，被小车轮子碾得如同场院般光洁硬实。高家一族百十口老小，更是风光无限，一律按辈分披挂起孝服。在世的最高辈三爷爷，亲自坐镇监视总管：一切按老规矩办，容不得半分差错。木子是咱高家的脸面，要让他走得风风光光，排场要压过牛老六。牛老六算个龟？土财主一个。咱木子是团长级，在过去，就是七品县太爷，是要坐轿子的主。

三爷爷喊惯了木子，三爷爷也叫不惯高扬。只听说有官名小名有字有号，哪里冒出个笔名来？牛老六三爷爷也没见过，只听他爷爷说过当年牛家出殡的排场。流水席摆一街三巷，整整七天，四乡八村，谁来都是客。据说光猪肉就拉了十几马车。那两天，整个永乐县都在杀猪，叫声惨烈，吓得小儿彻夜哭啼，到处可见墙上贴着"天黄黄，地黄黄，我家有个夜哭郎，过路行人念一遍，一觉睡到大天光"的黄表。席面是永乐县的最高规格——全坡席，也就是八干八鲜八凉八热八蒸碗八汤品，四十八道菜上齐，要三个时辰。还有，三家戏班子打对台，昼夜笙歌燕舞，余音半月绕梁。现时的人，谁经见过这样的排场？听听都是奢侈呢。

卯时了，唢呐紧着催，亲戚们陆续献祭。跪在灵柩前，抚棺号哭几声，然后穿过窄长的洞子门上崖，围在巷道里一张张圆桌边伸着脖子等。崖顶场院里一排炉灶，挨个儿喷吐火舌，鼓风机呼呼叫，大团的青烟飘散开来，一丛丛酸枣棵子、刚爬起身的一簇簇粉绿白蒿，以及坍塌成豁豁牙牙的崖头墙，都在烟火里恢复了生气，把昔日那几分滋润拼命拿出来，仿佛主人一直就住在这里，从来没有离弃过它们。

红白事服务队的女人们腰系蓝围裙，头戴白帽，在盛放肉菜和馍馍的盆子筛子间穿梭而行。灶头前的掌勺厨师吆喝着，摆满蒸碗的木笼被抬下来，一屉一屉铺排。牛肉丸子、香酥肉、东坡肘子、羊杂碎、粉肠、八宝甜米，还有正在油锅里上下翻腾的鸡们鱼们，红是红白是白，冒着诱人的香气。今个儿是正宗的半坡席，如果有厨子能够做全坡席，三爷爷一定不会允许如此寒碜。

祭桌旁，大竹蒲篮里，放满了刚摆上去又撤下来的大白馍和油旋饼，祭桌一览无余，等着高扬两个闺女婆家献祭的猪头馍。桌前苇席上，跪着他身着重孝的儿子，家织的生白毛边布袍，一缕麻丝系腰间，孝帽的拖带垂在左耳边，遮住了跟他父亲十分相似的脸：两腮无肉，下巴刀削斧砍，两道浓眉如山。

北窑门敞开着，高扬就躺在仓促就成的"屋子"里，双眼被一张白麻纸遮住，看不到这一切。他第一次任人摆布，由不得自己做主。

4　插曲

那一年，高扬把父母相继送到高家祖坟，孝心尽了，就携妻带子，到省城地方戏曲研究所当他的编剧。单位刚换了新领导，要求一律坐班，还要按时签到。不然，月底扣工资。单位刚分下两卧一厅的福利房，妻子让闺女们住沙发，专门给他弄间书房。妻子凤茹说，你不要书房，我就回家住窑洞，跑省城干啥？多半辈子勒紧裤带，不就为个这？我这农不农工不工，真不如在地里干活痛快。高扬妻子农转非后随丈夫到省城，戏研所没法安排，只好自己到服装城租柜台卖服装，正处于适应阶段。赔得一塌糊涂，是几个月以后的事。高扬见妻子要回老家，便把阳台上的书桌和纸箱搬回来，又支一张单人床，兼做两用。

戏研所几位同事，合伙买了两个书柜，去祝贺乔迁之喜。高扬竟然当场掏出钱要给，弄得他们几乎下不了台。出门后，老郑不由提起高扬一桩往事，说一次单位组织看电影，存自行车时高扬发现没带钱，就问同行的他借一毛钱。第二天，他拿着一毛钱到老郑办公室去还，老郑气得翻了脸，认为是对他人格的侮辱。高扬莫名其妙，说，借钱还钱，我做错了吗？值得你这样？你不要才是对我的侮辱。说完把一毛钱扔老郑桌上，拂袖而去。其实同事们都知道这件事,只是不好意思提罢了。只有老郑,念念不忘当初遭受的那种"羞辱"。

高扬曾不止一次对我描述,第一次吃橘子,是单位发的年终福利。整整八斤,摆在桌子上一大堆。他想捎回老家,让黄土埋到脖子根的父母也尝尝这南方水果。谁知跑几趟火车站,也没找下熟人,只好自己吃。先拣破损的,然后眼看着都要坏掉,就赶着全部吃光。当天夜里,酸水一阵一阵上泛,肚子也疼痛起来,折腾一宿未曾合眼。你说发点钱多好,发这种东西,吃了总比坏了扔掉强吧。高扬说。高扬还告诉我,第一次出差去北京,接待方例行公事在北京饭庄请客,面对叫不上名字的满桌佳肴,他抖着筷子,半天不知该伸向哪里。那一刻他满脑子是:一盘糖醋里脊就能换三百多斤盐,够全村人腌一季冬菜。接待方以为菜不对口味,连连换菜,越换他越难以下咽,仿佛他把全村人的幸福都吃掉了。

回来后他郁闷了好长时间,为城里人和农民不同的活法,为那与生俱来的极大反差。这事成为高扬成名后的逸闻趣事,被誉为"坚持草根立场",当初却是一桩大笑话。一位北京知青同事这样评论:要是让他进一下我们大院,见识一下我们父母的生活质量和品位,他这辈子都睡不着呢。光我妈那一件真丝睡衣,就值十多盘糖醋里脊。

当然,这样的话都是背过高扬说的,后来老郑说漏嘴,高扬知道了,气愤地说,他妈是太后老佛爷?不就嫁了个当军官的吗?一个烧火丫头进城才几天,就把根本忘了?你说说,这人和人咋就天地之差?

我不知该怎样劝他消火,因为我也总在问自己:这老天爷肯定经常打盹,才让世间穷的穷死,富的富死。我还认为,老郑是故意说漏嘴,只为报"一毛钱"之仇。

5　最后的富贵

棺材里,高扬睡着金黄软缎褥子(这是过去皇帝的专利),头搁在红顶黑粗布方枕上,枕顶一头绣仙鹤,一头松柏常青。一款银红软缎被盖住褐色团花的寿衣,同样颜色质地的双梁棉鞋,套在脚上,露出半截白棉布袜。他妻子凤茹,完全是按照风俗给丈夫"铺金盖银"。衬衣、夹裙子、小棉袄、大棉袄、外罩、长袍、马褂，一共七件，这是规矩。裹在锦绣绸缎里的高扬，在临行前雍容华贵，像个煤老板。这是他不愿意的。可是没办法，他妻子拗不过三爷四奶奶，在丧事中，他们的话就是圣旨。只有一件他妻子要坚持，就是那顶他戴过的旧呢帽，无沿无舌，若揭了麻纸，最能显示丈夫的文人气质，使他外表没有一丝农家子弟的痕迹。

高扬身体周围塞满他生前穿过的羽绒服牛仔裤羊毛衫皮鞋，还有未写完的那个剧本——半尺厚的一沓方格稿纸，上面印有"地方戏曲研究所"一行红色宋体字。嘴里噙的那枚麻钱，是从窑后悬挂的纺车上卸下的。它可谓劳苦功高，伴着如豆的一星灯焰，熬过数十个春夏秋冬，为全家换来柴米油盐。此刻他噙着它，几分冰冷，几分温暖，妻子的指印紧贴双唇，将伴随他的来生，或者，无数个百年。

那一刻，凤茹盘腿坐在东窑炕上，指挥儿媳，为公公的左手塞上一沓纸钱，右手攥上一个馍。让你爸记着，过奈何桥时有狗追就扔馍，有小鬼拦就撒钱，它们顾着捡钱抢馍馍，你爸就过去了，就不用再回来受苦。做国家公务员的儿媳不明白用意，却懂得默默执行。本来已经准备好的黑纱和白旅游鞋被扔在炕角，穿上临时急就的白粗布毛边孝衣，戴上孝帽，在借来的布鞋上裹一层白粗布，腰间系上麻丝。泪花在她眼角闪烁，却没有大雨滂沱。两天来的许多讲究，箍得她顾不得悲伤，只顾每件事都合乎规矩。

三天来凤茹始终没有眼泪，丈夫病了两年，她偷偷淌了两年泪，此刻即使有也顾不上淌。她手里忙着，心里始终在想一个问题：那就是，没有了丈夫的工资，她今后怎么过日子？全家农转非后，村里收回土地，若不是依着丈夫，家里不必如此操办丧事，在省城殡仪馆开追悼会，火化就是了，省事又省钱。可丈夫留下遗嘱，不回城里，不开追悼会，要土葬。身居省城多年的国家干部不按国家规定，那就不给你开追悼会，这是单位领导的答复。凤茹再三斟酌，还是遵照丈夫遗愿，放弃那个追悼会，把病入膏肓的丈夫从医院拉回家。最初她不明白，丈夫活了六十多年，就有多半时间在为走出乡村，发奋图强，含辛茹苦，头悬梁锥刺股。如今一家子都进了城，都成了吃皇粮的干部，而他死了；死了却要叶落归根，埋到高家祖坟，图个什么？

当地方官员和生前好友潮水般涌来，当花圈挽联摆满崖头村巷，当全村老少用羡慕的眼神看着这一切时，她突然明白了丈夫的良苦用心。

唢呐突然火爆起来，人们向巷口涌去。两个闺女一前一后，身着重孝，脸前眼罩垂悬，由收头的婆家嫂嫂挽扶，长一腔短一腔，一步一步过来。在她们身后，是两位身着重孝的女婿。再后面，是婆家叔叔，各挑一副担子，装猪头馍的红漆木盒和纸扎的彩楼，摇摇摆摆，随着担子起伏。两家送来的乐人班子，一家把乐器抱在怀中，深藏不露；一家是盖着篷布的农用汽车，一身秧歌装束的数十个女子紧随车后，让人们纳闷，不知这二女子婆家葫芦里卖的啥药。

接亲的乐人们缓缓而行，电声吉他早已停止弹奏，唯有唢呐声声。我知道，一定是蒲州梆子曲牌《哭长城》，哀怨、凄婉、悠长，如同坟地刮过一阵冷风。真难为了高扬的闺女，一个干部，一个教师，此刻无师自通，入乡随俗，她们边哭边诉说，层次分明，用词准确，显然经过深思熟虑，不同于乡村女人的东拉西扯，即兴发挥，见景生情。

闺女们跪倒在灵前，夫家人把献祭的猪头馍摆上祭桌，摆成一架馍山。然后，拄着柳木丧棍，开始给站在崖坡前即将上路的纸马烧香。婆婆的叮嘱响在耳边：干部咋啦，教师咋啦？谁不是爹生娘养，破了规矩不是丢你的脸，是扇我这婆婆的耳光！她们跪在纸马前，点燃三炷香插在香炉里，嘴里喃喃道，您吃饱吃好，一口气跑过奈何桥，不要把他老人家扔到半道上。然后，她们又在女人们锥子一般的目光下，一步步走下坡道，跪在灵前，给守灵的那对童男童女烧香。那对纸扎的童男童女，在高扬倒头后被迅速搁在灵前，四奶奶说，贵生、彩萍听着，紧着伺候你老爷，不许偷懒。然后，每一次烧香，闺女们就喊着贵生、彩萍拜托了，记着给爸加顿夜宵，开水泡馍腌韭菜，他写完剧本要吃的。第三次烧香时，大闺女脑子一激灵，突然想到自己班里那个叫彩萍的女生，悄悄告诉妹妹把彩萍换作玉萍。那一对七彩人儿在喊声中，眼珠眨动，手脚活泛，面颊桃红李白，神色欣然。

彩楼摆在崖坡前。大闺女家的三层戏楼，四檐八滴水，大红柱子，金黄流苏,绿色大幕徐徐拉开,三台戏全是高扬生前改编过的传统剧目:《长亭送别》一折里的张生与崔莺莺,《法场盟愿》一折里的窦娥,《哭坟》一折里的周仁,各自拉扯着跪着爬着唱着,惊天地,泣鬼神。

二闺女的两层银色大剧院,蓝色玻璃幕墙,霓虹灯闪烁,现代化的舞台上,演着高扬生前编写的现代剧:《下乡记》《邻里之间》《小康人家》。那挑着担子到乡下看女儿的县委书记,正高唱"翻山越岭乔装行,为探女儿不畏劳辛"。那两个乡村妇人,指着对方大骂"你财迷精你鸡肚肠""你吃了我鸡蛋生疔疮"。那年轻的女村长,满面春色一腔豪情,"为改变家乡穷面貌,我立志不出磨盘乡"。这是我熟悉得不能再熟悉的场景与人物,也是高扬曾经引以为豪的现代剧作品。

我惊叹两个闺女的别出心裁,她们不愧是高扬的后代。在送父亲走的这个日子,联手上演了一场全本戏,一幕一幕,演出父亲一生的功绩。张扬而又含蓄,独特而又不失规矩。没有哪个人的葬礼,给人如此的耳目一新。

6　绝唱

我没有亲眼看见,也明白那是一个绝唱。因为我是那么清醒,高扬最终想要的,是什么东西。

——摘自《宋梅影日记》

封棺的时辰到了。随着总管一声吆喝,高扬妻子凤茹,脚步踉跄,被两位同族的嫂子搀扶到灵前,一把掀去盖在丈夫脸上的分别纸,那声"他爸"刚冒出喉咙口,就被连拉带扯送进东窑炕上。顿时,一声号啕,冲破窑窗的玻璃,像是号令,唤起满院孝子的哭声。唢呐拼了命地吼,仍然遮盖不住"梆梆梆"的钉棺声。木匠一声声喊道:躲钉啊,躲钉!孝子们齐刷刷跟着喊:爸,躲钉啊,爷,躲钉啊!老爷,躲钉啊!

躲钉!躲钉!躲钉!

那喊声如杜鹃啼血,又像哀猿鸣叫。声声凄厉,声声断肠。这是洪流老师的叙述,我没有改动。

七根穿过白布小人腿间的新铁钉，寒光烁烁，被一锤一锤砸在木板上，严丝合缝地封住棺材。那小布人儿两手捧着红布做成的一本本书，躺在棺材一周。三个头朝里的是高扬儿媳所缝，四个头朝外的是两个女儿的手工。从来不捉针线的她们似乎在一夜之间精通了女红，那是与生俱来的本能。

似乎在刹那间，梆梆梆的钉棺声停止，紧随着一声"起灵"，孝妇们被主事人引着，一路号啕，急速往上走，在崖头跪成两排。高扬儿子背负一根纤绳，牵引着灵柩起身，十岁和八岁的两个嫡亲孙子，拽着麻绳紧跟在他们父亲身后。灵柩被二十四个大汉抬起，从窄长的坡道艰难地往崖上涌。

凤茹从未违背过丈夫每一个意愿，唯独这次，她做不了主，由着三爷爷逼着儿子掏出钱包，把这副四独棺材抬回家。三爷爷教训道：不就两万块钱吗？没有你爸，哪有你今天？你爸当年为全家脱贫，贷款种核桃树，赔个一干二净。偷偷卖血给你交学费，你才能成为高家门里第一个大学生，你才能月月领公家的票子。一副棺材，哪里就穷了你？

刷过七遍清油的柏木棺材，此刻如同钻出乌云的月亮，照亮所有老人脸上的沟壑，既而感叹不尽：你看看这板材，五寸厚，敲着钢钢的，土能搿得掉？这雕工，这贴花，这松树叶子，这仙鹤毛，刀刀都是真功夫哇。不枉人世走一遭哇，我要有这样一副棺材，别说癌症，断胳膊断腿烂肚子烂肠子也心甘情愿！

高扬在族里辈分不低，孝子队伍排开一里长。腰间麻丝上拴红布条的、黄布条的，还有披马甲的，该称呼他老爷、老老爷。本来乡村丧事只拉扯到五服内，可对高扬例外，七服、八服的都来了。送埋的女人里，那些没掉一滴泪干号的年轻媳妇，怕是连高扬面都没见过，纯粹是来瞧稀罕。这高家可真厉害啊，瞧瞧这送葬队伍，县长死了也比不上。以前没见过，以后也不定见得着。

像高扬未写完的那个剧本。

像最后那座地窨院。

绝唱。

路祭桌前,黑色横联下,跑腿的从礼房拿来一条红河烟,摆在乐队前的凳子上。三爷爷坐一把太师椅,捋着胡子说,《诸葛亮吊孝》。鼓板哒哒哒一阵紧敲,锣声咣咣响起,板胡师傅脑袋一斜,肩膀一歪,半闭双目,胳膊紧拉慢送地就开了戏。队伍后面的年轻媳妇们,早把眼罩(遮盖在脸前的麻纱)撩在头上,拍打着膝盖上的土,挤到前面来看戏。

有人问:咋不唱个《梁秋燕》? 前儿后巷里埋民他妈,请来的班子尽唱新戏,演梁秋燕的是个娃子旦(男旦),手提竹篮,那叫扭得个欢,那眼神比女娃子的还招人。还演《拾玉镯》里的媒婆,二尺长的大烟袋,尻子扭到哪哪拍巴掌,那个热闹才叫好看哩。

你懂个屁! 四奶奶回头骂。后巷里民他妈活了九十一,活得狗都不待见了,是喜丧。海他爸才六十出头,你点一出试试,不把你轰出去才怪。见那媳妇撇撇嘴,又絮叨,我知道你是前巷老五家孙媳妇。不知者不为怪。你学着点,就是在药厂吃公家饭,赶明儿你公婆到了这一天,你也逃不出这些规矩。错走一步,把你八辈子人都丢尽了,你再回村能抬起头,咋见人?

戏还在唱。跪在队首的儿媳妇腿麻了,索性坐在地上,马上就被收头的婆家嫂子,扶起端端跪好。突然,大闺女号啕起来,她婆家送的戏开演了。一位身着重孝的女子,跌跌撞撞,穿过人墙,大喊一声"我的爹呀"就对着棺材扑了上去。这是演的《大哭灵》,是乡村时尚。只见她高一声低一声,长一声短一声,诉说起高扬一生的功劳。她扮演着棺中人的闺女,表演着丧父之痛,那一连串的蒲州梆子滚白是高扬最喜欢听的。她唱得太多了,但有几句,高扬若棺中有灵,一定不会漏掉:狠心的爹你咋就扔下我们不管了你是被那些剧本累病的我的爹你总说我们不喜欢戏曲我知道自己错了从今后我每天夜里就放那些碟就唱那几出戏你放心走吧我的爹我苦命的爹舍不下的爹呀……看热闹的女人们抹着眼泪,四奶奶看看左右,说,借着灵堂哭恓惶,也得哭不是? 接着长嚎一声,我的,我呀——呜呼呼……

二闺女突然号啕一声,农用汽车上的绿色篷布唰地掀开,身着秧歌服的女子们,兔子一般跳上车,站在一面面大鼓前。只听嗒嗒嗒三声响,鼓槌上下翻飞,仿佛刹那间响起一阵惊雷,轰隆隆来了,又轰隆隆去了。这是绛州鼓乐《秦王点兵》,是唐曲《秦王破阵乐》里一段华彩,是走出过国门的演出节目,也是高扬最喜欢的传统鼓乐。真是知父莫若女啊,若是我能为棺中人请一班响器,怕也想不出此等绝招。

高扬曾对我讲过,说当年刘武周攻陷河东时,秦王李世民请缨从龙门关渡河屯兵柏壁城,先破敌于闻喜、粮川、崔鼠谷,决战介州城,击败敌军主力,收复了河东的并、汾诸州。我们曾在那个小城唯一的植物园一角,相偎在紫藤架下,一边诉说彼此的想念,一边想象皇帝李世民的国宴。想象宴中演奏《秦王破阵乐》的宏大场面,想象舞伎们"左圆右方,先编后舞,鱼丽鹅鹤,箕张翼舒,交错屈伸,首尾回应,像战阵之形"的婆娑舞姿,想象身披银甲、手持铁戟、相互击刺、杀声震天的英俊舞士。此刻,女鼓手们在汽车上手脚难以施展,队形无法变幻,但那鼓声,震得人们瞪大眼睛,张开嘴巴,声音卡在喉咙口。就是三爷爷,也忘了这鼓乐是否会惊动棺中人,是否合乎丧事的规矩。

路祭前的戏,终于鼓息弦止,又一声吆喝,棺材被重新抬起。人们纷纷闪开一条道。最前面飘扬着一对白旗,左面的执旗手挎一竹篮,边走边从篮内取出鞭炮点燃。紧跟着是香幡、纸幡、花幡、钱幡、元宝幡、金山、银山、金斗、银斗、聚宝盆、摇钱树、四抬大轿、马车,接着是小轿车、电视机、洗衣机、冰箱、手机、电脑。最后是司机和警卫,身着警服头戴大檐帽、戴白手套的手上提着警棍,站在一辆敞篷汽车上。这纸活手艺高啊,活灵活现。高扬困窘了一辈子,换来如此的富贵荣华,还缺什么?

孝子队伍已不再是关注的焦点,人们纷纷跟着三班乐队跑,对台戏开始了。高扬儿子请来的班子似乎被两个妹妹婆家的盖了一筹,此刻亮出"秘密武器"。只见突然冒出一唢呐手,仰头朝天,鼻腔里各插一支,嘴巴上插三支,五支唢呐同时奏响,曲子是《百鸟朝凤》。人群呼啦啦涌去,箍桶一般围得水泄不通。

我不知道高扬儿子如何找到这个唢呐艺人来演绝活。他发如雪眉似剑,腰板佝偻得如张弓,两腿似乎一短一长,行走在柏油铺就的巷道里,仍然左摇右摆。但从那五支喇叭里冲出的声音，却忽儿如鸟鸣，忽儿似溪水，忽儿激扬酣畅，忽儿低回婉转，让人心也不由得忽儿松忽儿紧。年轻媳妇们不知道这是什么，却也听出这是前所未有的好。婆婆们泪花闪闪，当年做新娘子时，哪个没有伴着这曲调，被迎进新房迎上炕，风光得像皇后娘娘？

这才是今日的高潮。今日的压轴戏。那唢呐艺人是民间的角儿、腕儿，这出绝活是高扬儿子孝顺父亲的。写了一辈子戏的高扬，此刻一定听得心潮澎湃激情满怀。人生在世，风光到如此程度的，又有几人？

远远的，墓地撞入视线，是高家祖坟。已没有柏树苍郁坟头林立，经历过平坟运动后的坟场，只保留到高扬祖父母一代。四座老坟左边，一圈新土下将是高扬的归宿。旁边那块空地，是为他妻子留的，她百年之后，将去与丈夫团聚。他们仍是一对夫妻，继续恩爱在另一个世界。

洪流老师说，最后一次探视，高扬坦然从容，倒让人意外。

高扬坐在窑洞炕头，笑道：不就是癌吗？不就是个死吗？

朋友们顿然松口气，放下那些营养品，话题转向奥运会。

高扬说，他张艺谋，不知弄些啥糊弄洋鬼子？我是看不上了。

老郑顿了一下，笑道，你不去看，张艺谋会失望的，哪里找你这样的"粉丝"？

高扬决然拔掉输液针头，回到生他的窑洞炕上，等待最后时刻。然后，埋在土里。我却深知，高扬在棺中，日复一日牵挂的必是地窨院东窑炕上悲痛欲绝的女人，他的结发妻——凤茹。

我不想再"临摹"那暖墓、下棺、封墓、堆坟这一系列程序，不想"临摹"那最后的时刻，但我知道，新土堆起时，所有的孝子们将列队绕坟缓行，然后离去。两个闺女将三步一跪，一跪一叩头，直到挂着父亲遗像的灵前。

高扬儿子走在最后，提一水壶，边走边洒着"引魂汤"，要把父亲的魂灵招回家。七七四十九天后，魂灵才能真正离开俗世，去到阴曹地府或者九天仙境。

儿子是香火，是血脉继承者，是子孙繁衍，是家族兴旺。所以，他做的这些事无人替代。在这块土地上，家家如此，世世代代如此。当然，高扬也如此。

7　我想对你说

所有的喧嚣去了，墓地一片沉寂。有细雨扑簌洒下，滴在新土上，打得纸钱和元宝湿淋淋紧贴坟堆。

"有钱难买雨打坟"，这是吉兆。我懂。

你终于得到了想要的"盖棺论定"：好儿子，好丈夫，好父亲。

"此去泉台仍做半村半郭事，轮回尘世甘为可耕可读人。"

人们都在称赞它贴切。人们哪里知晓，这幅悬挂在你灵前的丧联，是二十年前我们的一次玩笑话？

那次我偷偷跑去东院看你，你深锁眉山，把刚领到的年终救济款——二百元钱——在掌中拍得啪啪响，喊道：看见了吗？在单位人眼里，我就是个农民，永远脱不了贫的农民。

我给自己倒杯凉白开，一饮而尽。大家也是一片好心嘛，知道你上有八十老父母，三个孩子正念大学。二百块也是钱，能买好多东西呢。我整日守着这些坛坛罐罐，扫三十天院子，连补助加上一百块也不到呢。

你愤愤，脚跺得窑洞嗡嗡响：这关别人啥事？堂堂一家之主就缺这二百块钱？年年救济给我，我这脸皮都让他们揭光了。就连戏研所下乡租房子，也给我租这破窑洞。还美其名曰体验生活，这样的生活我早过够了，用得着体验吗？

你不是喜欢住窑洞吗？你不是说每年都要回村去住几天窑洞吗？

此窑洞非彼窑洞，你懂啥！

我承认自己不懂。我也不明白省地方戏曲研究所为什么舍近求远，来这纯阳宫下乡体验生活，莫非单为了那个电视剧本《何仙姑传奇》？而你自始至终，对那个选题不屑一顾。你认为拉出数百年前的传说人物，再捏几个追逐不懈的男人，瞎编乱造，去博得观众一笑，去解救地方戏曲研究所的经济危机，本来就是滑天下之大稽。何况，纯阳宫博物馆经费有限，哪里拿得出几十万拍摄资金？

你的吼声低下来。揭就揭，不就说我是农民吗？我就做一辈子农民。我下辈子，下下辈子还做农民！若去泉台仍做半村半郭事，轮回尘世甘为可耕可读人。

我惊讶你，脱口而出，句句中肯。那一刻，我眼中的你才气横溢，抵过所有男人。瘦削的身材，下巴如刀削斧砍，眉宇间几丝忧郁，像《火焰驹》里家道沦落沿街卖水的李彦贵，从一出场便预示着，日后重显富贵的必然。哪里会想到，这会成为你的谶语？不知那个"若"改为"此"，是你临终前的手笔，还是别人？

此刻，一切都成为历史。人生如戏，不同的是无法由自己设计结尾。

或喜或悲。或平淡如水。或惊天动地。

属于你的那幕戏结束了，红色帷幕仓促垂下。我看到电工手指一摁，幕帘徐徐，一点点遮住灯光下的背景。遮住，那些道具。

音乐轰然而起。《难忘今宵》或者《今夜无人入睡》，甚至《一路平安》。

空荡荡的台下站着我一人。我知道，你最想听一曲蒲州梆子曲牌《大登殿》或者《将军令》，还有《满眼地莉花》，唢呐的所有孔被堵住，仰天齐奏。

你再也没有机会，对我说，"对不起"。

我知道，你多么想对我说，"对不起"。

可我，就是没有让你的愿望实现。临终也没有。我多么聪明而又无情无义。

你临走都背负着那个十字架，在天堂里重如九峰山。压着你的腰，你的背，你的四肢，你胸腔里那颗曾经勃勃不甘忽儿急速忽儿平缓的机器。

在你弃我而去的日日夜夜，我曾经让仇恨蓄满每一根毛细血管，它们烧得我浑身疮痍，满目焦黑。

我庆幸。我释然。你把仇恨带走了。我又还原成我自己。

最后一个地窨院中，那棵老杏树，繁花似锦的半边一夜之间落红满地。

8　插曲2

有一年，那树上只结着一枚杏子。

一个男人,每天望着它,看着它由指甲盖般一点点变得像母鸡下的第一个蛋,青中发白。他手中拎着竹棍,守在树下,怕它被老鸦叼了去。

终于有一天,它变得金黄金黄,五月的麦子一般,香气扑鼻。

他用一方粗布手巾裹好,系在胸前纽扣上。这样,杏子就不会被挤烂。他就那样骑着车子不管不顾闺女的目光,不管不顾妻子的质问,不管不顾栽下那棵杏树的老父亲。那枚小东西,在他胸前,香气扑鼻。让他想起曾坐在车梁上——他怀中的女人。他一边蹬,一边低头深吸,蹬了四十里路,深吸了四十里路,进了纯阳宫。

他站在那个女人面前,解下纽扣上的粗布手巾,捧着,献给她,郑重如捧着一枚订婚戒指。他说,前天我就假满了,可它还有半边脸发青。老天有眼,给了它两天太阳,就黄了,不酸。

那一刻,女人捧它在掌中,泪飞如雨。

9 桃园

我算着这天是高扬"头七"。

黄昏时分,我站在纯阳宫门前的旧城墙上,似乎看到那个地窖院,崖头上,黑色纸灰如蝴蝶翩翩。有哭声穿过洞子坡,隐隐约约,如二胡的弦声。

我朝着那个方向,用亡人喜欢的方式,祭奠亡人。

> 姓陶居住桃花村,
> 茅屋草舍在桃林,
> 桃天虚度访春讯,
> 谁向桃园来问津。

我听到自己的歌喉婉转如黄莺,"哪咿呀啊"的拖腔重复又重复,像西方歌剧的咏叹调。我看到陶小春倚柴扉,眺望桃林小径的期盼眼神。看到她失落而哀怨,柔媚的无奈转身。看到她关门那一刻,迟疑而又不甘的双腿与裙裾。

《借水》这出碗碗腔看家剧目,高扬曾经想移植过来,用蒲州梆子唱,可我觉得他怎么改也无法保留原有的韵味。蒲州梆子腔太硬,锣鼓声太闹,不适合演这出柔情似水、浪漫如花的爱情戏。陶小春这四句唱腔,实有家庭姓名、经济情况,虚具诗情画意、情绪意境,早已是《金碗钗》全本戏的华彩,仿佛是先有了这四句唱腔,才有了整出戏。像美国总统不看秦始皇兵马俑就没有到过中国一样,若换蒲州梆子,用"三倒腔"太悲,与怀春女子心绪大相径庭,用"二性"太平,不足以表现少女陶小春那一腔无以诉说的幽怨。

高扬说,一个汴梁的书生崔护,酒后撞入桃园,一首诗,就让后代演绎出经典剧目,如此的典雅精致,多少年不衰。我若能写出这样的戏,此生足矣。说着他问我,你背得下来吗?

> 去年今日此门中,
> 人面桃花相映红,
> 人面不知何处去,
> 桃花依旧笑春风。

我用地道的碗碗腔道白吟诵。先是书生崔护,边吟边在柴扉上疾书,怅然而去;后是相思女子陶小春,扫墓归来错过了面见情人的机会,字字泣血字字泪,悔恨万分。陶小春最后那一腔,让我拖得悠长,韵味十足;拖得哀怨,泪眼盈眶。我看到高扬眼睛一亮,定定地盯住我。那一眼,让我顿时又乱了方寸。

我怎么会忘记这首诗呢?它是我与高扬的"红娘"。

那是个大雪天的黎明。纯阳宫还没有苏醒,我到西院去打扫。从我进纯阳宫博物馆当保管员开始,我就得天天扫这个院子。馆长谆谆教导我,知道为什么要保护纯阳宫吗?因为那些元代壁画太有价值,要不,早淹在黄河底了,怎么会耗费人力财力把它搬迁至此?那可是世界级的艺术宝藏啊。周总理说了话的。当初搬迁时那些图片就保存在这只木箱里,不能让它们受潮，被老鼠咬了，更不能让别人偷了去。还有那个鸱吻，别看少了半边，那可是元代的东西，重建时没有装上去。你别小看仓库里这些烂东西，随手摸一件，送到文物贩子手中，也比你卖的人民币多得多。

馆长的职业病并没有使我讨厌，讨厌他是后来发生的一连串的故事中他的态度，让我反感。那一刻他的喋喋不休，让我肃然起敬。

西院曾经是搬迁办公室所在地，青砖墁地，一排坐北朝南的窑洞做客房，有插檐遮廊。西、南厢房是库房，东厢房两边分别是馆长和职工办公室，中间月洞门通院外。檐前一株老银杏，是从老纯阳宫搬来的。几株女贞，一丛牡丹圈在院中花坛里，四架紫藤罩住东西南北四条小径，余下空间栽满蔷薇。

大雪给整个建筑群换了新妆，我像穿行在玉宇琼楼中，脚步飘然。那些野鸽子，在檐角穿梭一般，时不时撞上驿铃，荡起的铃声就如同湖中涟漪，一波又一波。甬道两旁松柏，素白中仍把几丝苍绿、铁般的树干——它的本色——透露给我。沿红墙外依次走过四座大殿，拐进月洞门，我眼前一亮：西院的路爽洁干净，雪堆在那些树根和枯萎的花丛下，如同一个个小雪人在对我嬉笑。我想太阳真是出错了方向，有谁会如此怜惜我这个临时工？我抱起扫帚往西北角月洞门去扫隐藏在竹林里的后院和厕所，边扫边唱：姓陶居住桃花村，茅屋草舍在桃林……

好！一声断喝，吓回了我的兴致，几天前来纯阳宫东院开研讨会的高扬编剧从窑洞中间的小径上过来，倚在月洞门侧，定定盯着我。从前天开会起，从我站在他面前那一刻，我就隐隐感觉到我们之间将发生一些故事。什么时候我说不准。那天下午我被抽借到会议上当服务员，为那些文化名人们端茶送水。最丢人的是，我走到正要发言的高扬编剧面前时，鬼使神差地抬了一下头，看了他的眼睛，接着茶杯就碰在他翻开的笔记本一角，然后，茶水淹了他写的那些字。

继续唱。高扬编剧说。你害羞了。害羞才是怀春女子，是欲说还休，是犹抱琵琶。这含蓄才是艺术的真谛，少了含蓄，戏就像一碗凉水。这汴梁书生崔护与陶小春，唱一折《借水》成了姻缘，我俩唱一出《弄雪》，这是不是缘分啊？他盯着我，目光中的含义清白分明，咄咄逼人。

不是"弄雪"是"扫雪"，我慌忙岔开话题，想匆匆离去。我已知他扫雪的目的。就是不下雪，也会有其他借口，比如帮我扫树叶，比如打水。他的眼睛告诉我，这是个必然结果。我隐约感觉到的故事就这样悄然降临。

你不懂，一个"弄"字比"扫"字好了多少。几天后他又在我扫院子时，站在我面前。你听过"僧敲月下门"的故事吗？他望着我又说。我觉得他太小看我了，小学三年级，我就给同学讲这个故事。可不知为什么那一刻，我摇摇头，我不知道自己是真傻还是有意装傻。

不怕，以后我慢慢教你，你如此聪明，能把陶小春唱出味道的梨园女子也不多呢，何况你这票友。接着，他又滔滔不绝，讲什么叫梨园，为啥叫票友，讲蒲州梆子的起源，以及为什么会在京城红极一时又迅速衰落。

后来，我一点点体会着他教我的许多东西，比如读书，比如写作，比如做爱，比如，"爱"与"恨"，远比那个"弄"字要复杂百倍。

10　浪漫之旅

我若是知道，我们踏上南下列车那一刻，就是分手的开始，我会放弃那次出行。可那时候我却认为，他带我同行，只有一个理由，那就是：爱。

——摘自《宋梅影日记》

去广州的火车拥挤不堪，我们铺两张报纸坐在过道里，背靠背，吃我从家里带来的馍夹菜。馍是自己蒸的，没有放碱。此去广州火车要坐三天两夜，越往南走越热，用碱蒸的馍两天就扯丝长毛。菜是我特意用芝麻油拌的芥菜，装在玻璃罐头瓶里，呛了干辣椒，红绿相间，小静物一般惹人爱怜。

与高扬一起出行，是要去珠影厂找那位大名鼎鼎的导演，一是看电视剧本《何仙姑传奇》大纲，二是让导演看他的电影剧本《一生一世》。如果导演认可这个大纲，能够拍摄，我就有资本借此离开那些散发着古墓气息，永远也没有机会去展览上露脸的坛坛罐罐,调进文化馆戏剧创作组。

小推车过来了,我站起,把拿馍夹菜的那只手扭向一侧。米饭雪白,青椒肉丝红绿分明,香气扑鼻。头戴白帽的列车员从胸前口袋摸出一双一次性木筷,看高扬一眼,说,中国三明治嘛。然后,把一盒盒饭卖给旅客。那收钱找零的吆喝,抑扬顿挫,理直气壮。有目光转向我们手中的食物,我明白那些目光中的含义。一盒饭不过三块钱,可高扬临走前就和我有君子协定,吃馍夹菜。

好几次,我把三块钱攥在手心,多么想买一盒盖浇米饭,面对众多的目光,我羞于打开装咸菜的罐头瓶,羞于取出布袋里已经发硬的馍馍,羞于用"中国三明治"去掩盖我们的小气。可一看高扬,脸上乌云密布,便立即打消念头,为自己的庸俗羞愧。

高扬对列车员说,你不尝尝?管保比你那米饭下口利。说着咬一大口,一把夺过我手中套了塑料网的玻璃罐头瓶,咕咚咕咚灌。这一灌,把周围那些目光都灌回去了。高扬喜欢用"下口"这样的俗语,还加上形容词"利",其实我知道,没有水灌,馍馍会噎在嗓子眼,哪里"利"得了?

高扬说,如果我的本子通过了,开机那天,我请你去吃一次洋三明治。我们都不知道什么叫三明治,只知道那肯定是外国货,是常人吃不着的美味。吃三明治是要喝饮料,或者牛奶,而非白开水。后来才知道,不过是面包里夹几块香肠、一片生菜叶子,或者沙拉果酱。还有我们从没见过的什么黄油。

高扬的电影剧本《一生一世》,整个戏就两个人物,一男一女。他问我,你看过电影《两个人的车站》吗?苏联的,我这个拍出来不比它差,就看导演识不识货。

我仔细读了,剧中的女主角上山打柴,下地干活,回家做饭,喂猪喂鸡,除了没被人卖,像鲁迅笔下的祥林嫂。男主角除了辛勤劳动,就是发泄一肚子怨气。只不过没有祥林那样短命,后来通过发奋,成了吃皇粮的公家人。

不瞒你说,这是献给我妻子的,写了五年。你不要嫉妒,如果能拍,就了了我一桩心事,今生就不欠她了。一个农村妇女,能进电影,是多大荣耀!我给你说过,我调进戏研所后,这一家老小全靠她。说这话时我们已在珠江电影制片厂招待所住下,说完高扬吻住我,似乎想弥补现在才让我知道原因的歉疚。

她回来了。我借机推开他,门外传来脚步声,与我同住的杭州女子试完镜进了屋。见我们坐在我住的单人床上,就到自己床前拿了点东西装进书包,笑着说,你们坐,今天导演请我出去吃饭。

南方女子就是名不虚传。水淋淋的,像莲藕,像鱼,像台上的花旦。北方女子哪里有这风韵?再美,也是干燥的,像沙漠里的仙人掌。若上舞台,只能扮个偷情的寡妇。高扬盯着她的背影,那女子,两条辫子摆动在大腿下,腰肢袅娜,脖颈长如鹅颈,连我也愿意多看她几眼。高扬把头扭回,想继续他的"功课"。

我推开他,没好气地说,那你怎么不找个南方女子?

我知道你毛病在哪里,你呀你,不过是剧本吗,一拍就成了电影,艺术作品都是虚构的,值得当真吗?没文化。

一句没文化,噎得我再也张不开口。可我就是从剧本里体味出高扬对妻子的感情,一往情深,相濡以沫,跟他平日说的"没有共同语言"完全是两码事。难怪叫《一生一世》。

高扬说,我就想拿这个剧本打天下,往电影界发展。现代戏剧本已没有剧团愿意排演。恢复了传统剧目后,舞台上天天是"相公招姑娘,奸臣害忠良",一出《秦香莲》久演不衰,奇怪了,人们看包公不畏权势,铡了负心男子陈世美,怎么就不厌倦?

高扬又说,你不懂,要想在戏研所有立足之地,非得有惊世之作。还有,马上要评职称,我一没学历,二没资历,再没有作品,就彻底没戏了。你想想那是什么结果?我成了废物,还有什么脸在戏研所领那几张人民币?

知道高扬历史的人都曾经羡慕他,当年,一出小戏《下乡记》在省报刊登,被一家文工团排了参加现代戏调演,获得一等奖,一夜之间成名。刚好省里成立地方戏曲研究所,就被那位一生酷爱地方戏曲的老所长调进去,从一个民办教师一步登天,进了省府机关。从此,高木子变成高扬,成为所有想跃出"农门"青年的样板。

我不敢有过多奢望,我只想把《何仙姑传奇》作为一块跳板,跳出那个窒息人的库房,去做我喜欢做的事情。可高扬对《何仙姑传奇》压根不感兴趣,他说试试吧,导演若对大纲不看好,我也没办法。

那一刻他搂着我,紧紧的,让我体会到一个男子的激情。我不再发小脾气,他也不容易。刚刚经历了那一幕,就敢带我同行,需要多大勇气?我相信他的话,为自己的小心眼惭愧。要不,他为什么不带着妻子而带我?

咱们这叫爱情,我们那叫过日子。夫妻是睡觉,咱们是做爱,懂吗?亲爱的。他每一次都会这样说。

我深信不疑。

11 爱的专用语

高扬经常说"下口利",却愿意用"做爱""亲爱的"——这在小说中才能看到的词,比我听惯的"睡一觉""媳妇子"不知要文明多少。它使我脸红心跳,柔情满怀。"做爱",使得两个人在黑暗中的行为有了浪漫,多了情调;"亲爱的"使得一对男女不再只是完成传宗接代,而是在享受彼此。有了爱,才能做,而"做"是酝酿,是未雨绸缪,是挑逗,是撩拨,是爱的前奏。没有这些,也就没有了"爱"。这是我以后逐渐明白的道理。可那时候,我像个雏儿,生有两个孩子的我在性事方面,完全像个不及格小学生。

记得我刚为人妇时,在地里摘棉花。妇女主任问我,睡觉是啥滋味,你说。她看着我微微隆起的小腹笑着,意味深长。

我莫名其妙,睡着了能知道啥滋味?

女人们哄堂大笑。

莲子说,像吃红薯,又甜又腻。

玉子喊,像烧玉米棒子,一粒一粒嚼才香。

妇女主任一本正经地说,不对,红薯吃多了烧心,玉米棒子吃多了吐酸水。像吃点心。

大家不吭声了，埋头摘棉花。点心是多奢侈的东西，除了妇女主任丈夫在北京当兵，回家探亲时带过点心，大家谁吃过？肯定是比甜比香比腻还要好的东西，难怪她要这样比喻，一地的女人，谁敢这样说？

我脸红得像西天火烧云，才明白她们说的这"睡觉"非那"睡觉"。

是高扬，让我明白了"睡觉"也是因人而异，心情不同，感觉就不同。玉子、莲子和妇女主任，说的是她们各自的体会。那么我呢？我觉得用吃什么都无法形容，那是精神享受。多少年后，我才明白，她们的形容是对的，感官享受是第一。只是那时候我一心沉浸在精神里，忽略了感官享受，才鄙视她们，笑她们俗不可耐。我甚至觉得，与高扬彻夜长谈，胜过做爱。其实朴素道理，正是蕴涵在普通女人的话里，粗俗不堪，但正确无比。

12　三人小合唱

那晚的疯狂，因了出人意料的结局，成为我一生的耻辱，铭刻在心深处，多少年不能触碰，像随时都会再次撕裂的伤口，像一出大戏拙劣的结尾，预示着我后来的惨不忍睹。

——摘自《宋梅影日记》

周末，戏研所的人都不会来上班。平时就不坐班，今天更不会来。下午我从文物培训班下课后，就进了高扬一间半屋子的小院，就急着完成最后的文字。九点钟，我们终于写完《何仙姑传奇》电视剧大纲最后一行字，松了口气，突然就没有了话说。

他看着我，定定的，像那次"弄雪"，像听我唱陶小春的一腔思春，像对我说，你害羞了。

我望着他，对自己说，他，就是我想要的男人。因为，首先是，他眼睛在说，我是他想要的女人。一个女人，如果这个男人没有要你的意思，你追着撵着去了，有什么意思？比如，我的老师，洪流，当他用一贯的眼神盯着我时，我总以为他就要把那句话说出口了，可等待我的永远是：宋梅影。我们之间，可能将永远隔着那张纸。想捅破看似容易，其实极其艰难。

一切都在我预料之中，该发生的事情发生了。我欣赏高扬的直率，还有火一般的激情。他让我第一次体验了什么叫"受活"。他用"做爱"这两个字形容行为，却用"受活"这样粗俗的词来形容感觉。我喜欢听他说"做爱"，就像喜欢听他喊我"亲爱的"一样；却不喜欢"受活"这个词，它让我觉得粗俗。我们相爱，我们就该用"做爱"和"亲爱的"，这才是一种文明、文雅，才能使精神交融与肉体的享受统一。"吃点心"和"受活"，是妇女主任她们的专用词。

　　狂欢后我们沉沉入睡，丝毫没有听到院中大门的开启声。等敲窗户声把我们惊醒时，我甚至忘记了穿衣服，缩在床角发抖。

　　木子，木子，开门，开门！一阵阵惊雷，滚过我们头顶。高扬的手攥住我胳臂，恨不得掐进我肉里。我明白小院门外就站着他妻子，那个叫凤茹的女人。他在指望她离去。哪怕两分钟，我也有机会跑出去。

　　声音很小很轻，也很急切，很固执，似乎就知道高扬与我躲在屋里。声音响了五分钟，也许是十分钟，高扬突然意识到这拍门声会惊醒院里同事，会引来邻居观看，会成为一场丑剧展览，会揭光他脸皮。起码是现在，他还不想被揭光脸皮，他得靠着这脸皮谋职位，还有职称。他光着身子跳下床，跑出去打开院门，一把将门边人拉进来。随着啪的关门声院子里静下来，所有声音都消失了。整个戏研所院子，院子角落这只有一间半房的小院，当年房主人厨娘的劳作场所，还有，一有风就会哗哗诉说的一株杨树，全都悄无声息，仿佛是一座墓地。

　　高扬没有开灯。月光从窗户钻进来，照着床角的我，追光中的赤身裸体，似乎是摆在案子上一只羔羊，瑟瑟发抖，眼含热泪，等着被剥皮，抽筋，大卸八块，甚至被凌迟。

　　不知过了多久，名叫凤茹的女人，在我眼角余光下，瘫在地板上，如一堆泥。泪水在她脸上恣肆。她双手捂嘴，把声音压回喉咙，堵在胸腔。我知道，那是如狼一般的嚎叫；或者说，是一把尖刀，让她堵在喉咙口，堵在胸腔，堵在这间——她丈夫的屋子里。那一刻，名叫木子的男人扑通一声，跪在她面前，然后一把拉过我。

我犹豫片刻,在高扬又一次示意中,终于屈膝,跪在凤茹面前。我没有说话,我不知道该说什么。

说没有爱情的婚姻是不道德的?

说我与高扬是真心相爱?

说我们是,为了神圣而伟大的爱情睡在一起?

一切都因了她的妻子身份而变得苍白无力,不堪一击。我太明白,那一刻在她眼里,或者在很多人眼里,我就是一个第三者。破坏别人婚姻的插足者。

我无话可说。

高扬肯定说了很多,那一刻我精神恍惚,听觉麻木,许多话像秋风过耳一样,但有一句话使我惊醒:你放心,我不会抛弃你的,永远不会。那一刻,高扬把妻子搂在怀里,为她擦着泪水。

那么我呢?我渐渐清醒。我不就是等着高扬兑现他的承诺吗?原来如此。面对妻子和面对我,是可以用不同话来解释的。

我把自己的物品收拾好,迅速跑出那个小院,在别人还没有上班前。我看到看门老头得意的目光,我知道他为什么会在凌晨四点起来开门,放进高扬妻子。而后来我才知道,这个叫凤茹的女人晚上下火车,在候车室冻了五个小时,就为黎明那一刻的证实。

我脚步匆匆,似乎听到高扬的脚步,在我身后追来。

但是,凌晨的小巷没有一个人。寒风刮在脸上,浑然不觉,只有心在阵阵发痛。我脚步踉跄,敲开一家小招待所大门。

然后,梳洗干净穿戴整齐,把自己放在枕头上。然后,一把掀开煤炉铁盖。

没有忘记关紧门窗,拉上窗帘。

13　多幕剧

我没有想到,送我去医院的是洪流老师和他妻子李淑平,而非高扬。

洪流老师说,我接到高扬的电话后,马上赶到戏研所。一夜之间,高扬家三个儿女全来了,当着我面声讨父亲。不是凤茹撵他们回学校,戏研所院子就该上演一出现代《秦香莲》了。你想想，有多么热闹，又有多么可怕？

李淑平说，我们没让戏研所人知道你住在这家医院。你就安心多住几天，然后去我们家。

我不敢抬头看洪流老师的眼睛，我恨高扬，为什么要让我的老师，目睹我的"败走麦城"？

高扬晚上来看我。他把橘子一瓣一瓣地塞进我嘴里，无论我说什么，都不还嘴。那天下午，高扬上大学的儿子竟然也来看我，他喊我阿姨，说，我给您带了两本书，解解闷。一本《安娜·卡列尼娜》，一本《包法利夫人》。我把书扔在桌上，扭头望着窗外。什么意思？前几年我就看过了，用得着你来教训？他走后，我把他拿来的橘子摔到院里。

我无意中听到李淑平对洪流老师说，看来他们是真心相爱。

洪流老师没有应声，等高扬走后郑重地对我说，不许再做傻事。世界上还有比爱情更重要的东西，比如亲情，比如友谊，比如事业。如果我们不及时去，你就完了。他说这话时眼里充满真诚，甚至疼爱。朋友的真诚，父亲的疼爱。没有一丝别的东西。我有几分失落，却又感激他，在关键时刻，站在我这边，使我感到温暖。起码他没有因为我与高扬这件事，鄙视我，疏远我。但从此我在老师心中，肯定再也不是以前的那个单纯如一杯白水的宋梅影了。

后来，在高扬离我而去那一个个夜晚，我不止一次用老师那句话强迫自己放下手中的剃须刀片，收回试图去触电源的手指，把迈上那座地窖院崖边的脚步拉回。我强迫自己，拿起笔，用曾经写作文那份虔诚，一个字，一个字，在日记本上记录自己无处诉说的内心。

出院前一晚，高扬又带了橘子，仍然坐在我身边，仍然一瓣一瓣地塞进我嘴里。吃完橘子我说，明天出院后我不能去老师家住。

为什么？还有三天，凤茹就回家。她一走咱们就出发去广州，差旅费我都借到手了。我能看出，他们是真诚地邀请你。听话。

我不想被别人怜悯。再说，人家凭什么要伺候我上顿下顿？

那你回培训班住，不是还没有放假？高扬说。

我为什么要回培训班？反正她也看见了，是杀是剐，我等她审判。

你催我这样急，只能适得其反。这样吧，那就住我办公室，改稿子方便些。但我告诉你，不许提咱俩的事。你得给我时间，如果我马上提出离婚，她会像你一样。我房间没有炉子，但她会跳楼。你想想后果吧！

戏研所院子中间，有一座三层小楼，俄式的，弧型木楼梯，穿形窗，地板与墙裙一色红木。高扬办公室就在三楼。他曾在礼拜天，与我手拉手从弧形楼梯，一阶一阶走下，指认着哪一间曾住过哪个军阀外宅，哪一间曾做过西餐室，而哪一间还会在周末高朋满座，蜡烛摇曳里，一对对男女在音乐声中彻夜狂欢。高扬的声音，在偌大空间里回荡，我紧紧抓住他的臂膀，似乎嗅到空气中飘浮着一丝幽怨。无论怎样脂粉香艳，无论怎样情意绵绵，都是短暂如一瞬。更多的，是独守每一个黄昏，"这次第，怎一个愁字了得"。

那一刻我不敢想，凤茹从三楼窗户里飞跃而出，横陈在院子当中的血淋淋尸体。我这第三者，纵有一百张嘴也难以辩清，死者为大；还有，那张脸会盘踞在梦中，日复一日，年复一年；还有，他们的三个儿女，说不定会把我撕成碎片，问我索要他们的母亲。我明白，凤茹哪怕只摔断腿，我都永远没戏。

高扬会离婚，但永远不会抛弃残疾的妻。

于是，我白天去培训班应付，晚上在他办公室，在四张办公桌间，拿开椅子，一张钢丝床就成了我暂时的鸟窝。而早上，还要在别人上班之前，使一切恢复原状。凤茹则给我们做饭。高扬说，他对凤茹说我们在改剧本，那晚是酒后一时失足，这样的事情，以后保证不再发生。

星期六，凤茹做疙瘩拌汤。在小电炉上，她把搅好的面疙瘩撒在滚开的水里，然后头也不抬说，拿来。我看到高扬心领神会，把切好的菠菜递过去，接着又递给她葱丝、姜末、味精。凤茹没有抬头，专心搅疙瘩汤。我知道，短发遮掩下，是她细纹密布的眼角和太阳晒久的面庞。我看不出她心里在想什么。我知道这是高扬最爱吃的饭，从不厌倦。我试过几次，总不能让他满意，不是疙瘩大小不匀，就是糊了锅底。那一刻我突然觉得自己在做傻事,我为什么要相信高扬的话?前一天晚上他带凤茹去看电影,说凤茹握着他的手,让他觉得是一根木头。而每次我把手递给他,他就觉得如同电击,浑身一阵战栗。他总是抚摩着我的手说,亲爱的,光你这一双手,就足以让男人销魂。可此刻自己为什么成了木头?他们夫妻那种默契,那种过日子的不言而喻,我拿爱情夺得来吗?我跑进办公室,把头钻进被子。

高扬端着汤进来了,摸摸我的脸说,怎么又哭了?乖,起来吃饭。我扭转身,把脊背给他。

高扬走了不久,凤茹来拿碗,说,妹子你为啥不吃?我男人都给你送过来了。在家里,都是我伺候他,他啥时候给我端过饭?

我一把掀开被子,吼道,咱们换换,我愿意天天伺候他,给他做饭,晚上煮茄子秆水给他泡脚,你干不干?

高扬风一般刮进来,吼道,不吃拉倒,耍啥小姐脾气。说着,把汤碗啪地砸在地板上。沾了菠菜的面疙瘩糊在地板上,溅在墙壁上,像一泡牛屎。

我鞋也没穿就往院外跑。高扬一把揪住我,把我拉回他宿舍。

后来,凤茹一点一点擦干净办公室墙壁和地板,在高扬宿舍地上铺一领凉席,让她丈夫睡。而她与我,挤在那张单人床上。一整夜我都在流泪,不出声。我知道凤茹也在流泪,也不出声。只有高扬,大瞪两眼到天明。

那一夜,凤茹却没有忘记临睡前在小电炉上给高扬熬茄子秆水,泡脚上的冻疮。

第二天,高扬把我与凤茹一同送上火车,我回博物馆请假借差旅费,她回家。我知道,她要扫窑,拆洗被褥,蒸过年的花馍,为公婆熬药,卖掉喂了一年的猪,换回过年的一切用项。

我则在家蒸了馍馍拌了咸菜,然后把单位开的介绍信拿给丈夫说,馆里派我去广州找导演,看电视剧本《何仙姑传奇》大纲。

14　生活

那些天,我的话题总纠缠着一个问题:凤茹为什么要容忍我?为什么在丈夫床上抓住另一个女人还能不事声张？她为什么不骂我，不扇我耳光，不撵我走，不去找我领导？或者，找妇联？

高扬说，因为她爱我。

她爱你，那你爱她吗？我问。

可既然你不爱她，她为什么还如此爱你？我想不明白。这爱不是两个人的事吗？如果你不爱我，我绝不会缠着你。我也不要求你离婚。

——摘自《宋梅影日记》

我们等导演消息，白天去逛孙中山纪念堂、越秀公园，晚上回到珠影厂。与我同房的杭州女子试完镜回去了，又来一河南女子。人高马大，一口河南侉子话，高扬从不正眼瞧她。说，就这副尊容，还想试镜，扮孙二娘也不要她。

两天后，导演说，让我们回家等他消息。但我从导演神色中已经看出，两个本子都黄了，彻底没戏。高扬沮丧至极，我却有一种莫名的兴奋。在我心里，我不希望看到那部电影，尤其不希望高扬把妻子变成艺术形象。那会是怎样一种后果？

高扬还在生气。气导演没眼光，把一个惊世之作轻易葬送；气自己运气不好，千里迢迢去投奔一个失败；气我庸俗不堪，光想着看那些演员穿什么，往脸上搓什么。他紧锁眉山，一个"川"字又刻在眉心，眼睛通红，是上火的症候。我知道，出来一星期，我们相厮守，却没有机会做爱，是他上火的原因。这种非常时期，只有做爱，可以使我们和解，败下他的心火，使他恢复正常。可是，我们没有任何机会。河南女子见高扬进来，一点儿不回避，仍然用她河南腔普通话滔滔不绝。晚上我们出去散步，她也要跟上，说她一个人害怕，羡慕我有"男老师"保护。她甚至要和我们一起上街，说广州小偷多，会抢她钱包。我只好到招待所食堂，买来两个生鸡蛋，倒出蛋青，又买来一毛钱白糖，放进去，搅拌均匀，然后在晚上，逼着高扬空腹喝。

高扬说，这像鼻涕，咽不下。

我说，良药苦口，何况，这是甜的。你闭住眼，咕咚一下就行，比任何东西都下口利。

第二天,高扬眼里的血丝退了,喉咙不再疼痛。他说,你个小巫婆。我得意地笑笑,说,只花了两毛钱。然后左右看看,吧地亲他一口。

最后一晚,我们好容易甩掉那个跟屁虫,去看珠江。夜晚的珠江让我们惊叹,璀璨、雍容、华丽。我模仿那些广州人,挽起高扬胳膊,贴着他身子,觉得自己幸福无比。我甚至想学那些靠在桥栏上接吻的男女,可高扬一把推开我说,你少逗我,你这不是害我难受吗?我知道他是为什么。他的眼睛告诉我,此刻,他想做爱。我们没有结婚证,戏研所介绍信和博物馆介绍信,不可能证明我们是夫妻。我们只能忍受煎熬,把一波一波的激情压回身体深处。

那时我刚刚懂得,接吻就像导火索,能使一对男女顷刻间燃烧、爆炸。我也刚刚从接吻中品尝到奇妙和快乐。但此刻,我们只能望着彼此,用手使着劲,狠狠地掐,恨不得把对方的肉掐进自己肉里。

我买一根五分钱雪糕,咬一口,让高扬咬一口,甜蜜无比。我觉得高扬似乎在向全世界人宣布,他爱我。那些楼房,那些霓虹灯,倒映在江水里,影影绰绰,随波摇曳。车流如潮,人流如潮。没有人注意,一对北方人,突兀地站在这繁华里,小心翼翼,拘束拘谨。那一刻我突然明白,城市是宽容的,包容一切的。那些红男绿女,在咖啡屋,在酒店餐馆,在舞厅,匆忙地享受美味,刺激感官,愉悦身心。没有人管这些小事,比如男男女女,比如亲吻拥抱。比如我与高扬此刻的闯入。

此刻的广州,不愧为一座春城,五彩缤纷,辉煌的灯火后面,藏着怎样鲜为人知的秘密,让我神往。那远非"洋三明治"能比的秘密啊,奢侈,奢华,奢靡,怎样形容都不会过分。

可在我们家乡,此刻正是冰天雪地,寒风叫嚣,人们蹾窝在炕上,算计着今年的收入,能否多割几斤猪肉,搬个十四英寸黑白电视机回家,过个好年。

15 我的"大观园"

初进广州的情景,如同镌刻的铭文,在我记忆深处,时时提醒:曾经,我是那么浅薄和无知。那么,虚荣。

——摘自《宋梅影日记》

那天下了火车,我们在候车室厕所脱下棉衣毛裤,换上我特意带来的衣服。可是挤出公交车,进了珠影厂,才发现我们土得掉渣,满目的短袖T恤、休闲裤、旅游鞋、女人们的短裙和光脚凉鞋,以及鸟叫一般的口音,与这个大都市的繁华,是那么和谐,般配。他们有着主人的悠闲、笃定,像是在自己家后花园,随意自在,自然不用刻意打扮。他们的不在意里透着自信、霸气、目空一切。是啊,这是他们的城市,他们没必要"做"给别人看。就是那些挑着担子走在路边卖橘子的乡下女人,也与这一切是般配的,像哪家阳台上一小盆金橘,做着这城市的点缀,丝毫觉察不到格格不入或多余。

可我们,高扬,文化人,来自北方省城,赭色夹克衫带着折叠印子,蓝西装裤棱角分明,百元黑皮鞋,白色尼龙袜,都为这次出行专门置办。还有,那个最能显示气质的无檐呢帽。这一切包装,在那时尚的潮流里却如同乡下人。

再看我自己,白西装笔挺,高领秋衣鲜红,蓝裤子裤线如刀锋,白高跟皮鞋,粉红尼龙袜,一身杂乱色彩,越看越无地自容。

再仔细打量四周,凡是裹一身正儿八经行头的几乎全是外来者。他们与我们一样,眼神东张西望,姿态故作文明,胆怯,透着小家子气。还有步态,生生散发着假,那是"装"出来的,"做"出来的。那股乡下人做派,彻头彻尾,早就如刀子一般,镌刻在骨头上,遗传在血液里。再高级的行头,也无法遮掩天生就的那副乡下人坯子。

比如高扬,天生一双内八字脚,进省城后第一件事,就是纠正走路。他时刻告诫自己,走路把脚尖伸向前方,甚至,稍稍偏外一点。没有人知道,为什么他经常走在别人后面,一直到他彻底改变了自己的步态。这一点,曾经让我佩服得五体投地,一个人为了脱胎换骨,可以如此下苦功夫。可是此刻,扒了胶鞋,套一双崭新皮鞋,就又不自觉地恢复了天性,脚尖开始往里拐。我顾不得管他,他是男人,不修边幅也无关紧要,我得先收拾我自己。这样子去见导演,无疑,大观园撞入个刘姥姥。

我用最快的速度冲进珠影厂门口小店,来不及砍价,买回两件灰色短袖T恤,白色八分休闲裤。在那个小店拉起的布帘后换上新买的行头。

见过导演后,我们逛街,高扬执意换上人字塑料拖鞋,光着脚。他说,谁认识我是谁?你看公交车售票员,不也是光脚,不也是拖鞋?说着抬起左脚。

我发现,他左脚指夹着那个鞋是应该穿在右脚的,我恍然大悟,明白了刚才那几个女孩为什么看着他笑。我笑得蹲在地上捂着肚子。

高扬看看双脚,愤愤地说,珠影厂也如此小气,又不是浴室,专门弄个一顺儿,我难道会偷双拖鞋回家吗?

可是,所有的用心良苦都没有改变剧本的命运。

高扬骂我,骂我庸俗,骂我头脑简单,我都没有还嘴,可他竟然骂我,你以为你换了行头就不是村姑了?导演眼皮底下美女如云,你算个啥东西,不就一个小县城临时工吗?不就有几分颜色吗?还想替我公关,做梦吧你。说不定就是你坏了我的事。说不定导演在怀疑,这两个人什么关系,你看看你,像合写剧本的作者吗?

我承认我没有才气写出《一生一世》这样的作品,可《何仙姑传奇》电视剧本大纲,那几乎是我的全部心血。我喜欢戏曲,在宣传队八年里,我集编剧、导演、演员于一身,编过许多节目和小戏。没有这些做基础,高扬怎么会选中我与他合作?戏研所和博物馆领导不就是因为这个大纲才同意给差旅费去珠影厂吗?可是那一刻,高扬为什么忽视了这一切?

16 如此结束

回程途中,我们一路无言。列车哐哐当当,无聊至极。所有梦想,所有憧憬,全都化作云烟。中国式三明治自然无法吃到,带去的钱也所剩无几,我们一天两顿啃面包。

那一刻,我发现,爱情会因为最现实的吃饭,或者囊中羞涩而变味。列车员推着车子过来了,我终于忍不住,从裤头口袋里摸索出十块钱,买一瓶汽水。因为已经有多半天,打不到开水,我口渴难忍。列车员把九块五毛钱递给我时,高扬说话了。

退回去。

不,我想喝。

你退不退?

不。我连喝五毛钱一瓶汽水的权利都没有吗?

周围人站起来,伸着脑袋看,我就像三岁女孩,攥着别人一颗糖,不肯撒手。

列车员迅速推着车子离开了,高扬一把夺过瓶子,扬手从开着的车窗里扔出去,吼,我叫你喝,喝呀,有本事跳下去捡。

我把头刚伸出车窗,就被高扬一把拽回来,窗外有灯光迅速掠过,像是经过一个不停靠的小站。我不再说话,把头埋在胳臂肘上,眼泪如同泉水,喷涌而出。

高扬不肯放过我,连连追问,你哪儿来的钱?不是说没有钱了吗?不是说只够路费吗?你怎么还藏了私房钱?

我无言以对。我是女人,天性让我不会花光最后一分钱。我留了二十块钱,偷偷装在裤头口袋里,以备万一。我知道高扬气在哪里。

昨天,买了火车票后,两人的钱加起来,只剩下一百块。我想给两个孩子买两件新衣,回去就是除夕了,作为母亲,我没有给他们做新衣,我想弥补。可高扬想给他闺女买双皮鞋。

我说,鞋要亲自试才知合不合脚,这么远买回去,若不合脚,不是白费?

高扬说,闺女给我争气,是我们村第三个大学生,谁家能出三个大学生?我给她买双皮鞋过分吗?

我说,我不是这个意思,我是说鞋子不比衣服,大一点小一点都可以凑合。万一买回去不能穿,来广州退货吗?

我知道,你是怕我问你借钱,我给你打借条行不行?

那一刻我非常固执,我给他五十块,留给自己五十块,然后,我们不欢而散,各自去买东西。

上火车时,他空手而归,脸上挂一层霜,我没敢把给两个孩子买的衣服让他看,小心翼翼地问,怎么没买,是样子不好吗?

像引爆了炸药包,他吼道,我就知道斗不过你,算计不过你,那双最便宜的皮鞋也要五十二块,你恰恰给我五十块。我跑一趟广州,就差两块钱,给闺女连双皮鞋也买不下,回家怎么交代?你知道吗,不是闺女劝说凤茹,咱们能出这趟门吗?

那一刻,我后悔至极。如果时间来得及,我一定和他重返那家鞋店,让他没有遗憾。我后悔自己为什么不多给他二十块?其实给孩子买衣服并没有用掉五十块,藏在裤头口袋里的二十块,就是剩下的。现在,怎样解释都没有用,只能越描越黑。那一刻,我在他眼里,就是一个自私的女人,一个容不下他闺女的女人。我恨不得扇自己一个耳光,为什么嘴馋想喝汽水?

我们不再说话。我们都没有想到,就是这余下的二十块钱,在那个中转站的小旅馆里,让我摸了一回阎王鼻子。我被旅馆服务员拉到走廊里,像一头吃醉了酒糟的猪,在冷风的吹拂中一点一点苏醒。

高扬跪着,搂我在怀里,含着泪说,同一个房间,怎么你就多吸了煤气,我为什么要让你靠着墙壁?这是上天对我的惩罚。原谅我,我再不对你发火了。我一定对你负责,你为我差点丢了命,我还有什么不能给你?

没有这二十块钱,我们就会老老实实待在中转站候车室等六个小时后上汽车回家。

就不会去开半天房间,去企图用做爱化解矛盾,然后继续熬过分手后的漫长日子。

就不会在做爱后沉沉入睡,去让那个小煤球炉的烟煤悄悄潜入呼吸器官,差点造成中国的罗密欧与朱丽叶。

我们得感谢喊我们上车的旅馆服务员。

可是,如果我没有死一次,还能重新得到高扬的爱吗?

17　纯阳宫逸事

也许,我与纯阳宫冥冥之中有着某种牵连,所以,我后来的一切,经历也好,磨难也罢,或者说,爱情和过日子,都逃不出那圈红墙。那搬迁过来的建筑,仍时时散发着原有的古老气息。那七百多年前的壁画,仍透露出中国传统文化中的等级森严,令人无法抗拒。

——摘自《宋梅影日记》

其实,没有多少人熟悉这段历史。无非是些文物专家,讲起在20世纪50年代末,眉头会飞扬起一种光彩,说这个工程如何如何浩大,如何如何具有创造性,如何如何超过了那座阿布辛拜勒神庙。那时在埃及,有三百多位专家操着不同语言在绞尽脑汁不让它沉入一座将要新建的水库。它终于被一块一块切割下来,重新搭建,创造了世界古建筑搬迁的奇迹。

可我们,比他们要早七年,最重要的,全是一色皮肤和语言,是我们自己的土专家,是面对七百多年前的"木骨泥壁"。可是,我们原样拆下又原样搭起,旧宫离开黄河岸边,来到永乐县北,那道千年古城墙边,就有了看似旧却是新的建筑群,让后来的人们难辨真伪。不时有老人会从省城从京城回来,感慨不已:看看,不是伟大的国家,不是人民的智慧,这道观如今就在黄河水里,我们就犯下滔天大罪。到了七十年代末期,就有艺术家们千里万里赶了来,看那些元代建筑,看那些七百多年前用矿物颜料绘制在泥皮上的人物与山水。他们觉得眼睛不够使了,脑子被铁块撞了,连呼吸也要停止了。那些超过真人身高的神仙们披裹着五颜六色从墙壁上扮着绝不雷同的"鬼脸"向他们汹涌而来。

纯阳宫从此就叫了博物馆,就有了守殿的,给游客讲解的,夜间巡逻的,清晨扫落叶的。还有,在壁画修复室里,用黄泥一点一点把拱眼壁画的残缺部分补齐、让人看起来完好如初的一群男男女女,他们被叫作——管理员。于是,这宫里,就有了故事……

这一天，一个年轻男子，束发髻，裹一身灰色道袍，脚蹬草鞋，腋下夹一个蓝布包袱，撞入我们的视线。他走得有点急促，脸庞清瘦，两颊微微发红，额头上，鼻梁上，渗出一层汗珠。眉宇间还有一丝忧郁，似乎心里藏有秘密不愿意告诉别人。与他年龄有那么点不搭界。让人想到那张脸那副神情应该长在别人脖颈上。比如，饱经沧桑的老者；或者，一位城府极深的文化人。那身装束也与宫里这喧闹、门口兜售布老虎的市侩和卖油炸麻花烙凉粉的烟火气似乎不搭界。仿佛是从很远很远的桃花源走来。

那一刻，我正往西院走。他合掌低头问：请问女施主，办公室怎么走？

我扑哧一笑，我非女施主，是管理员。

他跟在我身后，穿过青砖甬道，走过荷塘边，从吕公祠东垂花门出去，一路无语。我指着那个办公室说，去吧，领导姓孙，你叫他孙馆长。

他双手合十，唱个诺道谢，扭身去了。

望着他的背影，我断定，这是个有故事的人。那时候，我刚对道教有了兴趣，那些东西，艰涩而深奥，没有人为我解释。这个年轻道士，就这样来到我面前。

从此，道士住在宫里。每天于吕洞宾供桌旁坐着，有人来布施，他就及时敲三下磬，声音清脆而悠长。有时候，他替游客翻开吕洞宾签簿，寻找到抽签所指的一页，细细为游客解说。渐渐，吕公祠香火旺起来，因为游客总是能慕名而来，满意而归。旺盛财源，亨通官运，甚至子女的"金榜题名"，还有藏在心底的秘密，被道士在未知中诠释出美好前景。人们来还愿，把大红缎子披在吕祖身上，把红布条绕在院中那棵银杏树干上，使寂寞已久的神仙吕洞宾，天天像过诞辰。

南边屋檐一角，生了小蜂窝炉，炉上小铁锅里总在熬一些我们没有吃过的粥。比如，祠前塘里荷叶、后园子里萝卜缨子、银杏树叶子，还有几段不知名的药材放在一起煮。有一次，他问我有没有金戒指或者耳环借给他。我把手上戒指脱下来给他。他放进煮着药材和蔬菜的小锅里。

女伴秀林说，你怎么那么信任他，五百块钱烧得，想送给他？看他年轻？

你不怕造孽，糟蹋出家人干啥。我嘴硬。

我信任他。说不出为什么。也许，是他眉宇间那丝忧郁。或者，是他包袱里那些书。线装本，发黄的纸，文字晦涩难懂。还有一缕冷香在掀动书页时，隐隐地让人不由深吸一口气。

忐忑两天，我白天故意避开吕公祠，夜晚却难以合眼。我想如果他走了，五百块钱心疼上两天也就忘了，遗憾的是，他就不是——我希望的那种——我不希望的人。

第三天，我找借口去吕公祠，他正在炉子前翻搅那些汁液，那些叶子和块茎，绿的仍绿，白的仍白，冒着香气。他用竹筷捞出戒指，茶杯里清水涮了，还我。

我套在手指上，一会儿又取下搁在手心，感到自己脸上红一阵，白一阵。若有镜子，一定如院里风中翻飞的芍药。我翻翻他的书，又放回去，讪讪问，为什么要放金戒指？

他说，金子本身就是一味药。

他每天只吃一顿饭，讲究"过午不食"。我想，他就靠这些维持身体所需。我把自己蒸的馍馍，腌的芥菜，后园里的红薯，给他送去，一次一点。更多的是能与他见面。宫里人见了，说我体恤出家人，没有用含义深长的目光瞥我。其实在我心里，藏着一个秘密，当初我也说不清的秘密：我想知道他，知道这年轻男子，气度不凡的外表下，究竟有怎样一颗心。

我们单独相处时，常常，他为我讲《道德经》，他说，道可道，非常道……他讲，大道无形。讲，道法自然。讲，他到过的华山，还有，他的老家，山东那个小县城。他取出一沓照片，给我看他从前。一片废墟上，他站在那里，一身白西装与身边轿车残骸和坍塌的梁架对比鲜明。有一张，最让我触目，他身着道袍，盘腿而坐，诵经。在他身后，是一处绝壁，青石狰狞，让我担忧随时会倒塌挤他到崖下。从此，我天天下班后，去与他聊天。他说话机智、机敏，甚至诙谐，常常让我忍俊不禁。

我说，在五台山小和尚与我说话都要遭住持训斥，你们没有男女之嫌吗？

我们道教里的"正一"派，还允许娶妻生子呢。

我看那些和尚尼姑，寮房里都摆供桌，他（她）们抬头是佛，低头是菩萨，随时可拜。你房里怎么不摆？

他笑笑，神仙就应该待在大殿，供我房里，我赤膊，打呼噜，都是不敬。他床上是蓝色方格床单，墙上挂一幅书法，桌上摆着一摞书，再供老子神位，再燃香烛，确实有点不伦不类。

我看是你不虔诚。

冤哉冤哉，女施主，"道"在我心中，说着合掌唱喏。

可是，无论怎样，他眉头那丝忧郁却挥之不去。我话题稍一触及他就岔开，让我有些尴尬，顿时沉默。而这时，他却取出一张黄表，写上几个我不认识的字，然后念念一番，然后在烛火上燃了，把一撮灰烬用水冲在杯里，然后说，喝下去，心就会回到它本来的居处。就像祖师爷要坐在大殿的神龛前一样。

18 道士的节日

那时候，来看壁画的人很少。有了道士，突然就热闹起来。吕公祠里，经常人声鼎沸，香烟袅袅，吕祖卦签很灵的消息也传了出去，每天供桌上那些饼干罐头早晨撤下来，下午又摆满。有时候，还有红包。按说这供品是归道士的，因为纯阳宫没有他工资。而他每天还要打扫院子，参加宫里集体劳动。可每天撤下供品和红包，他都交给领导。于是，宫里开会时，我们就一边嚼饼干，吸溜着玻璃瓶中的橘子瓣和苹果块，把葵花子壳扔满地，听领导讲话。

也有老职工，认为博物馆不能跟宗教扯一起。再说，那些香火，那些来求签的善男信女，不但是迷信，而且是火灾隐患。纯阳宫应该注重壁画，一切都应以保护壁画为前提。因为，没有那些元代艺术珍品，就不可能把纯阳宫从黄河滩搬到此处，我们也不可能靠着这道观吃穿不愁。可是，不久就有一件事，使这些议论顿然消失。

纯阳宫博物馆接到上级部门通知，三天后要从海峡对岸来一个团。他们冲破层层阻力，来朝拜全真教派的祖师爷吕洞宾，而且，要接回吕祖神像,供在台北道观里。全宫顿时一片忙乱,自开放以来,纯阳宫从未举行过宗教仪式和活动,留下这个道士,只为吸引游客,多卖几张门票。可此刻,大事突然降临,接祖仪式直接影响到两岸关系,万一出了差错,破坏大陆形象。如此的上纲上线让领导一筹莫展,病急乱投医,突然就想到这个临时的"挂单"道士。

那真是纯阳宫有史以来从未有过的"狂欢"。道士连夜从陕西楼观台请来几位同行,包括全部行头,举办法会。香烛燃烧,钟磬齐鸣,幽寂的祠堂在那一刻像演一场大戏,戏台上热闹,戏台下也热闹。从楼观台捧回的黄杨木吕洞宾雕像摆放在供桌上,那些海外游子们虔诚地三叩九拜,用红缎子裹了神像,排列成队,要捧回台北道观,即使在飞机上也不能离身。

让纯阳宫欢欣鼓舞的并非这些,而是那些海外华人的慷慨,在打开布施箱时,馆长惊呆了,那些美金和台币、图案与色彩都让他眼花缭乱。这天下午,能让馆长信任的小头目在关紧房门的办公室数钱。数半天,又换算半天,终于弄明白精确数字:十万元人民币——纯阳宫博物馆要卖三年门票才够这一半。这才是最实惠、最有意义、预料之外的皆大欢喜。

那晚办庆祝宴会。馆长特意让道士坐他身边,尽管道士声明他戒荤,戒这样的场合,但由不得他。馆长喊道,你以茶代酒,我连敬三杯。说完逐一拿起面前三杯酒一饮而尽。最后,馆长宣布,从这个月起,工资表上,要添上崔——崔啥?

旁边有人答,崔明理。

谁也没有想到,只隔了两天,崔明理就走了。他仍然背着那个包袱,装着几本书,草鞋,青灰色布袍,高束的发髻让我颇费猜测。只是他身边,多了那个坤道——一位同样年轻的女道姑。

那女道姑,黑袍,布鞋,黑帽。头发严严地藏住,但仍然难以遮掩她惊人的美丽;鹅蛋脸,肌肤如凝脂,一双凤眼,嘴唇艳红如樱;布袍里,细腰如杨柳,袅娜在甬道上,如仙女下凡。就是老子殿《朝元图》壁画中公认的美女——水星与她站一起,也会逊色几分。

她问我,请问吕祖师怎么走,崔明理是住那里吗?

我忘记回答,呆呆看她,人间怎么会有如此女子?什么闭月羞花,什么王昭君西施貂蝉还有杨贵妃,全是书里加盐调醋过的。而她,就站在我面前,让所有女人自惭形秽。这样的女子选择出家,让人有种说不出的滋味。

她又问我一句。我答后,接着问,你从哪里来?

从来的地方来。她轻轻一笑。

当天下午,年轻道士崔明理和我还不知道名字的道姑并肩而行,渐行渐远,模糊了我的视线。他们的身影,成为纯阳宫所有人心中难解的谜。没有人知道他们去了哪里,没有人清楚他们要去做什么,没有人明白,在路的尽头等待着他们的会是什么。

传达室大爷说,这世道真是弄不清楚,丢不下家常日子,出得啥家!

"问世间情为何物,直教人生死相许",他一定没听过这首歌。

我一遍遍问自己,他们并肩而行的美丽,为什么会变成一把钝刀,一下一下在我心上拉锯一般切割?

高扬就在这时候,闯进我的生活。仿佛命中注定,短暂而又漫长的七百二十天,让我在夜色中,璀璨如满天的星月,摇曳如长廊上昼夜盛开的黄的红的风华月季。

19 外来的爱情

我深信不疑,只有夫妻,没有血缘关系的夫妻,当初可以用一纸婚书把他们拴在一起,现在仍然可以用一纸离婚证,让他们"孔雀东南飞",事情就是这么简单。

——摘自《宋梅影日记》

还有一对男女,也让纯阳宫惊诧。如同二月里的响雷,好一阵子,这宫殿的幽寂被打破。人们的兴奋和议论填满纯阳宫每一个角落。

那时候,来自全国各地美院的十多位专家在为宫里摹绘壁画。大殿地板上,三尺长高丽纸铺开来,有人跪在地上涂颜色。两米多高的画架上,有人在勾线。那些玉女,那些仙官,被圆润的线条勾勒在纸上,再填上颜色,再用"沥粉贴金",再"做旧",就把墙壁上的神仙们搬到纸上,把画家们的才气也展示在人们面前。他们的南腔北调,时时在甬道上,此起彼伏,如同一场"风搅雪"(几个剧种在同一出戏里),让人耳目一新。

一天中午,几个四川女孩进来了,看看一墙绚丽,又站在画架前,惊讶地喊道,啥子吆,简直是神来之笔嘛。喊声惊动了一位男画家,他抬起头,看着其中一个女孩,眼睛一亮。然后,他走到她面前说,你不想试试吗?你也可以的。说完,把手中画笔递给女孩,拉她到自己画架前。

我们知道,这几个女孩也是美术专业,只不过是利用暑假慕名而来,来看这些精美的瑰宝。她们还不具备资格,在这里一试身手。下午,她们恋恋不舍地走了。她们必须走,她们要去爬华山,那是她们计划中的又一个景点,有着多少年的诱惑。跟画家说话的那位女孩走在最后,一步三回头。走下高高的月台时,她回头望了一眼,这一眼,望出故事来了,因为她看到,那北京画家也在望她,眼睛里讲着没有来得及讲出口的话。

两天后,女孩站在老子殿前月台上,一个人,像是偌大舞台上大幕拉开,观众黑压压一片,等待着她开口。"妹妹你大胆地往前走哇,往前走,不回呀头!"甬道上一位游客鬼使神差地吼着电影《红高粱》的插曲,不着调,却荡气回肠。女孩穿着红色短裤,两条腿便长得不成比例。两个屁股蛋子像吹胀的大气球,被一道深沟勒出两个包,圆鼓鼓随着腿,左右扭动。黑色小背心,紧紧地绷住她的胸。乳沟雪白,在 V 字领里似隐似现,让人忍不住担心,那两只乳房随时会长了翅膀鸽子一般飞出。要命的是,她的肚脐,竟然明目张胆地露在背心下摆与裤头中间。就如同一颗眼珠,长在那道白光中,吓得人们不敢去目睹。宫里女孩子,从没有人敢将被窝里穿的背心裤衩这样穿在外面。堂而皇之,大张旗鼓。分明是,随时准备着要去挑逗男人,勾引男人。

这个女孩,就这样站在月台上,像在展览自己,炫耀自己,眉间眼梢全是妩媚,是爱意,是赤裸裸的毫不掩饰的"勾引"。

先是与北京画家同住一屋的我的老师洪流看到了那女孩。然后,一刹那间,几乎所有画家都扔下手中笔,从画架前站起,从两米多高的木架子上跳下,跑到月台上,欢呼,笑闹,仿佛在迎接一位电影明星,或者,外国公主,驾临纯阳宫。他们围着她,她愈加羞涩,愈加妩媚,那些男人们就兴奋不已。

只有当事人,那位北京画家,最后一个出来,倚在大殿沉重如山的木门上,微笑着,看着那个奔他而来的女孩,静默无语。那一刻,我看到他是那么自信,那么胸有成竹,一切都在预料之中。他无须说话。他已经说过了。三天前,用眼睛,说得淋漓尽致,说得情意绵绵。"山无棱,江水为竭,冬雷震震夏雨雪,天地合,乃敢与君绝。"那是最致女人命的表达。像打蛇,一下子就掐准它七寸。

下午,纯阳宫所有人都看到,画家们"罢工"了,他们在月台上,打开收录机,放着能让人手脚不由自主摆动的叫迪斯科的音乐。用人们的话形容是:群魔乱舞。那些男人和那个唯一的四川女孩一起随着音乐胳臂不是了胳臂,腿不是了腿,像抽筋,像癫痫病发作,"群魔乱舞"。突然,北京画家抱住女孩,画家们喊着,贴面,贴面。然后,两人把身体贴在一起,把脸也贴在一起。然后,把嘴唇也贴在一起。音乐在轰鸣,夕阳的余晖洒金光罩住这一对男女,如同古罗马雕塑,看得人脸热心跳。檐角下,归巢的燕子盘旋如梭,驿铃在风中叮当作响,像谁在敲库房那套缺了两枚的编钟。

大殿里,老子吹口气化作的三清神像仍然肃穆而威严,三百六十位值日神仍然在墙壁上须发怒张,眉头紧蹙,左顾右盼,窃窃私语,似乎都被人间这一幕男女的大胆行为而戏弄而激怒。

20 多事之夜

那一晚,是纯阳宫的不眠之夜、多事之夜。多少年后,我都无法忘记那一夜带给我的震撼,如同锋利的匕首,刻在骨头上,那是种无法形容的钝疼。

——摘自《宋梅影日记》

今晚,馆长安排我们进入"一级战备"——捉奸。我不知道为什么没有抽你？大概是怕你把消息透露给洪流老师，然后，老师就会告诉同屋？你可要保密啊，别嘴快害了我。同我要好的姐妹秀林说完后换了布底鞋奔办公室而去。

夜风习习，有几分寒意。我站在窗前，看着秀林兴致勃勃地去执行任务。突然想，怎样才能把消息透露给北京画家和四川女孩。我不敢想象，他们赤裸的身体暴露在众目睽睽下的残忍。他们纯洁的爱情（我认为）被蒙上不堪目睹的污秽。可是，我答应秀林保守秘密，不能让她受处分。再说，我也没有勇气去告诉他们这个阴谋。谁知道，他们会不会像人们预料的今晚肯定会做"坏事"？

我只能暗暗祈祷，他们别做傻事。起码是今晚不要。

月黑风高。所有的松树柏树如同鬼魅立在道路两旁，让人不寒而栗。猫头鹰在叫，绿色眼睛藏在树丛里烁烁如电光，不看身上都会冒出冷汗。我知道秀林她们此刻正在馆长指挥下，脱掉鞋子，把尼龙袜踩在那条招待所窗后的石子小路上，去扒窗户，去听墙根，一起去看一对男女怎样做"坏事"。看他们光着身子，在手电的光束中瑟瑟发抖，羞愧得恨不得找个地缝钻进去。或者，把他们平日藏起来的东西暴露在光天化日之下，撕开他们道貌岸然的伪装和所谓的文明。我能够想象，出去维护道德尊严和法律正义的这一群人那严肃面孔下隐藏着的按捺不住的兴奋。

我们一直躲在廊下月季花簇里，瞪大眼睛，盯着窗户。窑洞的灯光一个接一个熄了。就是他们那间屋子，灯火通明。露珠从树叶上滴下来，湿了我的褂子和裤腿，就是不敢吭声，馆长不发话，就是冻死也不敢吭声。你说，我们明明看见那女孩进了屋子，明明听见他们三人在说话，我们想着洪流一定会出来，这盏灯一旦熄灭，我们就可以完成任务。可是我们失望了。你说他们三个人一夜不睡在干什么？秀林说起那晚的感受时特别纳闷，我也纳闷。

可是那晚，竟然得到意外收获，这是连领导抓奸的孙馆长也没有想到的一折过场戏夺了头彩。

捉奸队伍带着失望结束任务时路过花房,听见里面有个女声嗷嗷叫着,一声接一声,在黎明前的夜空,直刺人心。馆长儿子说,有人行凶,在杀人。话没说完,腿先软了,瘫在甬道上。馆长呵斥道,什么杀人,跟我来。说着一马当先冲过去,一把推开花房木门,手电光对准草帘子上一对男女。他们身边,头顶,绿意盎然,繁花似锦。

从此,女孩戛然而止的尖叫,以及老花匠眯住眼睛扭回头那一瞬,定格在纯阳宫人们心里。如电影里的经典镜头,多少年一遍遍重放,胶片损毁造成吱吱啦啦的声响,却难以抹掉那个画面和记忆。

你说,老头那眼睛里竟然没有胆怯,没有羞耻。秀林说。

那有什么?我问。

轻蔑。对,轻蔑。秀林说。你说他为什么轻蔑大家?

我不知道。我不在现场。

捉奸行动的结果令所有人尴尬。女孩不属于宫里管,只能训斥当厨师的母亲教育有误。奸夫老花匠馆长也没有办法处分,因为当年若不是老花匠举荐,他哪里能坐在领导位置?他不过是搬迁时从乡村招来的泥瓦匠。那时候,没有干部愿意到纯阳宫来,资历就成了唯一资本。

我跟着喜欢热闹的秀林目睹了厨师跟她闺女的舌战。

你怎么这么不要脸?年轻人都死光了,看上那个老不死的,不嫌恶心。厨师匍塌在地上,一只手拍着大腿,一下一下,像平日里在案板上拍黄瓜和蒜瓣。另一只手,不时擤一下鼻涕,然后,顺手抹在鞋底上。

闺女,那个还不满十八岁的闺女,坐在她妈床沿上,一条腿搭在床头,一条腿垂着,脚尖一点一点,似乎在打着节奏。粉红塑料拖鞋,挑在脚尖上,滴溜溜地转。说,受活。怎么啦?别看他老,他让我受活,你又不是没尝过,还用我给你形容?说着,用手中翠绿的塑料梳子顺垂在眼前的刘海,把它们捋向脸颊一侧,露出疏朗的眉毛和不以为然的眼睛。

当娘的顿了一下,继续骂,你还要不要脸,还嫁不嫁人?

闺女一把摔掉梳子,站起来嚷道,我早就没脸了你不知道?你装啥糊涂?从你把那个男人领回家,我脸皮就被揭光了你不明白?你以为他看上你这黄脸婆？不是我,他能跟你去领那张结婚证？还倒插门!

当娘的哑口无言。接着,嚎起来,边嚎边说,我这不都为了你两个弟弟吗？谁让你该死的爹临走还要赖在医院,落下一屁股债,我一个女人拿啥还？那声音,像文物库房里那只陶制的埙,呜呜咽咽,断断续续。

我拽着秀林的胳臂轻手轻脚快速离开那个窗户。

21 洪流老师的哲学

有一次,我到村里替洪流老师买了只鸡。看着他在厨房熟练地用刀割断鸡脖子,开膛,褪毛,剁块,然后生炒。我问他思谋已久的问题,那四川女孩不知道王老师结婚了吗？不知道他北京家里有妻子有女儿？我知道那几天,洪流老师悄悄睡在拷贝室。因为让我扫院子撞上了,所以我答应他永远不说出去。

那有什么关系。她又不是为结婚。

那为什么?

为了爱。人生难得一场爱啊。他说,话中有着未说出的感慨。我不知道他是否想起了自己当初那场叫作"爱"的红杏出墙,那曾经被人捉奸的历史差点毁了他一生的所谓爱情？洪流老师喝一口酒,撕一块鸡肉在嘴里狠狠地嚼,腮帮子一鼓一鼓,完全没有了往日的斯文,仿佛不是鸡肉,而是一个敌人。

为了爱？我琢磨着四川女孩的"爱",我不明白,如果北京画家不离婚,他们的爱有什么结果？最起码,他是个伪君子,不能给人家婚姻,为什么要跟人家好？我愤愤。

洪流老师说,你不懂男人。爱情和婚姻根本就是两码事,不能互相替代,却也互不排斥。他看着我,眼睛里流露出一丝同情,像当年在那个大宅子里,我满怀一种说不出的欣喜坐在他那把圈椅上,让他画那幅速写。然后,他妻子每个礼拜抱着儿子来住时,我都用一种敌视目光悄悄对她。有一次,洪流老师撞上了我的目光,然后,眼睛里就流露出一丝难以言说的神情。

也许,他的目光里,还有没有问出口的话:你以为高扬就能给你婚姻吗？你以为爱就一定会给你婚姻吗？从来都是当事者迷、旁观者清啊。可那时，沉浸在爱情里的我看不到老师对我的提醒，我认为，他在为北京画家辩解，因为，他们都是艺术家。还因为，他们都是有婚姻的男人。

爱情的最终目的就是婚姻，这是我的准则。不，是所有女人的准则。我说。

这次老师不再看我，不再用他一贯的专注目光，不再盯着我，而是，沉默片刻后说，婚姻就是过日子，柴米油盐，生儿育女，这么简单；而爱情，真正的爱情是没有目的的，它只是一个过程，一种特定阶段的感觉，或者说，情绪，甚至是激情。

那么，对爱情和婚姻，男人和女人的理解是不同的，对吗？我第一次对老师用这样的口气，有着不自觉地咄咄逼人。

我们不讨论这个问题好吗？老师突然转了话题。

后来，也就是说，他们都离开纯阳宫的后来，我打听到，他们并没有结婚。洪流老师告诉我，北京画家的妻子非常漂亮，还有他们夫妻感情很好，根本不可能离婚。轰轰烈烈的一场爱情以这样的结局结束，我无法接受。我认定，四川女孩是个傻瓜，那个所谓的"爱"蒙蔽了她的眼睛，她的心。从此，那个画得最好的北京男画家，在我心里打了折扣。我认为他是个骗子，骗取了一个纯洁女孩的心。

22　我不能没有你

其实，最可怕的男人是不露声色不经意让女人如同蝴蝶在花间自由飞舞，然后，心甘情愿地钻进那个张开的罗网。然后，在网子里尽情舞蹈死心塌地。即使付出生命也无怨无悔。

——摘自《宋梅影日记》

每一个礼拜天，丈夫会来与我相聚去做一对男女都会做的事。常常两个孩子会从乡下婆婆身边接来，睡在我们中间。仿佛是例行公事。我常常想，如果这样过许多年，过一辈子，过成一个满脸皱纹一头银丝的老妪，多么可悲。我常在夜里想入非非,想象自己跳出这圈红墙,这个道观,这群庸俗平凡的人群,去到广州、北京,哪怕是省城。每天,走在绿树成荫的人行道上,去写字楼上班;然后,回到高楼里的某一个单元房,换了睡衣,光脚走在毛茸茸的地毯上;或者,坐在真皮沙发上看电视,听音乐。爱人搂着我,我们面前茶几上,摆着水果,艳丽如一幅画。玻璃杯里,碧绿的茶汤赏心悦目,茶叶在翩翩起舞,如同舞蹈《踏歌》里水袖轻扬的绿衣女子。

偶尔,我们去公园,去度休息日,租一叶小舟,他手中的桨打得水哗哗响,我捧本书,坐在他对面,翻几页纸,看几眼他。微风吹过,掀起波澜,我们停在湖心岛边,任柳丝拂过面颊,拂过脖颈,拂过裸露的臂膀。远处,传来孩子的笑声,那是保姆,在领着我们的孩子踢球、放风筝。

想久了,我会一遍遍问自己,我为什么不能像那个道姑,背一个包袱,跟着道士崔明理,浪迹天涯,闯荡江湖?

我为什么不能像那个四川女孩,千里万里跑了来,来爱那个男画家。为什么她眼里,没有男画家北京的妻子、女儿,只有她的爱人?

我甚至有点无耻,羡慕那个敢与老花匠睡觉的厨师闺女,嗷嗷的狂喊,像在给全世界炫耀、显摆她的"受活"。

那段日子,秀林的丈夫开始吃中药,蜂窝煤炉搁在屋檐下,药香天天飘进窗户,在屋子里弥漫。一天,秀林红着脸,咬着我耳朵说,他得了那种病。

我不解地问,那种病是啥病?

秀林的脸更红了,关上门窗说,你要发誓,绝不对别人说。

不就一个病吗,有啥怕人的。

就是不能做那种事。

我突然想起自从"捉奸"行动后,自从偷听了厨师与闺女的墙根后,秀林的脸上就罩着一丝忧愁。我没有想到,她丈夫原来有病。他们才结婚三个月,这一辈子,长得看不到头,如果治不好,秀林怎么办?拿这条做理由离婚?想也不敢想,就是离了也没有人敢要秀林。就在前几天,县城传着一则丑闻,说一个被丈夫打过无数次的乡村女人,在法庭上对着众人说,他男人不能做那事,就打她。她要离婚。竟然没有人相信她的话,因为她偷男人。那男人,是砖瓦窑一个烧窑工。而她丈夫,是村里支部书记。可她说,书记能顶睡觉?烧窑工咋啦?他没毛病。她的话,从那个法庭里传出,从此,她就成了"破鞋"。

望着秀林,我不知怎样劝她,我害怕她也同那个女人一样,有一天被喊作"破鞋"。

月光照进窗户,丈夫的鼾声在夜里钟声一般。望着他散淡的眉和有一点钩的鼻梁,还有藏在眼皮后面那熟悉的眼神,我感到一种陌生。我奇怪,才过了十多年,这张我曾爱过的脸怎么就变了?是时光如流水,岁月无情,还是我的心?

23 "一级战备"

曾经,一天下午,小院的门被轻轻敲响。高扬,开会了,就差你一人了。

谁?那一刻我正在屋里洗头发,要是谁进来,会怎么想?我赶紧找毛巾,试图在小院门打开前,把自己弄整齐。

高扬说,没事,我们办公室的女同事孙春岚,多事婆。她不会进来。

可我怎么出去?我要上厕所。

这还不好办?高扬从床底下拉出痰盂说,院里有地漏。戏研所的厕所在那座三层小楼的一楼,要穿过院子才能进去,可上班时间,院子里随时都会遇到人。

我没有想到,我们都没有想到,这一躲,就是五天。因为,白天,看门老头就坐在院子的槐树荫里,拿着扇子,拍着苍蝇蚊子,晚上早早锁大门。就是吃饭,也端着碗坐在那里,如同钉子。我就是一只苍蝇,也难从他眼皮下飞出去。五天里,我想培训班的老师,一定认为我无组织无纪律,不请假就回家。要好的同学会莫名其妙,说不定会去派出所报案,认为我出了意外。最怕他们惊动我家里,丈夫会四处寻找,我娘会急得犯心脏病。我嘴上长了泡,扁桃体发炎,高扬只好买来几颗鸡蛋,他吃蛋黄,我喝蛋清。

高扬时刻处在"一级战备",出院锁门,进院关门。幸亏他平日不和人来往,也就没有人进他的小院。我不敢跨出房门一步,因为站在楼房阳台上的人，或从办公室窗户往下看，小院一览无余。也许，是他的反常使老头产生了疑惑，才如此负责任地守在门口？或者，我们做了"坏事"，心底发虚？因为我知道，他没有看见我进来，那么我有什么理由从他眼皮子底下出去？

高扬一次次地把尿倒进地漏里，然后，打开水管，猛冲一通。可是，我想大便。五天了，我再也憋不下去。高扬一次次盯着门缝看那老头，希望他回房打个盹，哪怕五分钟，我就逃出去了。可是，这老头仿佛专和我们做对，精神意外的足，还时不时把眼睛盯住小院门，吓得我连咳嗽也要钻在被子里。高扬拿来一个大牛皮纸袋。

我说，那不行，要不你出去。

他说，我都不嫌弃，你羞什么？

当高扬把纸袋放在小簸箕里，与那些垃圾一起端向大门外时，看门老头说，那纸袋还能卖废纸，你给我塞进纸箱里。这两天你怎么饭量大了，老见你买馍馍？

高扬说，加班，夜里不吃心发慌。趁他不注意，把垃圾倒进巷口垃圾箱。

五天后的那个下午，上天开恩，另一个看门老头休完假来换班，我与高扬，扬着头，说笑着走出院子，走过他身边。我觉得自己的双脚，在腿下绊，脸笑着如同塑料花。走出巷子后，我深吸一口气，小鸟在天空飞翔。我看到天那么蓝，云那么白，马路上的人群全笑眯眯的，充满善意。连树根下的积雪也那么温柔，没有一丝寒意。

高扬说，你就是金丝鸟。我的金丝鸟。

上街回来，我从桌子下拉出小电炉，说，我做点饭吃吧。我找遍柜子，看到早晨高扬买的豆腐只有黄黄的一碗底水。

我说，现在是冬天，豆腐上都有冰渣子，会吃坏胃的。即使不煎炒，煮在汤里也好。你说，你能改掉内八字走路，为什么不愿意改掉吃生豆腐这坏习惯？那时候，他养成这个毛病，怎么也改不掉。他说，豆腐白生生的，为什么要裹了芡粉在油锅里煎或者炒？还要裹上鸡蛋，还要油，不是浪费吗？

一句"坏习惯"把高扬说恼了。你干脆明说，我是农民，一双球鞋穿到烂也不洗，衬衣领子老是黑的，吃饭吧嗒嘴，牙缝里夹着菜叶，永远也学不会诌洋腔（普通话）。还有啥？你说。那你是什么？你不也刚从地里出来？才丢了枣棍子几天就打讨饭人。

我扑哧笑了。我是农民，我爹娘现在就是农民。好了吧？

你掰起指头算算，我们这院里，谁家不是农民？就是省府大院里，一多半的干部往上数不过三代都是农民。

人家关心你，大冬天的别吃凉豆腐，就引出你这多话。那你为啥要改内八字？再说，我不想当农民。我为什么要当农民？要不是我父亲被冤枉，我本来就是城里人。高扬，我也不想在那个道观做一辈子"道姑"。我要来省城，像你这样，做文化人。

其实，做乡下人城里人并不重要，关键是做啥事。你聪明，又有悟性，坚持读书，训练写东西，有一天，你就会出息。当然，机会很重要，我就是凭机会才有今天。可是，机不可失，时不再来，我不敢保证，你也能碰上提携我的老所长。

你帮我嘛。你在省城，认识那么多朋友，只要愿意帮我，总有办法的。我耍赖。有了肌肤之亲，他就应该有责任救我于"水火"，有义务帮我跳出那圈红墙，离开那个小县城，以及那群庸俗平凡的人。就是为了长相厮守，也义不容辞。

你别急，让我考虑考虑。高扬认真地说。

几天后，我们已经难舍难分，培训班下课后，我们就去公园，挽着手臂，在已经结冰的湖畔转了一圈又一圈。遇到有人迎面而来，就赶紧撒手，拉开距离。我们一直在说，似乎有说不完的话。

我说，恨不相识未嫁时。

高扬说，蓦然回头，那人却在灯火阑珊处。

我们停住脚步，凝视对方，生怕一眨眼，就会彼此丢失。拐过廊子一角时，高扬看看四周，猛地抱住我吻。然后，贴着我耳朵说，等这三个孩子一毕业，把八十老父母送走，咱们就结婚。我那几亩核桃树，够凤茹后半辈子花销了，我也算对得起她。这几天我突然发现，我不能没有你。

这一切来得那么突然，我抱紧高扬，热泪如泉水汩汩地流，湿了他的衣襟。有人走过身边，我第一次没有撒手回避。

高扬办公室的同事孙春岚，黑毛衣，灰呢子大衣，就把一张平常不过的脸衬出不平常的风韵。我把新买来的一套同样的行头穿起来给高扬看。从高扬眼睛里，我读到一种失望。我知道自己失败了。

你别"东施效颦"，那叫气质，是一本本书熏出来的，你以为是衣服穿出来的？你这样就挺好，挺本色，扮啥深沉？女人自然最难得。高扬说。

我不信，我喜欢孙春岚的气质，我为什么不能学她？既然书本能把女人熏成书卷气，而且远比女人的天生丽质要经久，我为什么不能学？我在心里暗暗说。

我常常问高扬，你喜欢我什么？

高扬盯着我说，第一是嘴，性感，第二是眼睛，媚。

我不喜欢听这样的话。我知道自己嘴大，偏偏他说"性感"，多么恶心。眼睛细长，不圆也不大，眼珠不亮，却让他说"媚"。那么多形容女人的词，比如端庄，比如漂亮，比如聪慧，在高扬眼里，似乎都跟我不搭界，仿佛我天生就是潘金莲，或者媚惑君王的妲己。只能给他感官愉悦肉体享受的坏女人。而他在我心中，是才华，是崇拜，是欣赏，是希望，是未来生活的全部。

我从门缝里悄悄看到，那天下午，孙春岚走过院子，敞开的呢子大衣里竟然穿着一袭长裙。长裙下面是只穿着丝袜的双腿，细如钉子的高跟鞋踩在还未来得及扫的雪地里，让我觉得一阵寒意掠过全身。

她怎么会穿着裙子？她不冷吗？我问高扬。

大惊小怪个啥，她是去参加活动，活动后有舞会。高扬说。

你为什么不去？悄悄带我去吧，让我也看看，舞会上的女人什么样儿。我摇着高扬的胳膊撒着娇。

我从来不去参加这样的活动。你趁早别有这念头，去了也会后悔。这么说吧，你往那儿一站，别的女人像孔雀，而你是一只脱了毛的鸡，你愿意吗？

我就不信会有那么差，那你爱我做什么？你怎么不去找孙春岚？你不是说过，有一次她与丈夫吵了架，跑到你房里来哭诉。有一次你病了，她从家里给你做了酸汤面装在饭盒里。你不是说，她对你有意思，只是你让机会溜走了吗？

高扬的脸唰地阴了，顿了两分钟后说，怎么玩笑话你也当真？这样的活动都是冷餐，我曾经参加过，连刀叉都不会用，还吃不饱肚子，纯粹是去做别人的笑柄。你见过啥世面，去了肯定出尽洋相，我不愿我的女人去成为别人的笑料。

我哑然。细细想来，确实是这样，我，我和高扬经见过什么呢？孙春岚他们，从在北京读大学起就接受着大都市的文明，就迅速改变了自己的生活习惯，就脱胎换骨，把自己从里到外变成了城里人。而我，我和高扬，一个仍是小县城临时工，一个从小县城出来不久，连口音都没有改变，怎么跟他们去比？

还有，高扬说，他不愿他的女人成为别人的笑料，这句话让我感动。他是爱我的，深深地爱，所以，他才这样说。有这一点，我就满足了，什么舞会也不会吸引我。

我彻夜失眠，我在心里对自己说，我一定要不惜一切代价走出那座道观。

高扬就是我的希望。他没有等我提出就做出承诺，尽管遥遥无期，要等送走老人，要等孩子毕业分配，要用核桃树给妻子留一笔养老费。他对不爱的凤茹，尚且如此重情重义，对爱的我，自是不言而喻，还用怀疑吗？

那段日子，我过得黑天昏地，上班迟到，做饭煳锅，后园子的"自留地"

也懒得浇水拔草。我甚至忽略了我的孩子,很长时间不去看他们。我知道儿子一定把婆婆烧的牛圈馍藏一个在被窝底下,说,等妈妈回来,我让她吃。我知道女儿一定把奶奶给她辫的辫子解开,哭着说,我要妈妈给我辫,你辫的不好看嘛。我还知道,丈夫腿上的裤线开了,露着半截小腿,但他不让母亲缝,他执拗地说,等她回来弄。可这一切,都被我忘记了。我们之间的那道裂痕,由最初的一点缝隙,逐渐扩大。我们的婚姻,像七级地震后的房屋摇摇欲坠。而即使见面,每一件小事也会引起一场吵架,像仍在继续的余震频频。丈夫的目光里开始多了一种东西,那东西像一把匕首,锋利,闪着寒光,似乎在瞄准时机,要直戳我的心底。我浑然不觉。我始终沉浸在梦里。期待着那一天,我正式成为高扬名正言顺的妻子。不,爱人。

我还不知道,洪流老师把这一切尽收眼底。只是他没有让我看出他的一片苦心。

24　唐朝的爱情

似乎是一夜间,就到了高扬"七七",我没有忘记。夜深人静,凉风习习,纯阳宫已经入睡。我取出自己多年保存的《西厢记》改编剧本——高扬的作品,以及一瓶杏花村的竹叶青酒,在后园的竹林边,蹲下,祭奠亡人,以及那已遥远的随风而逝的爱情。

——摘自《宋梅影日记》

那个曾经的日子,早已随着日历一页页掀过去,但在我心深处依然清晰如初。我仿佛看到黄河在眼前缓缓流淌,河面阔得望不到对岸,晨曦里,白色的雾岚氤氲在河面上。我想,那一波一波汹涌经壶口,过龙门,似乎疲倦了,要歇息了,所以不再咆哮,不再怒吼。而是静静地不动声色地拐了个大大的弯,往东而去。那弯,是留恋这个多情地方的最后目光吗?是抚摩这块土地恋恋不舍的手臂吗?就在这里,曾经用竹索把许多木船串在一起,上面铺了木板,行人或者车马就从这木板上荡荡悠悠跨越了天堑一般的河水。后来,到了历史上最昌盛的一个朝代,那个朝代不但疆域辽阔,不但国泰民安,而且盛产诗歌,诗歌让这个朝代充满浪漫。还有,这个朝代出了中国历史上唯一一位不是男人的皇帝——武则天。那时候,这里,串联那些木船的竹索已经变作了铁索。这河滩上日日夜夜燃起炉火,熔化矿石,把沸腾的铁水倒进那些范子熔铸成河两岸那四对庞大铁牛,镇河。镇借河水兴风作浪的一切妖魔。

晚风中,一辆马车辚辚萧萧过来了,从桥的那头,从那个伟大朝代的都城长安过来了。马车上坐着一位小姐和她的母亲,还有丫鬟。她们要送相爷的灵柩回家,要路过普救寺。在那座佛寺里,将要发生一段旷世恋情。一对男女,将在一群断绝尘缘的和尚眼皮下,在严厉的相国夫人疏忽中,传递秋波,相会西厢,将道德家法踩在脚下。那丫鬟可了不得,名叫红娘,一个普通得不能再普通的名字,却用她的智慧,成就了她的小姐与书生的姻缘,成为词典里一个词条,在多少年后的今天仍常用不衰,让"媒婆"之类的词俗不可耐,让"愿天下有情人终成眷属"这句话成为一个经典。我们现在知道了,那书生就是张君瑞,那小姐当然是崔莺莺,而这出爱情戏,这千古绝唱,就是《西厢记》,出自七百多年前的一个剧作家——王实甫——笔下。

三十年河东,三十年河西。细雨霏霏中,我似乎看到昔日的繁华不再,张君瑞与崔莺莺的爱情不再,这河水也不是那河水。只有那铁牛,静默无语的铁牛,见证过我们的爱情。知道在20世纪80年代中期,曾有一对男女,爱得不顾死活,一点儿不亚于王实甫笔下的崔张二人;而且,与崔张不同的是,他们都要去打破"一个旧世界",重新去"建立一个新世界"。虽然社会已经不再是那个封建礼教社会,虽然"没有爱情的婚姻是不道德的"这句话经常被拿来为追求爱情的男女"开道",但是他们仍然不能爱得光明正大,仍然要用古人的方式来避过人们耳目,"待月西厢下,迎风户半开"。

重新修复的普救寺开放剪彩,鞭炮响过之后,仿唐一条街中戏台上重新改编的《西厢记》全本开演。扮演崔莺莺的旦角是伍秀映,就是她,改革了蒲州梆子的唱腔,使高亢激昂中多了几分缠绵与韵致。鼻音的运用更使拖腔委婉柔媚,尤其适合《西厢记》一类的爱情戏,像越剧适合唱《黛玉葬花》，像昆曲适合演《牡丹亭》一样。

蒲州梆子在诞生地古蒲州上演当然意义非凡，又是高扬改编，我当然要去。我对馆里请假说要回家看孩子，然后坐汽车赶去普救寺。

散戏后，我与高扬骑着租来的自行车，站在黄河边，指着铁牛和已不存在的铁索桥说，我们永远相爱，今生今世，永不分离。这是我们的誓言。

那一刻，我们还没有意识到为了这个誓言将付出怎样的代价。

我们也顾不得去想，"永远相爱"尚不易，"永不分离"难如"蜀道"，难如上天揽月，难如做人。

"碧云天，黄花地，西风紧，北雁南飞。晓来谁染霜林醉？总是离人泪。"可我们，只把这当作"戏"。

高扬说，这霜叶，不是"霜叶红于二月花"里的枫叶，而是柿树的叶子，你懂吗？

那天，满河滩的柿树还是一片浓绿，上面的果实也是一片浓绿。它们要到十月，农历十月，才会红成一片，如枫叶，如燃烧的火炬。那时候，果实已被收获，只剩下一树树叶子，在枝头，经过秋霜的考验，旗帜一般随风招展，炫耀她的坚韧和忠贞不屈。我多么想，我与他的爱情永远像那枚悬挂枝头的红叶持久而又美丽。

25　爱情逻辑

谁摆出抢夺的姿态，谁就注定失败。有人说这是真理。可我认定了，爱情是战胜一切的武器，什么道德，什么伦理，什么家庭，什么责任，简直俗不可耐，在伟大的爱情面前，统统不值一提。

——摘自《宋梅影日记》

面对河水，高扬说，你为我生个女儿吧，一定好看。

为什么是女儿不是儿子？

女儿跟爸亲嘛，这还不明白。我要她长得身材像我，皮肤像你。

还有，嘴巴也像我，眼睛也像我。

高扬的脸唰地阴了,真是说变就变,简直比川剧的变脸还要让人措手不及。这不瞎扯吗?

怎么啦?你不是欣赏我的嘴和眼睛吗?让你女儿也长这样的嘴和眼睛,你就不愿意了?这是什么逻辑。

你愿意咱们的女儿用她的性感和媚去招男人,或者去让人骂狐狸精?你愿意吗你说?高扬逼视着我,从未有过的认真。

不愿意。我细细想,确实不愿意。可我为什么要在高扬面前去性感,去媚?我不也是狐狸精吗?那一刻,我忽略了高扬的智慧,我觉得他说的极有道理。

那一刻,我不知道,女儿小雨正在家发烧,婆婆搂着她彻夜不眠。小雨额头上搭着湿毛巾。我儿子,十四岁的儿子,也彻夜不眠,为他妹妹一遍遍拧湿毛巾。全地区的电影放映队正在丈夫所在的乡镇开现场会,交流先进经验。丈夫唱主角,难以脱身。婆婆让表哥找到纯阳宫博物馆才知道我前一天就请假回家了。家里当然没有我,在他们眼里我不是失踪是什么?

第二天我带着一脸幸福回来看着医院病床上的小雨,摸着她额头上被扎得发青的针眼,泪水潸潸而下。我不敢看婆婆的眼睛,手忙脚乱,无所适从,恨不得找个借口躲出病房。

背过婆婆,丈夫逼问,你说,你去了哪里?

我去逛普救寺了,那么多人都去逛,我为啥不能去?

丈夫吼道,如果小雨烧成聋子,烧成傻子,你后悔都来不及。

我又不知道小雨病了。我顶嘴顶得没有底气。

你以为我不知道你去干啥?你就造孽吧你!

我真的是造孽了,如果不是,为什么我与高扬以及我们所谓的爱情,如同昙花一刹那间盛开,又一刹那间枯萎?多少年后,我才想明白这个道理。

可那时候,我的话脱口而出,我怎么就造孽了?小雨也是你的女儿,凭什么我就得守在身边,而你要去忙你的工作?你不就是一个电影放映队长吗?有啥了不起?有本事你当个局长,当个县长给我看看,我就服了你!

"啪"的一声,一记耳光扇在我脸上,我看到丈夫发青的面孔,颤抖着的手臂，我知道自己戳到他痛处了，我的那记无声的"耳光"，打在了他心上。一个男人，在仕途上遭到别人"耳光"时，而扇他一记"耳光"的，不是别人，正是他的妻子，那种疼痛，可想而知。

你记着你这一巴掌，你要为你的行为负责。你弄清楚，是你的上级不提拔你，不是我。有本事打老婆，却没本事去找上级。我要是你，早去跳楼了，还有脸摆架子在人前晃。你想清楚，熬到局长也不过一个科级，在这小县城想升个副处，是做白日梦，你还会有啥出息！

我继续拣他痛处戳。我知道，不这样，我就无法下决心，我们就无法离婚。

他却没有还嘴，愣着。然后，灰着脸扭头而去。

这一去，我们整整两个月没有见面，正式分居。

那两个月里，我与高扬在信中，还有唯一的一次相聚，只有一个话题，就是结婚。只有婚姻，能使我们的爱情在光天化日之下，在众目睽睽之中，像那些月季，自由绽放，尽情展示它的绚丽。也只有婚姻，能使我在人前高昂起头，使一切流言蜚语消失在萌芽状态里。女儿还在病中的小脸不再唤起一个母亲的爱意和责任，儿子懂事的目光也不再让我心疼和怜惜，婆婆忧郁的眼神跟我很快就没有了关系。至于丈夫，那个打我一巴掌的男人将随着一纸离婚证了结这十多年的恩恩怨怨，成为路人。

有人说，夫妻之间没有血缘关系，一纸婚书可以把他们捆在一张床上，一张离婚证也可以让他们"孔雀东南飞"。我认为精确无比。我惊讶自己的无情无义，惊讶自己的狠心。岂止是丈夫，就连自己亲生的一双儿女，在那段日子里都变得陌生，变得累赘。我甚至想，如果没有孩子多好。我后悔自己匆匆忙忙轻率地把自己嫁了。嫁，就意味着将自己的一生托付给一个男人。这本是极其慎重的事，而在十五年前，在那个冬天，似乎是一夜之间，我就决定了自己的命运。

多少个夜晚，我捧着高扬的信一遍遍读，仿佛他就在我面前，对我说，天下的女人，我只爱你。你要相信我，给我时间，处理好家庭，咱们就可以结婚了。

耐心等待，为了爱情，怎样的"煎熬"都值得。他把我的"煎熬"赋予价值，这种价值于我便有了意义。他的承诺，使我不安的心安宁。

好几次，高扬到邮局发完信刚回到办公室又想起没有说完的话，骑着车子飞奔到邮局，从正在分拣的一堆信里找出他的信，小心翼翼拆开封口，在最后一页纸背面，又写下几行字。他说，你知道吗，其实大家都把信放在传达室，邮递员送报纸时会捎走，但我不放心。我也不在我们巷口邮电所寄信，他们往往要到下午才送到总局，而那时，我的信已经在火车上了。说这话时他一脸得意。

我知道，总局离他们单位并不近，骑自行车要二十多分钟。我说，你另写一封信寄出去不就得了？为了省那张八分钱邮票，跑二十多分钟，多不值。再说，我也可以同时收到两封信。

他的脸又唰地阴了，说，你以为我是为省八分钱？你太小看我了，我再穷，也穷得有骨气，我是喜欢那个过程，过程你懂吗？骑着车子，一路想着没有写完的话，再把话写完，看着装进邮包，想着三天后你捧着信的样子，我就高兴，你懂吗？

高扬总在见我的那一刻就想做爱。我总是把这归结为他太想念我的缘故。可是，那个晚上，我坐了十多个小时的火车，而且没有买下座票，就挤在臭烘烘的人堆里，与不相识的人贴背站着。我没有提前打电话给他，我想给他一个惊喜。那一刻他正在桌前日记本上写着什么，见我突然推门进来，一边把日记本迅速收进抽屉，然后抱住我，眼睛告诉我，他想做爱。我饿了，先给我拿吃的。我撒着娇，肚子早就咕咕叫着。

你下车为什么不吃？火车站那么多卖小吃的，为啥不吃？

人家不是急着见你嘛？不是你说，在老王头当班时进来，老刘头当班时出去，最安全吗？

我说不清自己为什么那次特别执拗，坚决不许他碰。接着，高扬在屋子里走来走去,手里举着一块咸萝卜,使劲嚼着。

我又一次投降了。问他,为什么?

因为你来了,就躺在我床上,看着你不做爱,我睡不着。

难道爱情就为了做爱吗?

不完全是,但很重要。一对夫妻,性的和谐也是重要的一条。

那你跟凤茹,不和谐吗?不和谐为啥不离婚?

又来了。能不能不提凤茹?多扫兴。

可我要面对现实。我跟他已经分居了,就等你。

听我说,分居可以,但先等我离婚后你再离,不然你怎样生活?

我有工资,不靠他养活。离了照样可以等你。还有,离了我就不是造孽了。这种造孽,是摧残别人,更是摧残我自己。我受不了。

可离婚后,一个单身女人会有是非,会有你预想不到的困难。我们单位的孙春岚就离了,那样一个女人,竟然得了抑郁症,最近连班也不上了。

我无言以对。我知道,那个高傲的女人,那个曾让我为镜子时时照着的女人,被另一个年轻女子取代了位置。同学四年的丈夫,一夜之间,做了别人的新郎。四年情谊,被年轻美貌打得落花流水,惨不忍睹。如果说,高扬与妻子是没有爱情的婚姻,那么,他们曾经深深地爱过,为什么也会是这样的结局?

那你该关心关心人家,明天我包饺子,你叫她来吃饭。要不,你给她送去?我不怀好意地说。

你啥意思?这时候我去,不是乘人之危吗?尽管她以前……高扬顿然而止,意识到自己差一点说漏了嘴。

曾经,高扬说,跟我到办公室去,让孙春岚看看,你多么漂亮。

我说,我漂亮跟她有啥关系?

你是我的情人嘛,她那黄脸婆,除了一肚子书,还有什么吸引男人的东西?

我提醒你,情人只是暂时,不是永远。

他避开我的目光。

我认为孙春岚是我不能比的,我与她,差着一座山的距离。只那一肚子学问,足以让我自惭形秽。

26　风起云散

凤茹又一次追到省城。只是她这次提前打了电话,使得高扬从容地把我送上回家的火车,然后,推着自行车在车站等她,像每一次等我一样。

高扬说,别转汽车回单位,就在招待所等我,凤茹给爹娘拿了药就回家。老郑下乡住的那间房子,可以让咱们住三天,无拘无束,不用介绍信。我对老郑说要带妻子去参观那个村的核桃树。高扬满脸欣喜地拍拍我脸颊又说,乖,等着我啊,不许乱跑,看我送你的书。

我知道去老郑下乡的邻县还要从小站坐半天汽车,可我愿意听高扬安排,因为我们有整整三天可以在一起。我们不用怕别人疑惑的目光,不用担心窗外的脚步,我要三天三夜不睡和高扬说话,说从来也没有机会说完的话。还有,这次一定要把话说透,也就是说,他到底离不离婚。

同蒲线上,南下的慢车就一趟,每天凌晨五点,在那个小站停车两分。我记着高扬的话,记着他送我时那满脸的歉疚和欣喜。

每天凌晨,我都会走出招待所,站在出站口,盯着每一个下车的旅客,然后,看着列车轰隆隆开走。星星几乎全都隐去,只有启明星寂寞地升起,看着我一步步走回招待所。我想象着,三天后,我就可以与高扬坐在公共汽车上,悄悄握着手,低声说着话,向那个没有去过的宿舍,去度我们的蜜月。

三天三夜的日子仿佛三年,终于等到我们约定的时间,我望酸了眼睛,望着列车呼啸来又呼啸而去,可是,没有高扬。

我不知道,是凤茹没有回家,还是高扬临时有了事情。第五天,我终于沉不住气,跑到邮电所,让接线员拨通高扬单位电话。一个男人告诉我,高扬请假,与他妻子回家了。我算算时间,也就是说,高扬在我离开他第二天,就同妻子回家了。肯定是凤茹盯着他,不然,高扬知道我在等他,绝不会失约。

我也不知道自己为什么会生病。我已经一天水米没有沾牙。我不知道等待自己的会是怎样的结局。熟悉的脚步终于从走廊那头响起，愈来愈近。我看到，门开了，高扬站在门口，望着我，然后，扑通跪下来，一步一步到我床前。

他抱着我，喂我喝粥，喂一勺说一句，对不起。他拉着我的手往他脸上打说，我该死，让家里事情缠得昏了头。你怎么这么傻？等不到就是我有事脱不开身了，你就回单位或者回家。要不是我打电话给你单位，还想不到你等在这里呢。他们说你已经几天没上班了，你丈夫到处找你。你想想，乱成一锅粥了。我们当然没去成老郑下乡的宿舍，去度不用介绍信的"蜜月"。因为，老郑按时回去了。

我与培训班同学去她家玩了。面对丈夫的盘问，我理直气壮。

为啥不打个电话？

她家没有电话。

你以为我是傻瓜吗？

你凭什么限制我的人身自由？

少酸文假醋，还人身自由？就凭你还是我老婆，就管你。

那就离婚！我忘记了高扬的叮嘱，让"离婚"两个字脱口而出。

丈夫转过身，死死盯住我，眼里在喷火。你记着，这可是你说的，别后悔！

高扬"七七"。我来到纯阳宫后的竹林。不知什么时候，飘起了小雨，随着夜风，雨点渐渐密集。我取出那本《西厢记》改编剧本。压在我箱底二十多年，高扬的字迹陌生而熟悉，发黄的方格稿纸，"地方戏曲研究所"几个红字，触目惊心，一笔一画都仿佛是血的痕迹。我用牙齿咬开竹叶青瓶盖，把碧绿浓香的液体一滴一滴洒在那些发黄的纸页上。

高扬的手稿，终于化作一堆灰烬，随着雨水，一点一点流走，融入竹林边的渠水。黄河在不远处流淌，仍然从容东去。千万年不变。地老天荒。变的只是梦，女人的梦，瑰丽而浪漫，残酷而支离破碎。

竹林突然喧嚣，夜空里如同惊雷，一阵又一阵。我又一次回头，对着渠水说,高扬,对不起。我想让他知道,就在这七七四十九天里,就在我无数次的回忆中,我彻悟了,我要让一切怨一切恨随风逝去。

我希望渠水把我的声音带给高扬,让他从此闭上眼睛,静静等着凤茹——他的结发妻——去与他团聚。

第二章　烟火人间

　　我与你是生活；与凤茹是过日子。高扬当初确实这样对我说过，我深信不疑。可多少年后我才明白，人不能没有生活，更不能不过日子。

——摘自《宋梅影日记》

1　新婚之夜

　　腊月十九，我把自己嫁了。那是1970年。那时，人们习惯喊我梅子。

　　自打出了学校门，"宋梅影"三个字就被人们扔了。五年过去，发生在昔日荆家庄园的是是非非，像说书人编的故事，连我自己都怀疑它是否存在过。比如，我们女生都暗恋过的音乐、美术老师洪流；比如，以破坏军婚罪把洪流老师送进监狱的女老师廖静，以及领着学生捉奸的教导主任与体育老师文龙。还有，我的少女梦，都已是明日黄花。所以，扔掉它是最好。所以，我决定把自己嫁出去。

　　开脸的时辰，定在腊月十八日酉时，娘拉我跪在大门前，把一摞用冥洋模子拓过的粉连纸塞进我手中，递上冒着火苗的枣木棍。西北小城郊区的那堆黄土遥不可及，关于亲妈的记忆也早已模糊。我只是不想再与娘对着干，为了能嫁给同学潘解放，一贯唯女儿是从的娘与当年抛弃了她的爹空前团结，反对我婚姻自主，"战斗"长达三个月。我想在成为潘家媳妇前，与他们和解，让这场战斗烟消云散。毕竟我走了，这院子就剩下他俩，要继续相依为命。

娘抹一把泪，擤擤鼻子说，闺女啊，娘犟不过你。你大喜的日子，偏偏要选明儿，那是你亲妈的忌日哇，日后受不完的罪呢。

我没接腔，继续用那根枣木棍翻那些纸钱，我也想不清自己为啥如此固执，要把婚期定在这天。火苗渐渐弱下去，熄了。一阵风过来，卷起纸灰，往西北方向而去。娘喊道，梅子快跟你妈说几句。我一愣，脱口而出，妈，明天迈出窑门，我就是潘解放的人了，你若地下有灵，保佑你闺女明天顺顺利利，潘解放可是个好女婿呢。

我怎么也不会想到，好女婿潘解放第二天迎亲路上，就把新郎官自行车头红绸子扎的那面镜子摔在马路中间。一地的水银碎片，让无数个我和潘解放瞪目相对。我伸手去捡，顿时让李铁梅举红灯的那只手狠刺一下，鲜血如注，洒在我大红缎子棉袄前襟。那几滴血迹后来始终没法弄掉，成了棉袄的主人——表嫂的一块心病。

伴娘表嫂悄悄说，结婚打碎镜子，可是晦气的事，一会儿我挡住解放，你得抢在前面进洞房上炕，不然……

不然啥？

不然，你这辈子都会被他压一头，怕是过不到底。

我就不信这个邪。我把自行车交给接新娘的女人，往北窑门口贴了毛主席像的桌子走去。

傍晚，我端坐在新房炕上，试图用唱歌来逃过男人们心照不宣的闹房怪招。我的歌声清脆而柔婉，哄闹的人们有了片刻安静。天上布满星，月牙儿亮晶晶，生产队里开大会，诉苦把冤申……

接着，我就看见扫院子的笤帚在那些男人的手中倒过来成为"武器"轮流在解放屁股上"执刑"。啪啪的声音响起，一下一下，把我的歌声也打得零零碎碎。

有人喊，蛇溜道，蛇溜道，这个不过瘾。我知道，自己的"阴谋"失败了。

喊声中，解放的红裤带被人一把抽掉，扔在炕上。我清楚，解放就要把这根软塌塌的布带子从我一只裤腿贴肉塞进去，再从另一只裤腿抽出来。不然，他就会和我一起被人们像剥羊皮一般剥个精光，然后，用麻绳捆成两只"肉粽"。看来我今晚是在劫难逃了。众目睽睽下，那手经过的部位，想一想就让人无地自容。但是，若跟捆粽子相比，我宁愿选择前者。毕竟，那触摸肌肤的手不是别人，而是自己的丈夫。有人已跳上炕，把我和解放严严围住。我浑身开始发抖，先用手捂住脸，头深深缩进两肩，像一只钻沙子的鸵鸟。然后，把双腿伸展出去。

这时，一声断喝，人们齐刷刷扭头，静了。一个黑脸大汉趿着毡窝窝，倚着窑门，用旱烟锅挡回解放递上的黄金叶香烟，戳着炕上的我说，你，你，你们，不愧是一丘之貉哇。你诉的谁的苦，想为谁申冤？为你的历史反革命老子，还是畏罪自杀的公公？

我愣住，解放也愣住。接着，他刀子般的目光把一窑男人扫视一遍。

接着，趿踏的脚步匆忙移向院里，一刹那间，消失殆尽。

我说，解放，刚才有人点这歌的，不是我要唱。

解放说，别多心，他是政治队长嘛。以后你就知道，他经常把报纸拿颠倒了念，"凡是反动的东西，你不打它就不倒"，"扫帚不到，灰尘照例不会自己跑掉"。这"一丘之貉"不知哪里拾来的，用的还真是地方。不过，用一蔓藤上两颗苦瓜形容咱俩怕更贴切。

婆婆咳嗽一声进窑来了，怀里抱着一个枕头。我的脸轰然一热，似乎全身血液都涌到头上。我亲手绣的那副满红枕头在衣架上展览了一天，此刻取下，小姑子在用麦秸塞。一晚一把，要塞三个晚上，才能让我们共枕。

小姑子五岁，没有手劲，我"下马"（其实是自行车）进新房后，她端着一盆底清水给新嫂子洗脸。看着她期盼的眼神，我手指在盆里蘸了蘸，接过她递上的毛巾，从怀里掏出一把分分洋（钢镚儿）哗啦撒进水里。小姑子等不得出窑，就把盆放在地上，伸出小手去捞。边捞边数，一毛，两毛……有人问，新嫂子给你多少钱呀？喜得嘴张恁大，小心找不下女婿。

此刻，婆婆一边指点一边絮叨，你捡分分洋那阵手咋那么巧，这会子就笨得猪一样？一点一点塞，把枕头顶塞起撑圆了。你看你嫂子手多巧，那石榴籽一颗一颗，跟树上结的一样样。那蝴蝶要飞到你脸上啦。赶明儿你也能学会这本事，娘就阿弥陀佛了。

我在窑里炕上不由得扑哧一声，赶紧捂嘴噤声，悄悄把麻木的腿伸一伸，紧着盘好，坐稳。我不敢忘记娘的叮嘱：新媳妇若伸着两条腿，人家就轻看了你。这一天轻看了，"门楼子"就倒了，一辈子也扶不起。

盘腿不难，我在纺车前一坐就是半晌，待伸腿展腰，一小蒲篮捻子（棉花条）就成了一堆穗子。刚开始时煤油灯老要放在锭子前，不然上线就时不时缠在麻钱上，娘就说，你看看，这白白的花叫你纺成黑的。细看，果然，穗子蔫萝卜一般，黑一缕，白一缕，那是煤油灯焰熏的。后来，我就跟娘学会黑着灯纺线，一圈一圈，从不会缠到麻钱上。有时候，月光透过白麻纸窗格洒下一炕碎银，夜就像一首诗，我尤其喜欢这样的夜晚，纺车摇得飞快，再不打盹。

解放哐当一声闩上门，指指门闩上一根钉子说，咋样，想撬也没门。那脸露出我没有见过的狡黠。解放又指指窗门扇，原来让钉子钉死了，怪不得没有让人卸了去。

表嫂的新房头十天里窗门扇就没了去向，挂一块包袱皮挡风，夜夜不敢脱衣服睡觉。最后一夜被丈夫缠不过，脱了衣服，竟然让人把裤子偷去挂在院子铁丝上，让三姨清晨倒尿盆时撞到脸上。后来我一想到表嫂的大红缎子裤在三姨院中旗帜一般招展，想到表哥光屁股到院里豆秸堆中翻他裤子，就笑得直不起腰。

表嫂说，你别笑，记住嫂子的话，三天里最危险，就有不要脸的男人，借着偷媳妇耍流氓。谁兴得这破规矩，五服里的爷爷也敢捏我大腿，我恨不得一剪子戳了他。说着褪下裤腿让我看，那大腿青一块紫一块，全是让闹媳妇的男人们捏的，两个月了还没消去，看得我心惊肉跳，早就发愁如何躲过这一关。

聪明的解放，几颗钉子，让我顿感轻松，解除所有警惕。我看到解放把婆婆送来的枕头摆在炕头中间。接着，站在那对黑桐木箱子前犹豫。娘缝的四床新被子摞在箱盖上，两床红底绿、白牡丹织贡呢，两床九节竹家织布。我盘腿静坐，心却像只小兔子在胸腔里嘣嘣乱跳。

终于，我瞥到解放抽出那床红底白牡丹被子迅速扔到炕上，然后转过身去。我知道他在解黑制服棉袄的扣子，接着坐在炕沿上脱棉裤和袜子。他始终不说话，我也不知该说啥。只觉得又是轰然一下，血全涌到脸上，我起身扑地一下，吹灭那盏煤油灯，顿时，新房成了红薯窖。

院里静静的没有喧闹。弟妹送来"展腰面"后，已被婆婆轰赶到北窑炕上。鸡们也乖乖待在窝里，不再七嘴八舌。窑外猪圈里，偶尔传来几声哼哼，再无声息。我知道，结婚这天要的就是热闹，热闹就是人气，是人缘，是这一家人在村里的脸面。人家来闹你，是看得起你，是把你这家人放在心上。这一天无论闹到什么程度都不过分，不但家里不能生气，就是新娘子也不能吊脸。可是，黄昏时聚集一窑的热闹，还有表嫂教我应对闹媳妇人们的那些经验，夜里要警醒那些训诫，随着政治队长那番话全失去了意义。

可我喜欢此刻，仿佛这世界只剩了我与解放两人。我也不需要让闹房这种形式教我怎样与解放亲近。我愿意与解放享受这一辈子只能享受一次的幸福。我坚信，这一天幸福了，就打通了通向幸福的大门，就可以一生一世在一起幸福。我与爹娘"战斗"，佯装跳井吓唬他们；住在女伴家，爹娘不投降四十天不回家，为的不就是这一天吗？我早在心里，一遍遍描画过，这新婚头一晚的情景。只要一想起自己身边睡的不再是娘，而是解放，我熟悉又陌生的男人，脸就发热，心就乱成一团麻，腿脚不是了腿脚，胳膊不是了胳膊。

可我知道，这闹媳妇的人一走，婆婆心里存下别扭，这别扭，怕是多少年都解不开。婆婆用她谨慎做人大方行事维护起的人缘在一瞬间里土崩瓦解。我觉得似乎是自己的错，如果我不唱那首歌，也许，政治队长就没法挑刺。我没有想到盼望已久的新婚之夜喜庆中多了几分无法言说的别扭。

黑暗里，解放似乎已经展开那床红底白牡丹被子躺在枕头上。表嫂的话又响在耳边，记住，哪怕解放嘴上抹了蜜，完了都要穿上衣服睡。我脸上又是轰地一阵，我明白表嫂说的"完了"是指什么事。那天表嫂遵照娘嘱托给我进行婚前"教育"，结婚才两个多月的表嫂吞吞吐吐，刚开口，自己脸先红得像系嫁妆脸盆的红包袱皮。妹子啊，这结婚后，就跟当闺女不一样了，妹夫要是……

嫂子你住嘴，我上过初中，二年级就上生理卫生课，用得着你教我？我拿一颗红枣堵住她的嘴。

窗外确实没有任何动静，我开始解棉袄的纽襻。突然，解放开始喘气，而且声音越来越粗。

你感冒了，要不要叫娘挑一针？我停下手。解放说他们姊妹头疼脑热从来不吃药，婆婆拿缝衣针挑舌根放血，一针就好。

谁说我感冒了？

不感冒你呼哧啥？明天还要回门呢，我嫂子可有整新女婿的法子呢，你得防着点。

我也不想呼哧，可不知道咋就像狗歇凉，又不是五黄六月。你快点。

我突然明白，解放为啥狗歇凉一般呼哧了，脸又是一阵轰然。那天到公社领结婚证回来，婆婆捏了馄饨，吃完，解放领我看未来的新房——那孔小窑。那小东窑，门朝西对着院子，窗户却开在院外南墙上。我从未见过这样格局的窑洞。解放说，我也不清楚这窑咋两个窑畔，我们原来院子在沟对面，一色青砖大瓦房，我出生前两年搬到这里。我算着是1947年。解放自己新抹的白灰让那孔小窑豁然开朗。最得意的是，在炕墙上搭起一架竹屏风，用报纸糊一层，再用白粉连纸裱一层，这样灶火里的柴灰就不会落到炕上。而人们一进窑，也不会看见炕上的情景，仿佛里外间似的。解放在屏风中间，留一方灯窑，我为了绣那幅灯帘，把一根丝线劈成四股，用插针把蝴蝶绣得像要飞起来。

那晚月亮很亮，解放走小路送我回家。夜很静，只有两人的脚步踢踏踢踏响在腊月的夜空。我等着解放说话，却听到他出气越来越粗，吓一跳，刚扭过头就被解放突然抱住趴在我耳朵根说,还得等十天,熬年似的。跟我回小窑待会儿再送你。这会儿我娘已经睡了。解放说得有点心虚,不敢抬头。

我突然意识到解放的意图。解放等领结婚证这天已经很久了。如今我们已是合法夫妻,解放与我无论做什么都不过分。可是,此刻我脑子格外清醒,我知道,解放做什么我都会接受,唯独这一点,决不。我一定要等到结婚那天,等到与解放拜了天地,我才会把自己完完整整交给他——我的丈夫。

这是仪式。隆重的仪式。女人一辈子只有一次的仪式。不同于骑马坐轿的排场。不同于唢呐班子迎亲的热闹。不同于鞭炮礼花的炫耀。

这是闺女自己心里的仪式。

是闺女自己生命的隆重。为了那蕴蓄了十八年的、阳光雨露滋养的绽放。

我推开解放,推得很艰难,推得有那么点勉强。因为我自己,我的心告诉自己,与解放一样也觉得十天漫长得不可思议。没有领结婚证之前,还不觉得,一有了这合法证明,仿佛一刻也不想等待。解放的怀抱,是那么温暖,那么让我依恋。解放的双臂,是那么有力,总箍得我喘不过气。解放的双唇,紧紧吸住我,像要把我连皮带肉吞进肚子里。可是,我告诉自己,必须等待。因为,有那么多的理由,要让解放等待,要让自己等待。解放不高兴,就让他暂时不高兴吧,到时候不用解释他也会高兴的。

我镇静下来,让心跳慢慢平息,然后说,不就十天吗?眨眼就到了,你急啥?你让娘咋看我?然后,加快速度,跑下自家崖坡。像背后有狼撵,有坏人追。

此刻,我再没有理由推开解放。当然,还有自己。解放的出气声越来越响,在腊月的深夜,钟一般,一下一下敲在我心上,敲得我手忙脚乱,浑身燥热。我终于解完那七个纽襻,摸黑叠好,放在炕角。又继续,脱棉裤、衬裤,也摸黑叠好,放在炕角。最后,只剩了贴身背心与大红裤衩。

我再也没有了理由继续磨蹭,用手摸索着解放留给我的那多半个枕头,慢慢把身子放下。

2 "完了"没有完

"完了"后,我才觉得自己在生理卫生课上其实什么也没学懂。整堂课老师不讲,让同学们自己看,自己就以为看懂了。表嫂这婚前指导员也当得极不称职,让自己丢了大人。

第二天回门,避过娘我抱怨表嫂,你咋不告诉我要铺褥子,我说缝嫁妆时,我讨厌黑布做里子,娘执拗地像头牛。现在才明白,不听老人言,吃亏在眼前。

表嫂一脸惊讶,你第一夜就……话没说完,脸又红了。

你说你教也教个糊涂,我那么好的太平洋单子,大清早起来洗,用了半块香胰子,还跟地图似的。

表嫂喊道,好我的憨妹子,用啥香胰子,只要马上用凉水就能干净。单子呢?

晾在院里铁丝上,这大冬天的,干不了明天铺啥?就这一床太平洋单子。

表嫂说,妹子哎,你这人可丢大咧喂。

你说,你说……我脸也红了,看不见,感觉却超过表嫂。

表嫂诡笑着,说啥?嘴里噙麻雀蛋啦?

这,这,和心里想的咋就不一样,有啥意思?

啥和心里想的不一样,你心里咋样想啦?啥叫有意思?

呸,你再逗我,小心我叫哥整你。哎,受刑一样,还弄得多少人当强奸犯,进监狱,值得吗!

表嫂戳我一指头,脸皮厚,只怕你以后离不了呢。

后来,我一次次回忆自己,确实憨,娘其实明里暗里已经告过我了,女人家,铺床黑褥子遮丑。可自己,当初只想着好看,想着洋气,想着一辈子就结一次婚,咋就不能把最好的床单、被子,连同最好的自己一起给解放?这丑从结婚第二天就遮不住了,别人不知道,婆婆心里明镜似的。因为床单刚晾出去就让婆婆拽下来,暖在她炕头。婆婆笑眯眯地说,这柴火烧一天,炕热得烫手,夜里把被子抱过来暖暖。你窑里不烧火,炕凉。

解放更憨。我抱怨,那些娶过媳妇的男人不是教过你吗,你咋也不会,还要点着灯找?从此,我们新婚之夜的无知,成了夫妻生活的暗号、调情的专用语和互相"攻击"的"武器"。

有一次,"完了"后解放说,没结婚那阵儿,你猜政治队长咋说?你媳妇裆里能过火车,不信你试试。这龟孙子,诓我上当受骗。我媳妇可是货真价实的黄花闺女。我最有权利证明。

啥叫过火车?你上啥当了?我莫名其妙。

后来我才知道,"过火车"是啥意思。只有养过孩子和不正经的女人,才被人那样形容,就像城里人问不正经的女人叫"公共汽车"一样。解放是说漏了嘴。他哪里知道,这句话就像一把刀戳在我心头,那血,不是染红了太平洋床单的处女红,而是一滴一滴滴在后来的每一个夜晚。

可解放那时是"子弟",只能在政治队长一次次问他时装作没听见,低头走开。他真想上去扇政治队长一个耳光,可他不能。政治队长尤其不敢得罪,他会改变解放的身份,让他这"子弟"变成"分子",然后去担茅粪,去踩着冰碴割苇子,去开批斗会。解放他爹是"分子",脖子上挂一块大木板,铁丝把后颈勒成深深一道沟,跪在批判会上认罪。后来就跳井,成了畏罪自杀。解放当然不想把"子弟"变成"分子"。

有一次我俩拌嘴,我一遍遍问解放,你也认为我能过火车吗?你就这么不信任我?你是不会把报纸拿颠倒了念的人,你懂得道理。如果我在学校,跳高,跳远,还有后来,骑自行车带着你去买结婚东西,把我自己弄不"完整"了,你会咋办,离婚吗?你就这么在乎我是不是黄花闺女?你是爱我的心,爱我的人,还是爱黄花闺女?幸亏我用太平洋床单证明了自己。可我心里别扭。因为你曾经不信任过我。你在新婚第一天夜里是在验证。

解放装出一脸茫然,忘顾左右,但我知道那天夜里,他是心怀鬼胎的,是要验证政治队长的话的。结果当然让他欣喜万分,事后我想起他当初的情绪,确实如此。我不是人们说的跟原来退婚的对象有过"关系"。我是把一个完整的宋梅影献给他,使他一辈子在人前理直气壮昂头挺胸做男人。

后来我终于知道，其实这种疑惑从领结婚证那晚回来，从我拒绝他开始就存下了。存在他心里纠成一个结，让他整整十天恍恍惚惚。他那时只有一个念头，我失过身，要不为啥不让他碰？是怕被他发觉会取消婚礼才拒绝他？

新婚之夜，我用一窍不通，用床单上鲜艳的"梅花"证明了自己的清白。所以，只要跟他吵架，我认为说什么都不过分。解放不吭声，不还嘴，不接招，我就没有了办法。像一拳头狠狠打出砸在棉花包上，再有脾气，哪儿发去？

我也没有想到，自己为什么那么在乎解放这种思想。我只庆幸自己意志坚定，无论第一个对象说得天花乱坠，无论他对爹怎么殷勤，对娘怎么巴结，对我怎么真心实意，竟然连手也没让他碰过。也许，冥冥之中，一个声音在提醒自己，无论这个人我喜不喜欢，都不能把自己随便交出去，一定要等真正当了新娘子才可以做"那事"。

果然，对象要去当兵，他的理由只是宋梅影是个"子弟"，将来有了孩子，不能参军不能考大学。可是当初，他不是明明白白知道我是个"子弟"吗？只是那时候他还是个猪场饲养员。尽管我曾经是那么那么想嫁一个穿军装的，到部队去举行婚礼，但我没有办法改变这个事实——我是"子弟"。所以，在他提出退婚时，我第一个念头就是：幸亏我没有把自己给他。

3　戏台

人生如戏，还是戏如人生？多少年后我仍然想不明白，就像上帝早就编排好的密码，缘分是那么不可抗拒。为什么我苦苦地恋着那个人，最后却与潘解放走到一起？反省自己，并非只为了婚姻，而是确实爱过。

——摘自《宋梅影日记》

那时候，我们桑柔涧公社宣传队非常有名，与城关宣传队、机械厂宣传队成"三足鼎立"之势,各有绝招,支撑起全县人民的文化生活。我们从街上走过,人们常常会指着其中一人喊:看,那就是演李铁梅的,辫子是真的。那是唱小常宝的,嗓子那个亮哇,不要扩音器。还是机械厂的牛嘛,那洋鼓洋号就是气派,一只鼓就顶你一个王八班子呢。

每年春节一过,紧锣密鼓了一冬天的各家宣传队要参加县里的文艺会演。这是比赛,更是一种政治任务,没有哪个领导会不重视。从正月初十开始,就在体育场,搭下戏台,海报三天前就贴出去。各家演出的剧目,却秘而不宣。这一年的会演,更是空前隆重,据说请了地区专家做评委,就是要现场评比,现场发奖。这会演,吊起了人们的胃口,从海报贴出那天起就成了人们街谈巷议的中心。

眨眼就到了正月十五。从中午起,体育场门口人流就可着没有门的口子往里涌。戏台下摆满凳子。民兵早就把一捆捆竹竿靠在戏台前,晚上用来维持秩序。他们还吼着那些老头老婆婆:趁早回家去,不怕死的就坐着,明早叫你儿子抬着棺材来装你!因为他们早就见惯不惊。每年元宵节会演,仿佛全县人民都来看戏,真正的人海人山,如流如潮。竹竿在人们头顶挥舞,仍然不能把站起的人群压下去。几捆竹竿,到最后总是成了一缕缕竹丝。那还是一个戏台,一个宣传队接一个宣传队彻夜地"你方唱罢我登场"。而今年,是并排三个戏台,让三家最有名最旗鼓相当的宣传队同时敲起锣鼓拉响丝弦,明明就是打擂台吗,想想这是啥阵势?怎么不叫人眼珠子发亮,腿脚抽风呢?

天终于黑了,场子也早满得水泄不通。一排穿黑棉制服袄的人被民兵护着,分别从后台登上戏台,坐在侧幕边。指挥部在大喇叭里一声喊,三个戏台,几乎同时开始"吵台",大锣咣咣敲,战鼓咚咚响,那声响,会把十里外的人都吵了来看戏。蓝色幕布还没有拉开,我听到第一轮人潮就在台下开始了"拉锯"。民兵们紧握竹竿却没有举起,他们知道,这时候,需要给人们一个选择的机会。这时候,不能阻止这些观众。让他们去犹豫,观望,定主意,到底选择哪家宣传队,他们自然就会去哪个台下看戏。

几乎就在开场锣鼓停止的那一瞬,大幕唰地拉开,拉幕的两个男人还没有跑回戏台一侧，鼓板响起来，嗒嗒嗒嗒一阵，然后，是锣，是钹，是文场乐队一起。不过，这不再是吵台，而是正式开戏，是演出开始，是比赛开始。也几乎是同时，台下安静了，人流稳定了，我悄悄掀开底幕一角，稳稳神，朝旁边评委们嫣然一笑，摇身一变，不再是自己了。

那晚，我们桑柔涧公社宣传队演的是《红灯记》第五场《痛说革命家史》，我演李奶奶，军子演李玉和，兰子演李铁梅，老贺演鸠山，而潘解放，演卖木梳的——一个冒充地下党联络员来接头的——敌人。潘解放说，这是他宣传队生涯中最不忍目睹的一幕。

我们抓阄抓到东台，最里面的台子，先从地理上就输了一筹。而城关宣传队在中间，最佳位置。机械厂宣传队在西台，观众一进场就看戏，也算优势。不过，如果他们的节目压不住台，观众就如同流水，哗啦啦涌向中间，或者我们东边。

也不知谁，想下那个绝招。也许是太想拿奖的公社武装部长暗中指挥。那时候谁也不明白，为什么各公社都是武装部长管宣传。戏开演不久，就有一群人从西台下呼啦啦往东而去。接着，中台下的观众，也随着人群呼啦啦往东而去。根本就没人知道为什么要呼啦啦而去。而后，刚到西台下的观众，当然也不会放过看好戏的机会，索性随着人流，站也不站一下就涌过去。台上评委诧异地望着台下。那些正在演出的演员乐队也眼睁睁看着观众如潮水般从自己台子下跑掉，但他们，没有一点儿办法。他们总不能让那些拿竹竿的民兵们拦住观众说，回去，不准跑。那就失去了打擂台的意义。

那一刻，解放，不，是解放扮演的角色正举着一把木梳对我说，老奶奶，桃木的，要现钱。

这是《红灯记》第五场中的一个重要场面，潘解放说的是接头暗号。这戏演了不知多少遍，观众都能记住台词了，往往我们还没说出口，台下就叫喊起来，没有经验的演员就会乱了阵脚，不是忘记台词，就是跟着台下的人们笑，砸了戏。但是此刻人们仍然担心李奶奶会上当，会拿起那盏信号灯对暗号。然后，就会有一批地下党员人头落地。可是，大家看到，我，不，是李奶奶稳稳地拿起那盏煤油罩子灯擦起来。特务果然上当，他接着问李奶奶，密电码在哪里，他是奉命来取的。他不知道，此刻，明察秋毫的李奶奶已经识破了他是一个特务，而且，李奶奶知道出事了。她要赶紧把这消息通知她的儿子——李玉和。

卸妆时，解放悄悄把一杯热水递给我说，你没听见，我一喊你老奶奶，台下就起哄？

起哄啥，说错了吗？我没听懂。我一出鬼门道，就是戏中人了，台下观众根本影响不了我。

说她男人，她男人喊她老奶奶。那是两口子。解放把"两口子"几个字咬得像啃生红薯，又脆又甜。

我扑哧一声，梳子掉在地上。好啊，以后结了婚，你也得喊我老奶奶。

行啊，反正又没人听见，喊你皇后娘娘，太后老佛爷，咋样？可说好了是结婚后啊。你说，啥时候喊？

呸，我又中你的圈套了。哎，这是县城，又不是在公社台子上，他们怎么就认得咱们？我疑惑了，看着解放。

还不是武装部长的计谋嘛，咱们公社的民兵把观众从西台、中台拉过来，一人喊就都跟着喊，咱俩比《红灯记》还好看。后来我才知道，武装部长就拿一个理由——台下观众多少——跟那些评委争来那个唯一的一等奖。

反正，只要在台上，我都要受你压迫。解放似乎委屈又很得意。

解放没有说错，我演游击队长，腰里别两把木头锯的手枪，用墨汁染了系着大红绸穗子；而解放演叛徒。要命的是，我还要在最后一枪崩了叛徒。那出戏可是演遍了全县各个公社，演得几乎所有人都知道，媳妇把男人一枪崩了。最倒霉的是，在桑柔涧公社演，演一场砸一场，观众在台下喊着，她男人，她男人，她崩的是她男人。还有更要命的，往往走在街上都能感到脊背被戳得血窟窿般，那些娃儿们撵着我脚后跟喊，她崩了她男人，她崩了她男人！然后把手伸成手枪样，冲我脊背"叭叭叭"地叫。

其实那时候，解放还不是我男人，只能叫作对象。后来，婆婆让解放传过话来，宣传队工分高，咱也不挣了，我这张老脸丢不起这个人。

娘也说，回来吧，该嫁的闺女老在台上晃招人笑话。

可婆婆的话没有人听，娘的话也没有人理。一个公社宣传队，几十号人，就解放和我两个"子弟"，何况参加毛泽东思想宣传队，是多大的荣誉？我们才不管别人说啥呢，跟政治思想相比，一切都不值一提。何况这是演戏，是假的，人们这样做，除了没文化，还是没文化，能把我们咋样？我们仍然天天在台上，一个喊老奶奶或者大娘，一个扮演着另一个的丈母娘或者上级。

细想起来，解放从一开始，就在人们心中一点点奠定了自己的地位，他自己却浑然不觉。人们认定他天生怕老婆的种，一辈子要受媳妇管制。传到我耳朵里时，我暗暗想，结婚后一定要让解放真正"翻身得解放"，我要用实际行为改变解放在人们心中的印象。人们哪里知道，解放的聪明？解放的作文贴在教室后面时，全班五个女生就有四个喜欢他，我那时正在暗恋一位老师，不然，也是解放的追求者。人们哪里懂得解放的大智若愚？解放一句话，一句平淡得不能再平淡的话就让我心甘情愿把自己托付出去。从此认定，非潘解放不嫁，让爹和娘伤透脑筋。

4　宣传队

我与潘解放的恋爱，准确地说，是从毛泽东思想宣传队开始的。我们奇怪，同学一场，他没有娶到在学校就悄悄追的胡玲，我也没有嫁给任何人。

宣传队在黄河滩割草。我不知道什么时候解放悄悄跟在身后，悄悄地把他自己割的草归拢到我的草堆里。我不怵力气活，比如出圈，比如担粪，比如拉架子车，最怵割草。我左手指上一道道疤痕记录着割草的经历和耻辱。别人家的孩子，五岁就拿镰刀，而我，十二岁拿起镰刀，只会砍肉而让那些草在自己眼皮下跑到别人筐里。我把这种笨拙归结为自己从小生长在城里，没有练下"奶功"，如同一个武旦在骨骼未发硬之前没有练下扎靠的功，就一辈子扎不了靠，那花木兰、穆桂英、扈三娘之类的角色就这辈子跟她无缘。

那一刻，其他人都在远处，滩地里，没有树，也没有一丝风。下午的太阳把草晒蔫,也把人晒得像草。河水在远处流淌,多少年来,一直是这样。只是今年,河滩里多了我们几十个青年男女,农忙时不再排练节目,而是在河滩上割草。这些草要晒干运回去,支援一些大队,然后这些大队给我们出工分。

那天的一个时刻,解放说,你说话要算话,你要是不算话了,我就没命了。

解放说这话时没有抬头看着地上,左手捻着一只爬过脚背的蚂蚁,右手中镰刀在眼前一棵蒿苗上有一下没一下地斫。解放的脸让太阳晒成一块红布,汗珠从额头上流下,把脸分割成一绺一绺,然后滴在土里,砸下一个个小坑。

我毫不犹豫地说,你放心,就是你说话不算话了,我也不会说话不算话。

后来,我细细品味,细细掂量,自己在解放心里原来如此重要。原来,一句话可以担负起一个人的生命。原来,默不作声的解放,把我这么一个微不足道的女子、一个刚被别人抛弃了的女子,放在那么那么重要的位置。我想,如果真是这样,自己刚才那句话,是否发自心底?是否说得太……太轻率了?

我也不知道那句话怎么就那样脱口而出,出得措手不及,出得让解放抬起头来眼泪汪汪,出得让自己愣在那里,想不起自己刚才说了什么。

解放分明把我那句话看作誓言,看作承诺。我没有想到,自己这句脱口而出的话、没有来得及细想的承诺,从此使自己迈上一条遥远而又漫长的路途。这路途,没有浪漫。不是梦幻。这路途,将要穿越人间俗世,让我经历幸福与磨难并存的日日夜夜。这路途,对我而言是检验,是考验,是验证。我是否具有穿越它抵达那个境界的——坚韧而又充满爱意的精神实践——能力与自信?那会儿的我,当然不知道。

太阳落山后,我们望着那条沟里飘起的炊烟,把已晒干的草捆成捆背上,一前一后拉开距离,一步一步朝炊烟的方向移动。炊烟渐渐淡了,消失在晚霞里。我们坐在窑门前,端起大碗喝汤。呼噜呼噜的声音响成一片。没有人看到今天与往日有什么异样,没有人看到解放喝汤时不时悄悄抬头迅速掠过我的眉眼,也没有人看到,我撞上解放目光时,那瞬间的一丝慌乱。

该进窑睡觉了,人们打着哈欠陆续回窑。窑是低低的,原来放羊人掏的,没来得及砌窑畔,也没有门。军子那个子,伸展脖子就会碰头。男生一孔,女生一孔,我们也像在学校里一样喊自己男生女生。这样一喊,仿佛娶了媳妇的,有了男人的,就又退回去几年。男生那孔窑,队长老贺把边,把那些小伙子褥子边压着褥子边,在厚厚的麦秸上挨着排过去。女生这孔窑,彩霞把边。把我们也挨个儿排过去。彩霞儿子刚断奶留给婆婆,夜里总要偷偷起来挤一挤,不然疼得睡不着。两孔窑挨着,夜里谁放个屁都能惊醒人,可我们觉得有滋有味。因为不是宣传队我们能暂时脱离开家里的人和那些鸡们猪们与同伴夜里睡一铺,白天一锅汤里搅稠稀?

夜里,我刚钻进被窝就觉得褥子上有条软绵绵的东西。蛇!我尖叫一声,穿着背心裤衩就往外跑,在窑门前场子上抖成一团。几乎是同时,我看到解放箭一般蹿出来,看着我,却不敢上前。接着,女生都跑出来,哭喊着蹲下来抱成一堆。彩霞喊着,解放回去,男生先别出来。然后让女生都脱掉衣服扔在地上,打着手电挨个儿在身上照。我们一边脱一边躲着手电光,还用眼睛瞄男生那孔窑,手电光中,彩霞的手在我们脊背腿上拍得啪啪响,顾了这个顾不了那个,急得喊,脱,全脱光,使劲抖,翻过来抖。

终于消停下来。老贺揉着眼睛,披着褂子进了女生窑洞,打着手电筒照了个遍,才看见满窑墙上,爬满肉虫。又掀开一个个枕头,我的枕头下面,竟然压着一对蝎子,粘在一起,我顿时毛骨悚然。

老贺说,哪里有蛇?肉虫肉虫,要下雨了嘛,肉虫也能着哩,跑出来透气。又不咬人怕个啥?男生们全都起来,燃起玉米秸,对着墙烧。只见那些肉虫,啪啪啪地往下掉。一股焦臭弥漫在夜空里。老贺又说,明天军子上去一趟,弄点六六粉,闹死狗日的,他妈不咬人,看着恶心。

我死活再不肯进窑,就在门口麦秸堆上坐着看星星。我看到解放悄悄起来往那个沟口的茅厕跑了一趟又一趟。最后一趟时，我似乎睡着了，懵懵懂懂中感到身上不再发冷，像是又回到娘炕上，娘拿了柴灰里埋的石头包了布放在我脚头。突然一激灵，看到自己身上披着解放那件黑夹袄。而双脚被厚厚的一堆麦秸盖着。没有等我出声，解放就不知从哪里冒出轻轻一拽，那夹袄就披在他自己肩上，摇晃着进窑去了。

这时，阳光已把麦秸染得金黄。折腾半宿的男生女生们正在酣睡。我转向东方，仰起脸，觉得自己也成了那轮金光四射的朝阳。

5　敬德访白袍

世上没有不透风的墙。那天割草回来，男生都在场子上积草，我低头刷鞋，就觉得一道光射过来，刺得脊背一阵发热。扭过头，就碰上解放的目光，他嘴一努，朝着崖顶的麦秸垛。歇晌时，我悄悄上了崖，在麦秸底下刨出那个甜瓜。

我从没有吃过那样甜的瓜。那瓜叫"敬德访白袍"，瓜皮翠绿底子，一道道白色向两头舒展，瓜瓤金黄金黄。那瓜有一个典故，就是"敬德访白袍"，根本不像个瓜名，倒像一出戏。

其实就是一出戏，是说在唐朝，白袍将军薛仁贵军中立下汗马功劳，然后，要荣归故里去见他的妻——柳英环，与他分别多年，独守寒窑的柳英环。这故事与一个叫王宝钏的相府三小姐守寒窑十八年，等回丈夫坐了金銮殿，当了皇后娘娘的故事有相似之处。不过，那男人叫薛平贵不叫薛仁贵。那出戏叫《王宝钏》，其中一折叫《三击掌》，专演王宝钏怎样与她做宰相的父亲决裂，击掌发誓，永不进相府门。"父当朝宰相官一品，你怎能悔言失信昧婚姻！"王宝钏唱得大义凛然。这折戏肯定使许多富人家小姐芳心萌动，要不怎么会有那么多的小姐与长工私奔或者与穷人相恋的戏文？

这薛仁贵，他的故里不在陕西，在汾河湾，就在我吃瓜的河滩，顺着黄河往上，有一条河，从另一个方向流来汇入河中。那河就叫汾河，那湾就叫汾河湾。后来有一出戏，也叫《汾河湾》或者《汾河打雁》，唱的就是这段故事。说是那一晚，薛仁贵被张士贵陷害，正奔在路上，骑一匹白马，月色下，马蹄声声，白袍飘飘，如同小说里的侠士。在后面另一匹马上，是张士贵派来的追兵,一个叫尉迟敬德的将军,穿一身绿色箭服,要拿薛仁贵性命。传说里,两匹马就在这河滩上,绕着圈子,绕了整整一夜,怎么也绕不出去。后来,天亮了,满河滩上,原本长满一河滩的香瓜,或清一色乳白,或如翡翠,就变成了绿底子白道子的"敬德访白袍"。

这典故是解放讲给我的。我一遍遍地问,后来呢?

后来,自然是唐王李世民明察秋毫,张士贵自缢。

再后来呢?

解放说,没有再后来,《访白袍》这出戏演到此为止。那一刻,我捧着瓜,觉得甜中又多一些别的东西,让人回味无尽。这个解放啊,总有让人意想不到的东西,总有让人惊喜的东西。也许还会有许多许多东西在等着我一辈子去受用。就凭这点,我认为自己那个誓言发得一点不委屈。

这一天,队长老贺叫我谈话。

你上崖干啥去了?老贺坐在铺上一边搓脚缝里的泥一边问。大家都在窑外场上打绿豆,噼里啪啦的响声使老贺显得很温和。

没干啥呀?我头疼,揪两片薄荷叶子贴脑袋。我站在窑门口,这是每一个女生与老贺谈话时的位置。

你骗鬼也骗不了我老贺。薄荷叶子长沟渠边,你上崖揪蒿苗子贴脑袋吗?说,那香瓜是不是你吃的?

哪有香瓜?瓜地那么远,又是外大队的,我哪能吃得上?

你还不老实,麦秸堆后面的香瓜子就是铁证如山。说,是解放偷给你的吧?

我索性说,是又咋啦,解放又不是反革命,我就不能吃他一个香瓜?

可他爷爷是反革命,他爹畏罪自杀。老子反动儿混蛋,孙子也混蛋,一点儿不假!说,解放偷了瓜,为啥不给兰子,不给彩霞,单单给你?说!

我后来想,其实,这才是老贺审问的主要目的。

我后悔得直想扇自己耳光,自己怎么就那么笨,为啥不说香瓜是自己偷的?

秋雨总是像老天哭乱了套，没有个好脸给人们。这天下午，解放被队长老贺叫去谈话。然后，背了铺盖离开男生宿舍。

我原以为大不了解放在会上检讨一番，承认错误就了结。再大不了，我也站上去共同检讨。或者，赔人家瓜钱，不就一个香瓜吗！可是，我万万没有想到，解放为了让我吃上那个香瓜，为了给我诠释那个"敬德访白袍"的典故，为了让我在香瓜的甜蜜中品尝另一种滋味，竟然被赶出宣传队。我哪里知晓，只要解放打我的主意，就注定了要离开宣传队。不拿香瓜做由头，还有别的。反正，谁跟我谈恋爱谁就倒霉。

解放走了。顺着崖上那条小路脚步蹒跚，渐行渐远。那背影在雨中，萧瑟而凄冷。那脊背一下子驼了，驼得如同一出戏里他扮演的叛徒。我倚着窑畔，心抽了一下，又抽了一下，脸上不知是雨水还是泪水。只觉得自己浑身涌出一种东西，一种说不明白的东西，那东西想把解放拉回来抱在怀里，用体温，用心，暖暖他，让解放的脊背直起来，头仰起，像原来一样。我扭回身，开始收拾自己的铺盖，我也要退出宣传队，要与解放一起承担需要承担的东西。

彩霞按住我，低声呵斥，你疯了？毁了一个还不够，再搭上一个？彩霞爬在我铺盖上，我拽不动。我突然挣脱彩霞的胳膊，跑出去，跑进男生宿舍从地铺上一把拉起老贺，吼道，凭啥凭啥你凭啥？我也不干了，除非你把解放叫回来！

我没有看到一窑的目光，有幸灾乐祸，有窃喜，有漠然，有轻蔑，唯独没有同情和怜悯。那一刻，我眼里只有老贺那张脸，那张宽度大于长度的脸，那两道分得很开的眉，那蒜头鼻和那个阔得看不到嘴角的两片厚肉。我在心里喊着，鸠山鸠山，你在台上当坏人，台下也是坏人，我恨不得一剪子戳了你！

老贺摆出队长的架子，慢悠悠地说，你干不干，你说了不算，我说了也不算。不叫解放干，也不是我说的。解放他是自找的，自己还不晓得自己是个啥货？一个香瓜是小事，也是大事，我拿回来是摘，他拿回来就是偷。再说了，给谁吃不行，偏偏给你？活该他倒霉！说完，拉上被子盖上那张鸠山脸不再理我。

6　新任务

其实，若没有那个武装部长，我与潘解放也许不能那么快就成为夫妻。毕竟，一开始他并不在我择偶的范围之内。要不我们同桌一场，怎么就熟视无睹，直到进了宣传队？

——摘自《宋梅影日记》

早上，老贺让我与他一道回公社，说，有新任务。他笑眯眯的，态度异常，让我顿生疑窦。可我不敢拒绝，只要是任务，从来只有服从和完成，没有第二个选择，谁要我是"子弟"？

我奇怪，为什么解放走了，老贺，几乎所有的男生女生反而都宠着我，巴结我，仿佛一夜之间，我摇身一变，不再是可以教育好的"子弟"，不再要时时检查自己的思想，不再要看任何人脸色，而是想做什么就做什么。可我明显感到女生的巴结里有一种轻蔑，没有人说出来，可我感觉到了。比如兰子说，你再也不怕晒黑了，整天坐在窑里编节目，凉块得像皇后娘娘就把工分挣了，我们呀，天生就是姑娘身子丫鬟命，还得去日头下受苦。

彩霞年龄最大，有一天夜里，竟然也说，梅子我晒了盆水，帮你擦擦背吧？我连连推辞，彩霞姐我帮你擦吧，我不擦。可彩霞还是把我拽到崖上，把盆端到崖上麦秸垛后面，边擦边说，媳妇肚子女娃腰，看你这白嫩呀，像剥了皮的鸡蛋。哪个男人娶了你，真是福气。

男生更让我奇怪。军子原本是邻居，经常口无遮拦，突然变得一本正经。那天我说，我拿半个馍馍换你一勺韭菜吧？在过去，他会连碗倒给我，可那天，似乎没听见，眼皮都没抬就过去了，让我莫名其妙。科子原本最会使坏，有次竟然用镰刀挑一条蛇，追得我满滩跑，鼻涕眼泪糊一脸。末了才看清，是一条蒿子扭的草绳。可最近，他变了个人似的，割草回来总会扭一条艾绳，给我放在铺头点着说，别说蚊子，就是有蟒也熏跑了，放心睡吧。

老贺也变了，不再板着脸，而是眉里眼里都是客气，都是小心翼翼，都是……对，献媚。就像此刻，老贺把我的布包抢过来挎在肩上，推着自行车，让我先坐在后座上，然后骗腿上去。

直到最后一刻，我都没有明白，面临的新任务是什么。我坐在武装部长办公室椅子上，喝着泡了竹叶的凉开水，等汗珠一点一点落下去。我想，也许这次会让我编一出"学大寨赶大寨"的新戏，拿去参加县里会演，然后再去参加地区会演。要是解放在就好了，解放写戏词可是一绝，无人能比，韵辙决不会搞错，唱起来要多顺有多顺。因为解放懂曲调。不像老贺，明明是排眉户剧，明明适合唱"五更调"，却写出"翻山越岭斗志昂，越是艰险越向前"的唱词，只好改用"岗调"，这种上下句式的唱腔，哪里能表现出一个铁姑娘队长从县城领奖回来的喜悦？

一想到解放，我的情绪马上低落了，不知道他最近在干什么。以前不止一次听解放讲过，那个二百五队长，对政治队长言听计从，专门在派活上动心思，常常派他去那座地窖院饲养室出圈，下去担新土，上来担牛粪。十担粪挣一分工，而担新土却是捎带，从不记工分。若在大车门饲养室，新土是用架子车拉好堆在门口的，只等出完粪，用锨往里扔就行了。解放身单力薄，从生下来身子就弱，哪里经得起这样折腾？我悔得肠子都青了，解放呀解放，你多么傻，我不过是说了句"敬德访白袍"不知啥味儿，你就那么顶真，就要去弄一个给我尝。结果把你"尝"出宣传队了，尝到二百五手下受苦去了，你让我怎么办？

我突然想，如果这次领了新任务，就说自己一个人编不了，就可以把解放重新叫回来。老贺在路上就安慰过我，说也许有机会把解放再弄回来，但要等机会，要我好好表现。这不就是最好的机会吗？我在一刹那间兴奋起来，觉得自己也学聪明了。

老贺呢？我这才发现，老贺不见了，只剩下武装部长笑眯眯指着桌子上的糖块说，吃糖吃糖。小宋很有才气啊，我听说你表现很好嘛，只要表现好就有前途。党和人民眼睛是雪亮的。出身不由己，道路可选择嘛。

我一怔，对了，我是小宋，武装部长总是这么叫。被别人喊惯了梅子，就忘记了小宋，一听就像拿工资的公家人。后来部长说了什么，我全没听进去，我只急着想说自己想说的话，只知道这话只有说到部长这里才顶事。来不及想别的，根本就想不到别的。所以我在部长停顿的一瞬间里说，部长，您让解放回来吧，他回来我们一起编戏，就能编出好剧本，就能去参加地区会演。解放有才气，我的才气跟他比起来，简直是小巫见大巫。部长您不知道，以前那几出戏都是解放写戏词。解放的戏词是一绝。

解放不是姓潘你姓宋吗？怎么都改姓吴了？还分大小！

我扑哧一笑，刚要解释，就看到部长的脸变了，变得如同猪肝。脖子也变了，喉结突出来，一鼓一鼓。部长站起来，椅子在他屁股下哐当一声，撞在桌子腿上。我噤了声，脊背一阵发冷，密密麻麻一层疙瘩就布满全身。我隐约看到老贺的头似乎在窗户玻璃上一闪而过。我屏住气，用力把所有声音压回胸腔，眼睛盯着挂在墙上的那杆枪，不再说解放和解放的戏词。

出公社后，老贺没有让我回家，而是悄悄地把我领到公社卫生院，进了妇产科，交给一位女大夫。我糊里糊涂就被女大夫弄到那张奇怪的床上，被命令脱掉一只裤腿，然后，躺下去，双腿搁在铁架子上。后来女大夫低声对等在走廊里的老贺说，没事，我保证绝对没事。

然后，老贺脸就笑成一朵花。然后老贺就说，小宋，你不用回去了，铺盖我亲自给你送回来。

我奇怪他怎么也喊小宋，为啥，为啥不回去？我也去劳改队吗？

老贺一本正经地宣布：小宋同志，你现在是公社广播员了，是挣工资的公家人了。以后我有啥事求你，你可不能不管啊。

我脸前突然晃过武装部长那张脸，晃过那双盯着自己笑眯眯的眼睛，似乎一刹那间明白了，为什么去卫生院，为什么进那个妇产科门诊。他们这是检查我是不是黄花闺女啊。耻辱，天大的耻辱！我突然抱住老贺胳膊说，不，不，我要跟你回宣传队。你把我带上来，你也得把我带回去。你不能不管我。

老贺摇摇头，我也得听部长的，你就认命吧，嫁给部长儿子，对你其实是件好事。

我看看老贺的脸，突然扭头，撒腿就跑。

我忘了自己是如何兔子一样跑下崖,扑进娘怀里,怎么也给娘说不清楚为啥跑,怎么也说不明白为啥傻乎乎地跟着去了卫生院,只知道心里像憋了一块石头,只想用号啕大哭来对娘诉说委屈。娘吓坏了,把爹推出去关上窑门细细盘问后,把我安顿到炕上,拉开被子盖上说,你睡你的,就是装死也得给我装。然后娘锁窑门,一双解放脚(缠了又放开)咚咚咚地出院上崖去了。

彩霞后来说,你娘肚子里没有一个字,咋就那么能干?就敢闯进公社院里,指着武装部长骂:你少打我闺女的主意,你那儿子是个啥货,连公鸡母鸡都分不清,谁人不知谁人不晓?梅子是我闺女,过继给我的,你想霸占?看我敢不敢把这一腔子血倒你这公社大院?我从小当童养媳,我怕你那杆枪?有本事你把我崩了!来,你朝我这儿崩!

你娘还拉着公社妇女主任说,主任你要给咱妇女做主哇,你不做主,我闺女叫这畜生抢了去,我要闹到县里省里去告他。我是童养媳,我不是反革命,共产党还管不管童养媳?你还管不管咱妇女?

我娘不识字,可我娘喜欢看戏,那"谁人不知谁人不晓"就是戏里学来的。闯公社大院那股蛮劲,也是戏里学来的。我的话里充满自豪。

彩霞又说,你别记恨老贺,那天他从公社回来,一句句学给我们听,今儿可是长见识了,梅子那个娘啊,护起犊子来像只老虎,就差上去撕他了。让我怕得呀,只怕部长摘下枪把她崩了。那可是在公社大院啊,谁不怕武装部长?

我知道自己安全了,没有人再敢打我的主意。娘泼出命那劲,让打我主意的人断了念头。可我也去不成宣传队了,娘不让去。任凭老贺说破嘴,娘只有一句话:我闺女不唱你那破戏,我是童养媳我怕你?我公社都不怕我怕你?

可娘也不许我嫁解放。娘说,这不出了火坑又跳水坑吗?那娘可就救不了你了。明儿大不了娘给你招个女婿,穷不怕,只要成分好。

从那一天起,我开始跟娘闹,跟爹闹,闹了一年零一个月零十天,坐在解放炕头上成了解放媳妇。

娘对我说，我没了办法。我有办法对付公社，对付老贺，却没办法对付自己闺女。谁叫你是我闺女呢？这打碎骨头还连着筋呢！你说你咋就不知道怜惜娘呢？娘一把鼻涕一把泪，爹死了她恐怕都不会如此伤心。

其实我心里明白，因为我与解放又都回了宣传队。因为地区要搞农村调演了，宣传队需要解放需要我去为桑柔涧公社夺回个大镜框。还因为，那位武装部长调到其他公社去了。后来，听说他到那个公社给傻儿子娶了媳妇。那媳妇不到一年就生下儿子，却越长越像了武装部长。这是后话。

重返宣传队那天，娘说，你给我记着，没进婆家门前，裤带紧紧系住，你要是松了，你这辈子就完了。别跟我提解放爱你啥的话，男人都一样，裤带一松他就看低了你。话丑理端，你和解放日里夜里厮混，娘不提醒你，干下羞先人的事，娘还咋活人？

这就是我领结婚证后不跟解放回小窑的主要原因。

7 劳改队的"考验"

我和解放重返宣传队之前还有一段小插曲。这段插曲是爱情对解放的考验，却不是我有意为之，而是好心偶然造成的。

你说你哪壶不开提哪壶？你连你自己都保不住还提解放。不提解放解放还安生些，你还想让他回来？做梦吧你，把解放弄进"劳改队"了，你心宁了吧？这是娘把我救回后，彩霞来看我时说的。那时候我一门心思想着怎样让娘也能去救解放，因为解放正在"劳改队"里，天天下沟割苇子。

"劳改队"是五类分子干活的队伍，人们都这样喊。我知道，那是啥地方啥活计。爹每天都去，娘不用去。娘与爹是办了手续的，虽然娘仍然住在家里，但娘是童养媳，是受压迫者。娘比爹大整整八岁，爹三岁那年她就被买进门。后来，日本人进了镇子，爹领着妈走了，去了新疆做生意，把我生在新疆。又过了几年，说爹不能同时有两个媳妇，于是爹写了离婚信，娘就不是爹的媳妇了。可娘仍然没有离家，除了这个家她没有别的家，她爹娘是山东逃难过来的，早就无了音信。她伺候着埋了买她的婆婆，就一个人守着那座窑院。再后来，妈病故了，爹也被遣返回来了，娘就又让爹进了院子,爹住西窑,娘跟我住北窑。可爹没有跟娘再办复婚手续,所以娘就不用去"劳改队"。

那天我偷偷躲在桑柔涧边那棵槐树后看"劳改队"割苇子。我看不到爹的身影,只看到解放的脑袋,一颠一颠在苇子丛里晃。后来,人们收工上崖了,解放走在最后,一根草绳系住掉了纽襻的棉袄,半腿的湿泥,下面是湿泥裹着的脚。解放走过的脚印里,鲜红鲜红,艳如梅花。我躲在树后,想起娘板着脸说,我可救不了解放,他算哪根葱?他又不是我儿子。我只有救我闺女的本事。你给我死了心,他当不了我女婿!

夕阳如血,映在解放远去的背影上,他脚步蹒跚,让我那一刻柔肠寸断,泪水潸潸。我突然决定,嫁给他,无论怎样,都要嫁给他。马上就嫁,不要彩礼,也不要嫁妆,爹娘不愿意,哪怕私奔。

8　女人的盛宴

生儿子那天夜里,我开始恨娘。我忘记了她闯公社大院救我的恩德,忘记了平日她对我的宠惯,我说,不是亲生的,就是不心疼。我妈如果在世,一定不会用"生孩子娘家人不能见"这样的借口,让我一个人去闯鬼门关。解放不敢搭腔,没有请来娘,他就缺了理,连走路都提着脚后跟。

那一刻,我叫得惊天动地。披头散发,衣衫不整,在小窑里撞来撞去,一刻也不停息。我骂人,骂解放不要脸,光图自己受活,让女人受恁大罪。那阵子上来时,我把桌上那只罐头瓶,里面插了一枝酸枣刺上扎着爆米花的"蜡梅"呼啦一声掼在地下,碎成一堆玻璃片;把枕头、褥子、被子、香皂盒、洗脸盆噼里啪啦弄在地上;把自己的头在窑壁上碰,脚在地上跺,身子在土炕上滚;把自己弄得像闹窝的母鸡,像闹春的猫,像咬人的狗,像发疯的猪,像丢了崽子的母狼,就是不像人。那些从未说过的污言秽语,那些背过人才能骂出口的脏话,劈头盖脸朝解放砸去,砸得解放脸发白腿发软,一会儿出去瞅赤脚医生,一会儿进窑扶住我,替我擦去脸上的汗和泪珠。

婆婆早躲进北窑,一直不出来,任我炕上炕下折腾。

赤脚医生进了窑,边检查边说,看你还敢图受活吗?老天造就人,公平着哩。

我不敢还嘴。此刻她那张苦瓜脸不看也得看，她掌握着我的生杀大权，还有儿子的生杀大权。就在前三个月，隔壁顺子媳妇羊水破了三天，孩子还不肯出来，她就问顺子，要大人还是要小人？顺子自然是说，大人小人都要。

只能要一个。这话摆在面前，石头一般无情。娘家人不在跟前，没有人为顺子媳妇做主。而顺子媳妇自己竟然也说，要儿子。

顺子娘发话了，要小人。因为她知道，小人是带把的，从媳妇尖尖的肚子就看出来了。于是，就要了小人。于是，不久顺子就又娶了新的媳妇。

我知道，赤脚医生一辈子没有生养，只为别的女人接生孩子，她看到的只是痛苦的外表，体会不到真实的感受。那是女人被撕裂的过程，是女人在阴阳两界挣扎的过程，是女人在自己与儿子之间选择的过程。多少年后的无痛分娩和剖宫产，使女人从此告别了这个过程，可那时，她比村里的接产婆有着明显的优势，得到人们的信任。从她进来，我不敢再乱喊乱骂，只紧紧咬住嘴唇，把所有的一切压回胸腔。在疼痛间隔的瞬间里，我边抹泪边交代后事，解放，如果要选择，就选择要儿子吧，我做主。你也别为难，也别去为难娘。

解放哇的一声抱住我，哭喊道，你胡说啥呀，我不要你死，如果真是那样，我要你，要你。你死了，我也不活了！

别乱喊叫，啥没啥呢，就死呀死呀的，我就那么没本事？顺子媳妇是倒生，你是顺生你怕啥？你省省力气吧，我让你用劲再用劲，这劲用不到地方，也是白搭。别紧张，你骨盆宽，养孩子哪有不疼的？咬住牙！

儿子嘹亮的哭声终于结束了一切痛苦，婆婆把赤脚医生请到北窑炕上，炕桌上早备下四个盘子，案板上摆着馄饨，先为我盛米汤。解放放了红糖，端进来，把我揽在怀里，吹一口，喂一口。

我说，把儿子抱起来让我看看，像你还是像我。

娘说跟我小时候一个眉眼。医生也说货真价实。

你怕他不是你的种？

说句笑话嘛。娘说你现在不能动，喂奶时再看吧，以后天天看，还怕看不够?

儿子哪能看够?到他两岁时,咱再养个女儿,不是说,一儿一女活神仙吗?俗话说,儿子跟妈亲,闺女心疼爹,我总得给你养一个贴心小棉袄吧?

解放说,你这伤疤还没好就忘了疼?刚才咋喊来,我再也不养了,我再也不敢了,吓死我了,骂得我差一点去跳沟。那会儿我真的觉得是我的罪过,才让你遭恁大罪!我真是替不了你,要能替了,死一百回我都情愿。

我不好意思了,要么说女人贱,这疼还在身上呢,就又想了。

儿子在炕那头哇哇哭起来。咋像个小猫?抱过来我看看。我突然觉得经历了分娩的我,已不再是原来的我,是什么,说不清楚。只觉得儿子抱在胸前,小小的人儿贴了肉,心底就突然涌动着一种情绪,想把他重新放回肚子里永不分离。

儿子大风十个月了,那张脸酷似潘解放,圆脑袋,小眼睛,疏眉毛,勾鼻尖,阔嘴巴,还有招风耳,继承了潘家家族遗传的全部。从此,家里时时响起我喊解放的声音,呼来喝去,理直气壮,连婆婆也装聋作哑,只当没听见。

每当生产队开会,解放都喜欢把儿子扛在肩膀上,在人群里晃来晃去。而那时,我已和一堆女人扎在一起,扯着麻绳,纳鞋底。与那些女人不同的是,我习惯给儿子喂奶时稍稍偏过身子,避开那些男人,再撩起衣襟。儿子头拱在怀里,噙住奶头猛咂,让我轰然一阵浑身轻轻战栗。我把儿子小手含在嘴里,得极力克制着自己,才使咬下去那排牙印轻得像一个吻。

儿子吃饱了,松开嘴,用一只小手拽着奶头玩。我轻轻拍他一下,说,去,找爸爸。然后扯着嗓子喊,解放解放,你儿子要你。

解放从摆方(一种棋)的男人堆里挤出,应声跑来,屁颠颠的,笑得眼睛成了一道缝。

那一刻,我觉得自己是世界上最幸福的女人。

9 大风小雨

仿佛一眨眼,儿子大风就五岁了,女儿小雨也快两岁。宣传队早散了,我在生产队里劳动,挣工分。解放被小学校借调去教语文,挣的还是工分。

那天,队里在西畔上修大寨田。歇息起来时,彩霞把坐在屁股下的竹筐扔过来,一失手扔进我身旁的枯井。我没有想到,这一扔竟然把我的农民身份扔掉了,在这个下午,像是天上掉下一个馅饼,我跟着来招工的干部进了机械厂宣传队,成了挣工资的公家人。后来我才知道,全厂干部工人,离国家人还差着一个台阶,机械厂的性质属于"大集体"。

一个月后,我穿一身劳动布工作服,戴一顶同样质地的帽子,回家过礼拜天。彩霞来看我说,你还不谢我,不是我把你筐子扔井里,你能脱了这层农民皮,成了工人阶级?

夜里,我不让解放闭眼,听我说话。你说咋恁巧?神仙算也算不下那么巧。怎么地区就心血来潮,要搞农村小戏调演?还不要剧团要业余的。怎么机械厂宣传队就缺扮演女支部书记的演员?怎么他们就,就想起我宋梅影?怎么筐子就掉进井里?它难道知道,从此,我再也不用担它修大寨田?

解放打个呵欠说,知道啦,说了几遍啦?不就是"天生我材必有用"吗?哎我说,你那工资,每月二十四块,要给我八块钱买烟,我一个民办教师,挣的是工分。有挣钱的媳妇,再拿废作业本卷干棉花叶子,丢人。还有,八块钱给娘,交弟妹的学费,别忘了你老大媳妇的责任。

为啥?我的工资是我挣的,凭啥给你买烟!我要给我自己买雪花膏,给大风小雨买衣服。八块钱,只够我买饭票钱。

那我不管。因为我挣的工分给了家里,分红也在家里。你对家里,也要有贡献。我都打听了,你从家里带馍馍带咸菜,只买食堂的汤喝,一个月撑死也就三块钱,剩下五块由你支配。大风小雨要啥新衣服,要从小养成艰苦朴素的好习惯,那钱留给他们买作业本。解放转身睡去。

那我以前挣的工分,分红不是也在家里,怎么就没有花过你一分钱,老是回娘家要?不光是我,就连儿子闺女,压岁钱永远是一毛钱,几年不变。嫁给你,我图的啥?今年我要给我儿子闺女每人发一块钱。我使劲摇着解放,让他听我诉苦。一提起钱,我就满肚子委屈,就想把气都撒在解放身上。我还能怎样,明知道不是解放的错,可总不能把气撒在婆婆身上吧?

可婆婆,似乎也没有错。

几年来,我挣的工分不比解放少,也不比生产队其他媳妇少,可每年分红总是分不了钱,还要欠生产队二百块粮食钱。我娘仁一年的用项,比如扯块花布做棉袄罩子,给儿子买根麻花,给女儿买根头绳,给自己买盒蛤蜊油搽脸,都要跑回娘家管娘要。娘家生产队是桑柔涧公社最富裕的队,靠着涧里那些竹子,靠着副业队编的竹筐竹篮,一个工分能分八毛钱。而婆家生产队,一个工分才五分钱。婆家生产队地土不好,料角地,又打不出井,血水汗流忙一年,不白忙就是好年成。还有,婆家弟妹还挣不了工分,公公当年畏罪自杀时,把这一大家子都扔给婆婆,跟村里那些女人相比,她尤其不容易。

我又一次抱怨,你说你娘,咋就不知道计划生育,养那么多娃儿,吃也吃穷了。将来要供他们上学,要娶媳妇,要做嫁妆,把浑身肉骨头扒了也不够。

解放却说,你咋把原因归咎到我娘身上?你咋不说,生产队的区别?多子多福,打虎离不了亲兄弟,这是至理名言。谁让你娘白白母鸡不下蛋?你说这话,这不是吃不上葡萄,说葡萄酸吗?

你放屁!我脱口而出,娘一辈子没有生养,就成了最大的短处。不然,娘完全可以埋了奶奶后,再走一家,凭什么守着两孔破窑,一辈子不嫁?那时候,爹还在新疆那座小城的商业局做着国家干部,还没有被列入遣返回农村的名单。

解放说,哎哎,工人阶级怎么也骂人?你还讲不讲理?你先说我娘,我才说你娘的。

我骂道,我就是不讲理咋啦?在外面讲理,跟你还用讲理?别忘了昨天那盒烟钱是谁给的。撕几张你弟的作业本,卷棉花叶子抽去吧你!没钱摆啥派头?那黄金叶是你抽的!我扭身再不理他。

其实我完全可以吃过早饭再赶去上班。上中班十二点接班,吃过早饭骑着自行车,两个钟头四十里,轻轻松松就进了厂门。可我不想看解放那张脸,凭什么问我要钱还那么理直气壮?他要说句软话,我也许就听他的了,可他不但不说,还把褂子裤子换下来扔在我面前说,工人阶级也不能不尽妇道吧?让我下沟去洗,别人笑话的可是你。

我不洗丈夫的脏衣服就是不尽妇道了?男人就不能洗衣服?什么道理!这是旧社会啊?谁愿笑话就笑话吧。我推着车子就走。女儿身后哭着追,我没有回头。我不知道闺女在小姑子怀里闹腾时掉到地上,顺着沟坡咕噜噜滚到沟底。

再一次回家时,已是一个月后,女儿脸上的血痂已经掉了。抚摸着女儿小脸上淡淡的印痕,我骂解放,要是我小雨脸上留下疤看我不撕了你的脸。

解放还道,撕男人的脸算啥本事?撕你自己的脸,谁是小雨她娘你弄明白!我娘抱着孙女跑到医院,气都喘不上来了,满身的血,你在哪里?我娘心疼得几天吃不下饭,抱着孙女掉眼泪,你知不知道?又不上早班,你抢着跑去干啥?莫不是野男人等着你?

我愣了,你,你血口喷人!对,就是有野男人,咋啦?你没本事养老婆,我就找个野男人给你看看,有本事你离婚!

"离婚"两个字就这样脱口而出,像当初我说那句话时一样,似乎没有多想它就那样自己出来了。那会儿,我早忘记了自己当初的承诺,忘记了解放曾经说过的"你要是说话不算话了,我就没命了",忘记了自己答应解放的"你放心,就是你说话不算话了,我也不会说话不算话的"。其实没多久我就后悔了,谁家夫妻不吵架?谁家吵架急了不拿"离婚"这两个字来吓唬对方,或者要挟家里人?

解放恼了,兔子急了也会咬人,冲上来就是一脚,踢在我腿窝。想离婚不难,让你瘸条腿,看哪个野男人要你!

我迅速爬起来上去就抓,解放脸上立马几道血印子。你敢打我?你没本事养老婆儿子闺女,却有本事打老婆,我叫你打,叫你打,打不死不是你娘养的!我把头拱在解放怀里,拱得解放没了退路,一屁股栽进猪圈里。

那是夫妻间第一场战斗。从此,似乎没了禁忌,似乎撕破了脸皮,似乎不打不足以平"民愤"。

本来厂里一个月放一天假,乘倒班时,我骑自行车四十里,晚去早归,就能一星期回次家,拿馍馍和咸菜,只喝食堂的汤。我认为,解放说得有道理,也知道这样很划算。再说,厂里许多工人都这样,没有谁笑话谁小气。这样每月我就能省五块钱。如果不给解放买烟的钱,就能攒十三块,多奢侈的一笔钱啊。我舍不得花一分一毛,划算着以后用钱的地方。可是,每星期打一次架,让解放踢得两腿青一块紫一块,下班不敢去厂澡堂洗澡,却使我开始害怕回家。尤其是临走时,儿子女儿抱住腿,仿佛再也见不到我似的,让我心里颇不是滋味,常常边蹬车子边掉眼泪。回厂后几天都缓不过劲。

　　我那时不知道,解放心里也在难过,只是难过与难过不同。解放时时想着,我变了,我一进县城,一挣工资就变了,不再像以前的梅子,不再说粗话,不再头脸不洗就往外跑,不再搽蛤蜊油,而是换成雪花膏。我在厂里,肯定与别的男人在一起排节目时眉来眼去。因为解放就曾经与我眉来眼去,然后成了夫妻。这宣传队,简直是个大染缸。解放太知道宣传队是咋回事了。老贺那样有思想觉悟的人还在一天夜里拉着彩霞钻进麦秸堆让解放撞见。何况这宣传队,是没有他潘解放的宣传队。

　　解放不知道,其实我只是嘴巴不服软,心里却软如一团棉絮。我的变化是潜移默化的,是不变不行的。我就是搓着雪花膏长大的。我从小就在妈的监督下,养成天天洗脚的习惯。哪里有什么野男人在等着我?谁都知道我是两个孩子的母亲,谁都清楚做母亲的舍不得吃一盘两毛钱的猪肺,一分一分攒着,要让儿子女儿将来出人头地。

10　文工团

　　我常常反省自己,夫妻可以吵嘴,可以打架,可以赌气,可以分居,唯独不可以提"离婚"。离婚并非只是一对男女解除婚姻关系,并非只是解散一个家庭劳燕分飞;其实是,一个借口,一个由头,一个放纵自己的理由。或男或女,都不例外。

——摘自《宋梅影日记》

恰恰是那个时期，厂里就挖来一位高人来做宣传队队长。他可不是老贺，光会写"翻山越岭斗志昂，越是艰险越向前"。他会拉手风琴，会打扬琴，会唱意大利歌剧，会编导节目，会画幻灯片打在底幕上做布景，还会让全体人员变得一派洋气。他就是我的老师——洪流。

厂长就喜欢听洪流的。先是"鸟枪换炮"，使大家站在一起，一色的白衬衣蓝裤子，学着谝洋腔，多么正规。然后，分批派出去学习，见世面，去看西安歌舞团的演出。接着，就悄悄赶排出一台节目——连厂长都不让看的节目。工人们就更不用说，一级保密。厂长还采纳了他的建议，把宣传队改做文工团，大家欢呼雀跃，原来，原来我们都可以叫作文工团员。这名字一叫，就把一个"游击队"叫成了"正规军"。

那是多么令人振奋的时期呀，一想到将要在大礼堂里一鸣惊人，要以全县人民没有见过的姿态或者阵势打出从未有过的威风，而且还要去别的县别的地区别的省的大礼堂演出，每一个文工团员都兴奋得用脚尖走路，像每天都要排练的歌剧《白毛女》。洪流团长说，我们练不出芭蕾舞，但我们可以借鉴芭蕾舞，比如，偶尔用一下足尖，偶尔转一个圈。记住，我们这是歌剧不是芭蕾舞剧。说着，他表演了一个杨白劳卖豆腐的动作，又示范一个喜儿盼望爹爹的姿势。那动作流畅、有力，说不出的漂亮。

第一场演出时，我不知道解放悄悄赶来，在台下我目力不及的角落看节目。我扮演歌剧《白毛女》里的喜儿，还不知道爹爹还不起债被迫在地主黄世仁的卖身契上摁下手印把女儿卖了。我让爹爹扎起红头绳，俯在爹爹腿上甜甜地睡了。

我惊讶，文工团几十个演员都没有觉察到，我在那一刻把爹爹当了大春。可解放看到了，从台下很远的位置看到了自己妻子眼里泛起的绵绵情意。因为那情意，不是女儿对爹爹的，只有对大春，才能如此。可是，我扮演的喜儿就借着爹爹的掩饰，众目睽睽下，堂而皇之地把那情意给了心中的大春。那情意，是如此熟悉，是曾经对过他潘解放的。可如今，怎么才几年，就对了别人？那会儿解放心里肯定掠过一阵悲哀，他也许想，如果"爹爹"眼里也有了这样的情意,那么,自己将无法与他竞争。自己只是一个拿工分的民办教师,而他是拿工资的工人阶级。解放的聪明,解放的智慧,与他相比,不过是一些雕虫小技。他是大聪明大智慧,骨子里透着家族血脉的遗传,透着城市文化的熏陶,透着与生俱来的先天优势,透着成熟中年男人的一种独特魅力。解放在读初中时就领教过了,因为他是比他们大不了几岁的音乐老师、美术老师,还有学校团委书记兼政治老师。最主要的是,他亲自管着学校文工团,而潘解放和宋梅影都是文工团员。解放看得很明白,文工团的女团员人人暗恋这位老师。还有,在他被押上刑车前,学校里调查了所有的女文工团员,其中就有宋梅影。

解放想了几天,开始实施他的计划。解放沉不住气了。解放匆匆忙忙慌慌张张就做了那件事——那件让他一辈子后悔的事。

11　喜儿与杨白劳

其实我知道,老师,我在心里仍然习惯叫他老师而不是团长,但当着大家,我只能叫他洪流团长。我知道他刚劳教出来不久,并且在闹离婚。因为,不光是昔日的同学,就连解放也曾对我说,俄语老师廖静勾引了他,却又在校领导们捉奸时反咬一口,把他送上法庭,成了"破坏军婚犯",离开校园进了监狱。

然后,监外执行,在石沟子大队劳教三年。

然后,被好多单位抢着要招去画宣传画,要请去排节目。

再然后,就进了机械厂。

他来得那么突然,那么让人措手不及,那一刻我想起一句唱词:"天上掉下个林妹妹"。我看到厂长领他进了排练室,看到他站在厂长身旁,仍然是原来的样子,挺拔,英俊。劳教,或者说那个耻辱,并没有使他变得萎靡,变得不是了昔日我心中的白马王子。我心里最柔软的地方突然动了一下,眼里突然就噙满泪水。我在心里一遍遍说,你呀你呀,你怎么那么傻?你如此聪明,怎么就会中了廖静老师的圈套?把自己弄得身败名裂,弄得伤痕累累?

我还是发现,老师与原来不一样了,那不一样只有我能感觉出来,与学校的那个老师相比，眼前的这个老师眉宇间分明多了一丝沧桑，额头上也有了浅浅一个"川"字。只有皮肤，仍然是属于城里人的，没有在劳动中变得粗糙、僵硬。还有，老师不像过去那样爱说话了，他变得沉默，变得谨慎，变得小心翼翼。只有走路，仍然不改当年风格，步速超过常人一倍。

在一刹那，我突然意识到自己曾经喜欢的老师，或者说老师曾经喜欢的我，我们，首先怎样在经历过那件事的几年后，坦然面对相认的一瞬。

老师该有多么尴尬，因为他知道我是知道他底细的，是目睹过那件事情的始终的，是见证过他被押上吉普车那一刻的，或者说，是个同谋，一开始甚至是参与了那件事情的同谋。

我对自己说，你，你也是个傻瓜，若没有你这个"红娘""传书递笺"，他们怎么就能到一起？怎么就能干出那种羞耻的事？怎么就能让领导给堵在屋子里？你为了想进洪流老师房间，就去一次次为廖静老师送报纸，你哪里知道他们约会的暗号就写在报纸极其隐蔽的一角？"一失足成千古恨"，与其说是两位老师失足，不如说自己失足。

厂长走了，新来的文工团长洪流回到排练室面对大家，说，大家自我介绍一下，咱们就认识了。来，从这里开始。

我叫王合作，男，28岁，拉二胡……人们哗地笑了，气氛活跃起来。王合作得意地瞟我一眼，我迅速低下头，悄悄从后门溜出去。晚上开始排练前，洪流团长走到我面前说，你叫宋梅影？点名时他们说你去厕所了。你是独唱演员，我说得对吗？

我抬起头，睁大眼睛，不由自主地睁大眼睛，我知道自己在疑惑，在质问：你是在问我吗？你不认识我了吗？你难道忘记"宋梅影"这三个字了吗？我终于没有让自己说出口，设想的许多话，许多安慰的话，或者说，不会被别人理解的只有我们两人才能明白的话都在一刹那间消失殆尽。他是真忘记了，还是不想让别人知道那段历史？我轻轻点点头，然后，走到风琴前去练唱。

后来在排练歌剧《白毛女》时，我才一点一点明白了老师的良苦用心，一点一点见识了一个智慧男人的智慧，一点一点领略了老师一如既往地爱护和关心,一点一点把将要熄灭的灰烬吹得重新燃起火星,然后,把自己投进去,使火星像浇了油一样,嘭地冒起火苗,在风中绚丽如火树银花。

所以,我根本没有觉察到解放的计划。其实解放也根本没有了解我的内心。那只是一个偶然,非常非常的偶然。解放那时不知道那晚的演出其实演爹爹的是另一个男演员,只因为太激动了,临开演前十分钟肚子突然痉挛,上不了台,而这个角色没有配B角。洪流团长——我的老师,只好匆匆在自己脸上抹油彩,而其他人则忙着为他换服装,戴头套,拿道具,穿鞋。他甚至连定妆粉都没有来得及扑就上场了。

这些我其实后来才知道。因为那时我已经在场上,我是喜儿,穿着红花棉袄翠绿裤子,甩着一根大辫子,唱"北风那个吹,雪花那个飘,雪花那个飘飘,年来到"。唱完了,为爹爹开门,我看到爹爹不是往日的爹爹,而是我心目中的"大春"。那珍藏了多少年的"大春"。我惊喜、激动,甚至差点忘了词,差点说出"你怎么上场了"这句话。没有人知道我的内心,可我知道老师明白了。老师从我的眼神里一下子就明白了。所有人都觉得我那晚唱得格外入戏,台步格外轻盈,而我没有练下"奶功"的我平时不是这样的,若不是嗓子好,这个角色轮不到我来演。

那一刻,解放就在台下,把我的眼神,把我情不自禁的情意绵绵看了个清清楚楚。

然后,解放就实施自己的计划,就把一个偶然复杂化了,变成一个必然。

12　匿名信

我是从王合作嘴里知道了那封匿名信。下夜班后他把一壶热水递到我手上,然后看看四周,用蚊子一样的声音对我说:厂长让我辨认笔迹,猜这封匿名信可能出之哪些人,我背给你,你可要保密啊。一派义正词严呢。你们怎么可以让一个刑满释放分子、一个破坏军婚犯、一个流氓领导文工团?文工团男男女女,本来就是是非窝,有这样的领导,难道不会带出一大帮流氓吗?你愿意领导一个流氓文工团吗?

我脑子蒙了,是谁如此下作,这样陷害洪流团长,还揭他的老底来说事。洪流团长知道吗?我着急了。

估计厂长已经让他知道了,你也小心一点,非常时期,先不要到他房间去。王合作叮嘱我。

在团里,许多女团员都嫉妒我总是霸占着主角,总是在台上风光无尽,所以言语之间就常带了别的意思,行为之中也常常会把我排斥在圈外。许多男团员自然也就跟在她们身后大献殷勤。只有王合作,拉二胡的王合作,不显眼不张扬的王合作,经常和我说话,在我下夜班去锅炉房打热水时,问我回没回家,再说点洪流团长的小事。比如锅炉坏了没有热水,就去买小电炉烧水泡脚,一天不洗睡不着。比如他妻子送来腌芥菜,总是送给他,而洪流团长从来不吃。

有一次我问他,既然您不喜欢吃,就别让李老师送了嘛,多麻烦还尽叫我吃了,她要是知道了,多伤心。你猜他怎么回答?他说,女人嘛,她送了她就达到了目的,我吃不吃跟她没有关系。我怎么也听不懂。你说,他俩到底能不能过到底?王合作常常拿如此之类的问题问我。

他还喜欢为我做事,当然是悄悄地做。我喜欢有人关心我。起码不像其他人那样势利。我尤其喜欢他的有眼色。有一次我们一起去找洪流团长,说话中间王合作突然拍拍脑袋说,该死,看我这记性……话没说完就往外跑,还顺手把门带上了。一会儿他又回来,手里举着一个装咸菜的罐头瓶说,团长,还你的瓶子。就那几分钟,发生了一件事:洪流团长给我涮水杯倒水,不露声色地又把门打开,还拿小板凳支住免得风把门再关上。可我,就从洪流团长那不露声色中找到了破绽:你心里没鬼,怎么就害怕关门?门关上又能怎样,怕引火烧身?那次我特别感激王合作,不是他,我哪里能窥视到洪流团长——我昔日老师的内心?

现在,我正处于众矢之的中,别人都防贼一般躲着我,只有王合作一如既往,我心里一热,盈满泪水的眼睛就紧盯着王合作远去的背影好久好久。

据说厂长读着那封匿名信,后面署名是:所有女文工团员家属。但是,聪明的厂长一眼就看出,这个家属可能是宋梅影的丈夫——潘解放。因为,几个结过婚的女文工团员,丈夫全是国家干部,都在县城吃皇粮,真正的皇粮。只有潘解放,虽然当民办教师,却是地地道道的农民。这问题不难解释,只有农民丈夫,才怕自己媳妇有了工资,翅膀硬了就攀高枝。还有,那些关于团长和女团员的闲话。可潘解放不归他领导,要平息这件事,他就得另辟蹊径。

然后,厂长找洪流团长谈话。因为,团长是他亲自挖来的。他许给他条件:一间单身宿舍,把妻子孩子接来住。还有,干好了可以把他妻子工作也安排进厂里。如今,他不能八字还没有一撇就打自己嘴巴。谁都可以有"事",就是团长不能有"事"。有人用匿名信告黑状,不管他是谁,说明无风不起浪,要把事故消灭在萌芽状态不是?管理一个工厂都难不倒他,一个文工团有啥了不起?只要看住他们,不给他们夜里在一起的机会,他们就是有那个贼心,也没那个贼胆,准确地说,没那个条件和机会。

厂长说,洪流团长,跟你商量件事,如果你妻子暂时来不了,你那间房里能不能先住一个人?你自己挑,文工团里的,你看谁顺眼就挑谁。让他给你跑腿打打水,扫扫地,权当配个通讯员。咋样?

然后,王合作把铺盖搬出了男工宿舍,去和团长做伴。

洪流团长就这样理直气壮地拒绝了妻子,理直气壮地把想入非非的我以及所有女文工团员挡在门外。厂长若是知道他的做法反而差一点拆散了团长夫妻,是要一辈子后悔无比。

洪流团长的妻子却一如既往,仍然像丈夫在石沟子那样一礼拜来一次,送来丈夫喜欢吃的炒辣椒,腌芥菜,还有换洗衣服。她是出了名的贤惠,贤惠到别人不能容忍的地步。据说有一次丈夫因病住院,她陪在医院里三天三夜,丈夫都没有抬头看她一眼,没有跟她说一句话。同病房的人们都气愤地说,干了啥光彩的事嘛,老婆不嫌弃你就烧高香吧,你还牛逼个啥?她不听不解释,只管按自己的意愿去做。她就是这样,用丈夫的话说是"没脸没皮没脾气",抱着老主意——不离婚,等着丈夫三年劳教期满,又等着丈夫进了机械厂当了文工团长。

13 你再也不是你

其实,潘解放是个好孩子。洪流团长一句话,就把他与我,拉开距离,摆在各自原来的位置。

——摘自《宋梅影日记》

你还年轻,不明白男人的嫉妒其实是爱,只有过于爱了才会这样。即便那封匿名信是他写的,也是因为怕失去你才那样做。我不会计较这些的。你也不用替他道歉,更不能跟他闹,有些事情,只能是越描越黑。那个下午洪流团长跟我谈心,语重心长,态度真诚。

可那一刻,我听不进去。我认为,解放的所作所为已经不是爱。爱一个人首先是要信任。解放不信任我。不仅是现在不信任,一开始就不信任。我一下就想起了新婚之夜,想起了解放对我的验证。我委屈地掉着眼泪对洪流团长说,你不明白,你真的不明白,他都做了些什么。我的委屈无法对他讲,那样的话对谁也难以出口。我一想起解放"验证"前的表情和"验证"后的得意就觉得自己当初怎么那么傻,受了如此大的侮辱还能忍受到今? 还能跟解放生下一对儿女? 还曾经跟他恩爱几年,同甘共苦几年,这不是愚昧是什么?

我要离婚。如果说那次的离婚只是一句气愤中的脱口而出,那么,这次是深思熟虑,是动真的。尽管没有一个"野男人"在等着我,尽管我心中的"大春"根本就没把我当作"喜儿",可我仍然要离婚。我不为别人,是为自己。离了婚我才有资格重新选择,不是吗? 何况,现在已不是过去,我有工资,有宿舍,有工厂食堂吃饭,那么,还怕什么? 还怕娘用"离婚后年三十夜里住旅馆"的孤凄来吓唬我吗?

最主要的是我发现自己曾经爱过的那个解放根本不那么可爱。他自卑自负,最要命的是小心眼。以往日子里的一点一滴被我拣拾起来,摆在自己的审判台上,成为解放的一桩桩罪证。其实后来我才明白,我哪里是在声讨解放,而是在表白自己。表白自己根本就没有爱过解放,只是当初为了那个承诺。我其实一直没有放弃那个隐藏在心底深处的秘密。那个从十四岁起就盘踞,对,盘踞在脑海里的东西——等待洪流老师与妻子离婚。可洪流老师那时与妻子结婚刚刚一年多,他们的儿子也刚刚三个月。

多少次我听见从那个小窗户里传出的笑声。我想老师是爱妻子的，他们怎么可能离婚呢？直到后来发生了那件事，证明了他并不爱妻子，如果真的爱，他怎么会让廖静老师把他勾引到那个藏书楼呢？那么，我的婚姻也是一个偶然。我并不爱潘解放，我要让他知道事实的真相。

解放如果真爱我，还需要"验证"新娘子是否是处女？李淑平连丈夫的判刑都可以宽容，可以原谅，如果我不是处女，解放能做到这些吗？

可是，洪流团长在闹离婚。这跟妻子宽容他原谅他没有关系，也跟妻子爱不爱他没有关系。闹，说不定就会闹成功。闹是我的机会，就在眼前，就在向我招手，我为什么不等待呢？只有离婚，我才有条件等待，等待才有希望，才不会错过这一生唯一的机会。我还相信，洪流团长曾经的眼神，那种欣赏的眼神，不是给任何女文工团员的，只给过我一人。我深信不疑。

可此刻，了解我内心的洪流团长竟然来做思想工作，劝我不要再追究匿名信这件事。他怕我和潘解放闹崩？难道，难道这么多年来，你还不明白我的心吗？面对昔日的老师，我把这些话用眼睛一遍遍说给他听，可他警惕得很，他从一开始根本就不抬眼皮。

你不用劝我，我知道自己该怎么做。我也不会连累你这个团长，你放心。我不想再听，扭身跑去，跑得似乎背后有狼在追，有强盗在撵。我一边跑一边对自己说，我不是为别人，别人不明白我的心，我是为我自己。

那时候，我清清楚楚地知道洪流团长没有说真话，他劝我与解放和好，一定有别的原因。不然，他为什么把自己的妻子拒之门外，而让王合作跟他住一起？还有，我仔细观察过，他对其他女团员全都一个态度，不远也不近。唯独对我，似乎疏远了，似乎在躲避，连正常排练中的交流也变得不再正常。我想，你心里没鬼，躲避我干什么？你哪里是躲我，你是在躲你自己。

直到有一天，我终于从王合作那里知道了全部事情的来龙去脉，知道了解放的一切卑鄙行为，知道了为什么洪流团长要做我的思想工作。匿名信铁证如山，潘解放这是咎由自取。你这是告别人，可也告了自己妻子不是？王合作看着我的神情说。

我冷静了，知道吵嘴打架已经没有意义。我下定决心，在一个休息日回家,对解放说,我再也不回这个家了。然后,不顾儿子女儿的哭叫,义无反顾地走出家门。

14　男人的战术

从此,机械厂的职工们都会在星期天早上看到一个男人背着两个布袋,走过厂区,走到工人宿舍四排平房的第二排第四间,蹲在门口台阶上。他常常是取出一小块纸,再从一个小布包里倒出一点烟丝,卷了,眯着眼睛抽。有接早班或交过班的人们路过,总看到一堆布袋里那个泰然自若的男人,扬脸微笑着对路过身边的某个女工说,我给小宋送玉米棒子,新掰的,早晨刚煮的,还热着呢,她爱吃。淡淡的烟雾,使他的脸变得朦胧而模糊,响亮的声音使人们由不得要注意这个男人。要互相问一句,宋梅影男人,腿咋恁勤? 啥腿勤,是熬不住了!

身后的门终于开了,总是一个叫玉兰的女工先出来,哟,大哥又来了,尿盆还没倒呢。然后朝屋里喊,快起来,小宋男人来了。然后,帮着把布袋拎进去。

这就是我提出离婚后丈夫潘解放的精彩表演。那些日子里,他成了我们机械厂一道风景,表明了他对婚姻的态度,表现着他这个丈夫的善良,也证实着我这个女"陈世美"抛夫弃子的忘恩负义。

又有一天,厂里的路灯都亮了,解放还没有走的意思,同屋的女工就都各自找着借口要去跟别人倒班,或者回家取东西。玉兰说,小宋我们今晚都不回来了啊。你婆婆蒸的包子太好吃了,我要让我娘也给我蒸,明早带给你尝。

我一把拉住玉兰说,你要走,我也跟你走。说着就往外走,瞅也不瞅蹲在屋门槛上的解放一眼。

玉兰为难了,她知道我在闹离婚,知道我想用这种办法逼解放答应离婚。再说,吃了人家的嘴软,两个月来我们宿舍的女工吃了解放多少东西? 玉米、红薯、柿子窝窝、地软(地衣)包子、枣饽饽,那都是心意呀。解放他娘的心意,还有解放的心意。此刻,她们不能愧对这片心意,她们要以自己的心意来报答解放母子的心意。于是,她们心照不宣地要走,要让我们这对夫妻今晚睡在一起。

睡一觉就啥事也没了，女人就是贱。凤子的话看似说给玉兰，其实是让我听。凤子有权利说，她有丈夫，当然知道解放一次次蹲在门口是为了什么。

可我却不是凤子想的那样简单，我指着解放骂，你还要不要脸，你走不走？你不走我走还不行吗？

解放不急，也不恼，慢悠悠说道，我咋不要脸啦？你是我媳妇，我跟你做啥也是名正言顺，咋叫不要脸？你说，你给大家说，咋就叫不要脸？你两个月不回家，我在你这里住一夜就过分了吗？我是男人，男人与自己媳妇睡觉，你们大家说，这过分不过分！

大家站在门口，有女工，也有男工，听了解放的解释，嘻嘻哈哈，七嘴八舌，说是劝解，其实是在煽风点火。他们巴不得解放再往深里说，巴不得解放这个做丈夫的直接当众扒了我的裤子拉到床上。

那一晚，我在锅炉房坐了半宿，任王合作怎样劝解，都没有回去。潘解放一个人睡在我们女工宿舍。

想不到的是，解放竟然在一个星期天把儿子女儿也带来了。他真会算时间，正好赶着和上早班的人们一起进厂。女儿在他肩头睡，儿子在他胳膊上打盹。解放另一个肩上，仍然挂着人们熟悉的布袋，鼓鼓囊囊，像逃荒的父子三人。这无疑是机械厂最大的新闻，引得几乎一厂子人跑出车间和宿舍观看。那一刻，我真恨不得一头撞死。

"当了工人就要甩男人，另攀高枝，不是陈世美是啥？"

"三天不打，上房揭瓦，欠打，打断一条腿，看她还浪"。

"哪里找这样好的男人，人又排场（俊）又老实，还要咋？"

"要么说，女人心比蝎子还毒，那两个孩子可怜了，怎么就下得了狠心？都是文工团闹的。"

接着，人们把目光盯着文工团，盯着每一个可能与我有暧昧关系的男团员。盯得男人们见了我，犹如见了老虎；盯得我成了过街老鼠；盯得女工们也不愿与我多说话，仿佛一说话，她们也成了女陈世美。人们肯定这里面出了问题。你想,整天在一起眉来眼去,公开在台上吊膀子,拉拉唱唱跳跳,神仙一般的日子过着,咋能不出事情?

厂长亲自找我谈话。小宋,你是咱们的台柱子,要不然,回家就是了,用得着我费唾沫星子? 个人问题不是小事情,关系到咱们机械厂的声誉。你考虑考虑,厂里不会干涉你个人问题,但是要提醒你注意影响,不要让你爱人再到厂里来闹。

解放果然没有再来闹。我知道,是自己那封信起了作用。我在信里只写了两句话,一句是离婚,一句是:"你要再来闹,我立马去触电闸。我要你儿子女儿永远没有亲娘。"我知道解放怕这一招。因为在家有一次打架时,我就端起农药瓶子,不是解放手快,扬脖子就把半瓶灌进肚子。事后连我自己都弄不清楚,是骨子里性烈,还是想吓唬人? 离婚与寻死相比,孰轻孰重,解放掂量得清。

我知道,这实在是厂里是文工团最好看的一出戏。我是女主角,却无法知道这出戏的结尾,只能硬着头皮往下唱。

15　男人的战术2

> 我不知道自己走的是一步险棋。自己是在赌自己的前途。在赌自己的身家性命。自古以来,哪个女人敢这样? 这无疑比拿剪子戳自己心口、拿手指去触车间电闸、拿1059农药瓶子去灌自己还要惨烈,残酷,痛苦不堪。那个结局,将以百倍的杀伤力,被无限放大,摆在面前,摆在一辈子的日子里才后悔莫及。
>
> ——摘自《宋梅影日记》

早上,我下夜班走出车间,王合作也从锅炉房出来,他手中的铝壶没有像往日一样递给我,而是一直拎在手中。每逢我俩都上大夜班时,他总会在下班时从锅炉里为我放壶热水,让我捎回宿舍洗漱。而其他女工,则要等食堂开饭时才能打到热水。尤其在三九天里,这壶热水就不再只是热水,而是一颗会关心会体贴女人的心,让我感到异样的满足。

今天怎么这么模范，莫非要给我送到宿舍？小心回家挨媳妇笤帚把子。没有别人在场时，我喜欢和他斗嘴，无论说轻说重，他永远都不会生气。

今天当一回模范家属，行不行啊？他嬉皮笑脸。

讨厌，你怎么学坏了？

我搬回男宿舍了。你还不知道吧？厂长调李老师到厂子弟学校了，代一年级语文。哎，你哪天倒班，我去宿舍看你啊。说着把水壶递给我。

望着王合作背影，我好一会儿才想明白，李老师就是团长妻子，就是洪流老师的妻子——李淑平。

那晚，我看到洪流团长和妻子李淑平领着儿子一家三口在厂子里散步。他们边走边说，边说边笑，亲热地说，大声地笑。洪流团长与人们打着招呼，对儿子说，小虎，叫伯伯。小虎，叫阿姨。小虎，叫叔叔。然后，院子里就响起小虎稚嫩的声音，就响起他们夫妻夸张的笑声。他们走了一圈又一圈也不厌烦。他们问了那么多接班或者下班的人们，也不厌烦。他们让儿子叫了一句又一句，也不厌烦。人们也用笑容回应着这对夫妻。他们终于和好了啊，这才是患难夫妻啊。人们的议论声和赞叹声肯定送进了他俩的耳朵，让他们的笑声更响，更卿卿我我。好幸福的一个家庭，好温馨的一幅亲情图。第二天，关于洪流团长要离婚的谣言自然不辟而破。

那一刻我躲在树后仔细观察，想从洪流团长脸上找出自己想要的答案：团长是迫不得已、是无奈。团长脸上在笑，心里可没笑。团长在做给别人看。可是，我失望了，我看到，团长笑得很由衷，很自然。甚至，甚至还绕过儿子，把手放在妻子肩上。妻子显然是害羞了，甩掉丈夫的手，低下头说，小虎，叫爸爸扛上。于是，爸爸蹲下身子，儿子骑在脖子上，爸爸喊着，扛杠喽，扛杠喽，儿子也喊着，扛杠喽扛杠喽，妻子悄悄挽住丈夫的胳膊，把身子贴了过去。

我心猛地一抽，又一抽，嘴里吸溜吸溜，泪就下来了。

解放不再来闹却把娘搬来了。娘挤在我床上，说说东，扯扯西，就是不提我离婚的事。娘勤快,每天给我们收拾屋子,边收拾边叨叨,你说闺女家咋就不知道整齐?这床底下怕是几年没扫,跳蚤不咬你们咬谁?如今懒,将来进了婆家门就懒不成了,不如如今学勤快点。

我急了,说,娘你回去,你成天住在厂里算咋回事?你不管爹了?你不怕猪掉膘?那只戴帽鸡,肯定又把蛋下人家窝里了,回去回去,回去收鸡蛋!再不回去,鸡娃子就孵出来了。

娘不理我,仍然该洗衣服洗衣服,饭打回来她端着碗吃。我们上班后,她就搬只小板凳坐门口,东望望,西看看,也像了一处风景。

这一天,恰好女伴们都出去了,娘拉着我的手,郑重其事地说,闺女,娘找人给你算了一卦,这婚你不能离。

为啥?你那是迷信!

娘给你说,当初你死呀活呀地要嫁解放,娘就算过卦,算卦的说,这婚不算上等婚,但中间要有些绊褡,绊褡不怕,散不了。这不照娘的话来了?还有,你表姐也算过,说她今生不能生养,早早抱一个吧!你姐不服气,这不,四十岁才死了心,抱了一个。娘不怕你笑话,娘也算过,说你爹要回来,说你妈身子弱,强不过你爹的命,这不,都应了。要不,你奶奶走了后,多少人上门,娘也没答应。娘是心里有底哇,你当娘傻?你爹不回来,我连个娃也没有,守个啥?听娘的,解放纵有万般错,也错不到离婚的份上。再说,你真的舍得下儿子闺女?

我眼泪哗哗地流,说,可我问小雨想妈妈吗?你知道小雨咋说?小雨说,他们说妈妈死了,不许我再哭。他们咒我死,我偏不死,不死小雨就是我的,我的女儿,就是离了婚,他们也夺不走!

娘给我擦着泪说,那是闺女哭得烦人,一句气话,当不得真。离婚在嘴上喊喊,吓唬吓唬解放,没有啥。真要离了,就恩断义绝了。儿子闺女没了亲娘,疼的是你,都是你身上掉下的肉。

最后我点着头,却在心里对自己说,我不,我就是不,我不信迷信。

16 小旅馆

其实,我们什么都没有做。

那一刻,我们还刚刚坐在床上,连手都没有拉在一起,门就被撞开了。我们就被捉奸了。我们双双被送回厂里,然后,双双被开除,成了轰动全厂全县的一件,一件让许多人兴奋的事件。

其实我根本不知道,王合作也不知道,那两个大妈的厉害。她们在旅馆干了多少年了,早练就一双火眼金睛,早就看出这一前一后进来的男女不正经。不是我们说的,亲戚。我的脚步里,就透着心虚,透着做贼的伪装。她们装作看不出,笑眯眯地说,进去吧,你亲戚在房间等你。

我隐约记得,那房间四张床,铺着蓝格子床单。王合作笑眯眯地坐在最里面那张床上,见我进来,赶紧起身站在门边,等外面的白门帘恢复原状后,把两扇木门闭住,然后,把门闩轻轻推上,轻得没有出一点声响。就在那一刻,我全身有一根神经似乎绷紧了,屁股刚挨住靠门边那张床,心里就涌起悔意,后悔不该来这个旅馆。既然是想说话,想说不想让别人听见的话,想把自己的苦水,倒给这个仗义的同事,那么在排练室也能找到机会。大不了在他上夜班时,去锅炉房找他。他可以把煤多填几锨,然后在泵水的间隙里听我诉说,可是我不明白自己为什么会在那一刻鬼迷心窍。

我对王合作说,别来我们宿舍,咱们出去说。

然后王合作说,出去,去哪儿?

然后,我就说,去哪儿?去旅馆。

我以为房间里最安全。

我以为,房间会隔开全厂人的目光,会隔开人们对我们的议论。

我哪里知道,其实最安全的地方才最危险。是因为,并不是本来就安全,而是有人守着那安全,它才安全。而守着安全的人,往往最不安全。

我哪里知道,男人与女人是有区别的,我选择的小旅馆,传递给王合作这个仗义的同事的却是另一层意思。

只有外地人才住旅馆,洪流同志在机械厂上班,不骑自行车也就一根烟的工夫,登记旅馆做什么?还有,你这介绍信时间是上个月的,过期了,给你登记是我们发现这里面有问题。你说,你叫啥名字,为啥拿着洪流同志的介绍信?你这位女同志,跟他是一个单位的吧?有啥话不能在厂里说,大白天跑到这里？不能在厂里说的话还有好话？哄鬼能行,我们可哄不过去！革命群众的眼睛是雪亮的。不干坏事关门干啥？还撒谎,说你们不在一个厂,撒谎就是心虚,就是干了坏事！现在只有一条路:坦白从宽,抗拒从严。

我肯定是蒙了,蒙得说不清一切细节和理由。说不清自己为啥要……要让王合作来这里。我更想不明白王合作为什么会拿着一张洪流团长出差用过的介绍信。

我就记住了那两位大妈的审问。就记着大妈摇着电话,让厂长来领人。记着王合作喊,你快跑,你跑了她们就没办法了。

可我哪里跑得掉？那两个大妈早就布下天罗地网,任我们这一对"奸夫淫妇"插翅也难逃。我后来一次次地想,她们为啥一开始不拒绝我们？为啥不坚持原则,别给王合作登记房间？我们不进去就不会出事。可她们笑眯眯的神情、慈祥的面孔,让我觉得是回到了家里。

娘哪里知道,就是她临走那句话"这星期天解放来接你,就驴下坡,跟他回去。日子久了,就真回不去了"把她自己的闺女"逼上梁山",把闺女和那个叫王合作的小伙子的前程一起全断送在那个小旅馆。

17 大戏

> 我想,多少年后,机械厂人们都不会忘记那个场面,就像我下辈子也不会忘记一样。于他们是欣赏,是幸灾乐祸。于我是,是什么我始终想不清楚。我只记得那天自己始终只会用一句话试图证明自己:我没有,我没有,我啥都没有做！可是,回应我的除了羞辱,还是羞辱！
>
> ——摘自《宋梅影日记》

全厂的人都站在厂办门口。

厂长真是精明。真是有经验。几个保卫把我这个不要脸的"婊子"、哭喊闹腾的泼妇、披头散发的女鬼及时从旅馆的抓奸者手里接过来,拉扯到厂里的大卡车前,塞进驾驶室,用绳子捆在司机旁边那个座位上。

人们嘲笑着,要么说你离婚呢,这老牛想吃嫩草哩吗,难怪不让自己男人睡。

这王合作也是鬼迷心窍哩,演戏演出感情了吗,你那媳妇没有她水灵,不就是农民吗? 她宋梅影才当了几天工人?

我的铺盖被扔进车厢。洗脸盆,刷牙缸,搪瓷碗,小镜子和梳子,丁零光啷在车厢里滚动。玉兰撵着来,把宿舍绳子上晾着我的袜子背心花裤衩和窗台上一双布鞋也一一摔进车厢。花裤衩砸在一个保卫身上,他一把摔下车骂道:长眼睛没? 砸我一身臊气! 人们上去轮流用脚踩。有人喊着,把那双鞋挂她脖子上,厂长及时制止了,命令开车。人们从头至尾都在笑,在欢呼,在庆贺,过大年一样喜庆。就差放鞭炮了。

然后,厂长对司机叮咛,对坐在上面车厢里的四个保卫叮咛:一定要交到她娘手里啊。就是死也让她死在家里,跟咱们机械厂就没关系了!

王合作呢? 人们想起那个奸夫。后来,人们发现,男人远没有女人好看。女人简直就是一出戏。而王合作,怕是在人们热闹时就悄悄离开了。一定是骑着自己那辆破车子哐里哐当出了厂子后门。没给大家留下一点儿饭后茶余的谈资。

车子从人们面前驶过,我抬起头,用仇恨的目光扫视一圈,我发现,那些熟悉的面孔里没有我最熟悉最不想看到的那张脸——洪流团长。我不知道他是躲了,还是根本就不在厂里。我心里涌上一丝复杂的情绪,说不出是遗憾,还是安慰。

机械厂的汽车开走后,我家崖上就像开大会,我知道,大概全村的人都伸头探脑,想看这出戏到底怎么收场。我爹把锄头、铁锨、镰刀,甚至麻绳,哐里哐当摔下一院。然后掂起捶布石上的枣木棒槌,咚咚咚砸窑门。然后,扯了声地骂。骂我,骂娘。最后,骂他自己。他举起巴掌,把左脸和右脸扇得噼啪噼啪响,像批斗会上治保主任扇他耳光那样。末了,把一瓶农药撂在窑门前,喊道,要有志气,要是我闺女,你就死了再见我,我等着给你收尸!

娘抱着我,抱了三天三夜。娘一遍遍说,娘信你。娘知道你不傻。你起来喝口水,听娘慢慢说。谁家麦秸堆里没有几根孽孽秸(谁不做错事)?你还年轻,路长得看不到头,谁也保不准这路上会有甚事挡着你?腿一抬,就迈过去了。你不为你,总得为娘,不为娘,总得为大风小雨想想,没有了娘的娃儿,有多恓惶哇!

我用沉默表示着我的决心:我一定要用生命证明自己的清白。除了这贱如草芥的命,我还有什么?

又是三天三夜,解放来了,左手拉着儿子大风,右手拉着女儿小雨进了娘的窑。

解放说,娘,我来接梅子。

然后又说,梅子,跟我回去吧。

然后,大风和小雨就连连喊道,妈妈,回家吧,回家吧。

我慢慢,慢慢,把蒙在头上五天的被子掀开,睁开眼睛,扭头看看儿子,看看闺女,又扭过头去。

又是一天,那个熟悉的脚步终于由远而近,然后停在炕前。

宋梅影,你听着,你可以不要丈夫,不要儿女,不要任何人,可你不能不要你自己。人不能太自私。你,我,我们,都不能活得太自私。

那个声音,那个从十四岁起就盘桓在我脑海的声音,惊雷一般在窑里炸起。

那个声音说,你,我,我们。他终于承认"我们"了。

那个声音是多么及时啊。晚来一步,我就永远也听不到了。

他,洪流团长,我的老师,就站在娘炕前。我的枕头刹那间湿透。

男人从来都是能让一个女人死,也可以让一个女人重生一百回。

18　尘世的轮回

这一天,我对娘说,我要去解放电影队,他们乡政府有个好中医,我想找他看看,为啥老是夜里睡不着。

娘说,那你刚才咋不跟解放一起走?

他还要在县里开会。我自己去就行。你明早给孩子弄饭。我急匆匆出门,去赶公共汽车。我要在解放刚回到房间就把他堵住,然后,看接下来的戏怎么演。我算计这个日子已经很久了,现在这个机会终于像挂在头顶的苹果,只要我伸手就可以摘下来,塞进嘴里。

这已是八十年代末期。我刚刚结束了一场感情纠葛,与潘解放和平共处,继续演戏还是从头再来回到日子中去,我们都还没有想好。但我们有一个共同的目的,就是孩子最重要,两个人无论怎样,都不能耽误了孩子们的学习和前程。

每当换季,娘就来纯阳宫博物馆住几天,把大风小雨的棉裤棉衣拆洗过缝好,这是她多少年来的功课。我已分到一间自己的宿舍,不用再吃食堂。

娘似乎啥都明白,只是不愿意戳破这层窗户纸。娘这次来一遍遍地问,你俩又闹了?是你闹还是他闹?解放有多忙,忙得两个月都不回家?这坐汽车才半个时辰不到,他还有嘉菱,咋就不能回家?

我不能对娘说解放根本就不愿意回家。那话说不出口。对谁也说不出口。我隐约感觉到解放外面有人了,没有人跟我传递信息,是我自己感觉到的。夫妻十多年,彼此就成了对方肚子里的蛔虫,谁哪儿疼哪儿痒,望一眼就明白。解放不说,我也不说,我只是昨晚又说,给你找个医生看看吧,吃几副中药就好了,你原来没有病的。这一年多,也许是太累了。

可解放说,谁到这个年龄不得这个病?我们那一拨人回家也不跟媳妇睡觉,没睡觉的本事了。老了老了。解放就这样,把他的窘迫用一个冠冕堂皇的理由掩饰了过去。可他小看了我的敏感,我在有些事情上粗心,可唯独这事特别敏感。男人有女人和有病完全是两码事。解放你哄不了我。你才刚四十岁,就想"老"了,就想把自己的"病"瞒哄过去,我不是傻子。

此刻,我就是去抓解放的"病"。没有别的办法,解放不承认,只有这一个办法。我知道这个办法很卑鄙,当初别人用这办法对付我时,使我身败名裂时,我恨得连杀人的心都有。我甚至想过弄捆炸药,与那些人同归于尽,可我弄不到。我又不能把农药倒进机械厂食堂锅里,那会使许多无辜者丧命的,说不定整我的那些人反而会逃脱惩罚。

我当然也不能用别人对付我的手段对付那个我还不知道的女人。我已经品尝过一个女人被堵在不是丈夫的男人房里是什么滋味。同样是女人,我不希望看到这个女人遭受自己曾经受过的侮辱,也不希望自己去侮辱别的女人。所以,特意选择了下午。下午那个女人就是在解放身边,也有个借口离开。我可不想用那种最下作的伎俩,比如,专门在夜里,把他们堵在床上,堵在被窝里,让通奸罪铁证如山。

经历了那么多,我已经不是当初那个梅子。自从解放说过那句话,我就注定要欠下解放一个人情,天大的人情。解放说,等你找到真心相爱的人,咱们再离婚。我不会赖着你。解放还说,一个离婚的女人,日子不好过,我不想看着你日子不好过。毕竟咱们是十多年的夫妻,爱情没有了,感情总还在吧?

于是,我就日夜活在"感情"里,活在那个阴影里。现在,解放要我还他那个人情了,或者是,该是我还解放人情的时候了,我还有什么选择? 只要一证实,确实有一个女人出现在解放生活里,路就在那儿摆着,没有第二个选择。

在解放电影队门口下车时正是下午。我知道,乡政府下乡的干部还没有回来。我没有遇见一个脸熟的人,顺利走进与乡政府一街之隔的电影队,走进解放屋里。解放正在洗头发,头埋在洗脸盆里,听到脚步声头也没抬说,你回来了,今天咋这么早? 带了啥好吃的? 解放的声音里,有着一种欢呼雀跃、一种男人的柔情、一种恋爱中的男人的遏止不住的兴奋,有着曾经让我久违了的烂熟于心的东西。尽管有思想准备,尽管我知道自己该怎么面对预料中的结局,可听到这声音,我心里还是一抽又一抽。

你可没说让我带好吃的,所以我啥也没带。我一屁股就坐在了解放那张单人床上。我认为无论什么结局,目前那还是我最应该坐的地方。

解放抬起头,吃惊的脸突然红了,解放的神情突然不知所措,解放的背似乎也在瞬间里缩了下去。我笑了一下在心里说,解放还是老实啊。

我放下包,抢过脸盆去外面泼水。

解放喊道,炉上水壶里有热水。接着脑袋上滴着水伸出来解释,公社灶房里现在没人,只能沾邻居一点光了。

然后,我就明白了一半。其实未进屋时我就已经发现,那个小小的蜂窝煤炉搁在解放与隔壁房间中间的台阶上,炉门口,对着那个房间,炉口下盛炉灰的铁簸箕,也对着那个房间。这说明炉子是那间屋子主人的。而且,是个女的。因为那炉子,擦得明光锃亮,小簸箕里也没有积攒炉灰。炉子旁边墙上一排三个钉子上挂着炉钩、火钳与铁铲。不是女人,不会如此整齐精细。

那屋子门帘是白底粉红条子的床单布,以前,这里挂着与解放门上一样的白门帘,上面印着"坡底公社"几个字。我记得下车时走过这排门面房,那块挂着缝纫铺牌子的屋子,也挂着同样一块门帘。无疑,这是门面房的后门了。多好的条件啊,那年高扬房间如果是如此格局,自己还会被他妻子凤茹堵在房间跑出不去吗?

一个下午,无论解放找怎样的借口,比如,我先去卫生院给老中医打个招呼,省得明天排队;比如,我去街上买两个饼子,食堂是两顿饭,晚上没有饭的。我都没有让他走出房门半步。你急啥?我记得老中医明天正好坐专家门诊,没几个人舍得多花两块钱挂他的号的。我这兜子里带着馍馍,夜里借你这邻居炉子熬点汤就行了,不用买吃的。直到院子里传来脚步,直到银铃般的声音一下子撞进门,潘老师你看我今天带什么了,保准是你没有吃过的。

声音戛然而止,仿佛被坐在床上的我,被我脸上的笑容,砸了回去。

快进来小师傅,让我看看你那好吃的究竟好吃不好吃。我笑得一脸灿烂,屁股却纹丝未动。潘老师快给客人搬凳子啊。我该怎么称呼你?

我……我叫招弟。我……我……没有想到,你……姐你来了,我我拿给你你等着。手忙脚乱。心乱意乱。在竹篮里一阵拨拉,从篮底拨拉出一包蓖麻叶子裹着的几个黍子面坨坨。

还真是好东西,多少年没有吃过了,解放真有口福。来,快吃快吃,还热着呢。不是小师傅一层又一层地裹着,还得在油锅里热,不然不好吃。

118

说着,我递给解放一个,然后去洗脸盆洗手。

我知道,趁着我低头洗手,解放在用表情跟招弟急切地说话。然后,没等我抬头,招弟就说,姐你也尝一个,我先去赶活了。然后就是旁边开门锁的声音。然后就是门啪的一声关上。然后我又看到,解放的身子随着门响哆嗦了一下。

那个坨坨,有些地方叫油炸糕,必须要有黍子面,有小石磨,有鸡蛋来做皮子。里面的馅要把枣蒸了,枣核挤了,核桃仁去了皮,芝麻炒熟,蜂蜜炙了,把青红丝和这些料揉在一起,才能用皮包馅,才能下油锅文火炸,炸得里熟外黄,才能算做一道年节时的好点心。现时的人就是有那个料,也没有那个耐心。况且,黍子产量低,已经多少年没人愿意种了。可见这小小坨坨让这踏缝纫机的女子招弟费了多少心思。

那一晚,地铺上的解放,辗转反侧,久久不眠。我在床上,望着天花板,也久久不眠。那几个黍子面坨坨搁在桌子上一个也没少,冷成几块石头。眼泪不听话地淌湿了枕头,尽管我告诉自己,不能流泪,没有必要流泪,可我还是流泪了。望着窗外的星光,我想起解放考进文化站一年后,请我来看戏。那天是新建的戏台"开台",请的是地区最有名的蒲州梆子剧团。我跟在解放身后,穿过潮水一般的人群,穿过那些卖醪糟、凉粉、油饼、胡辣汤的摊子,穿过那些一明一灭的旱烟锅子和盖着棉褥子的腿们,在嘈杂和笑骂声中,在坐着乡政府干部和家属的那几排座位中间找到自己的位置。

那晚,披着解放棉大衣的我,与许多穿了棉大衣的干部一起,坐在铺着小棉褥子的水泥条凳上,顶着飘飞的雪花,目睹了戏台上麦克风前讲话的文化站站长潘解放,怎样的出口不凡;目睹了有名的大花脸,怎样把一只闪着翅膀的公鸡,拧断脖子,一刀子钉在戏台的大梁上;目睹了地区剧团那些名角儿,一个一个的拿出看家绝活,惊呆了台下的观众。最绝的是折子戏《挂画》,"宁看存才挂画,不坐民国天下",这话流传至今,能继承名旦王存才翘子功的演员却寥寥无几。当那女演员的一双木头"三寸金莲",金鸡独立在木椅子的扶手上,在两个扶手之间跳来跳去时,我不由自主地与观众一起惊惊咋咋。

第二天,拉戏箱的卡车走了,解放拿着扫帚扫场子。我扫视着只有一排平房的偌大场子问,这么大院子,就住你一个人?

下雨时,电影队的人就回来了。

你看那些墙豁口,拉些砖堵起来,不然就给贼留下路了。

盖完戏台,连一块砖也买不起了,有了钱再说吧。贼才不进来呢,进来偷乒乓球篮球,还是那些书?白送贼也不要。

你夜里一个人也太孤单了,去乡政府那边热闹。

除了一天两顿饭,其他时间我都在这边。你不知道,县图书馆捐给我们多少好书,一会儿带你去看看,怕你也舍不得走呢。

我再也没有来过。

因为解放与文化局局长顶了嘴,就"下放"进电影队。解放再也没有请我来过,原因不言自明。电影队一个月有二十九天下乡,他不想让我看到他的狼狈。这次来,这排房子有三间做了门面房出租,农资代卖点、保健站、缝纫铺,全是把原来对街的窗户打开做了门。我不知道那只乒乓球案子去了哪里,只是看到解放床下的篮球和堆在窗台上桌子上的那些书。是那些两毛多钱可买一本的《简·爱》与《阅微草堂笔记》们伴随解放度过一个个漫漫长夜和枯燥的日子。

19　女裁缝招弟

你哭什么?解放问。他坐起来,点燃一支烟,黑暗中一明一灭,像墓地里的萤火虫。

难受。

有人比你还难受。

仔细听去,隔壁屋子里,确实有哭声隐隐传来,透过夜空,不管不顾地钻进我的耳朵。

你心疼了?那你过去,我决不拦着。

不是这个道理。

那你打算怎么办?

应该是我问你,打算怎么办?你一进来,我就知道你是有备而来。我的那点雕虫小技,哪里瞒得过你。

这不瞒了一年多了吗?我一直相信你真的累了,我劝你吃点中药试试,可我失败了。我有意去出差,有意制造出"久别胜新婚"的机会,可我失败了。我不想再努力。我是罪有应得,两年前就该如此了。

你误会了,我真的不是报复你。

那是什么?

我也不知道。

清晨,我提着几副中药包子,让解放送上公共汽车。车子开动那一瞬,我扭头说,再见。瞥一眼缝纫铺,白底粉红条子门帘动了一下。

你这么不在乎这件事吗? 说这话时,解放小心翼翼,我能感觉到他的犹豫和不自信,心里有了一点点的宽慰。

你希望我在乎还是不在乎?我把球踢了回去,为什么要我来回答这道题?这原本就是一道不会有答案的难题。

不知道。

招弟真的爱你吗?

解放沉吟了片刻,是。

怎么个爱法?能说给我听听吗?

我每一次回家,回县里开会,她就等着我,不做活,也不吃饭。直到我回来。我吃饭时,她就看着我,我不吃饱她就不动筷子。她说我在公社食堂吃的不叫饭,是猪食。她崇拜我,说我会讲话,会唱戏,会讲故事,肚子里装的全是书。她说男人就应该是这样的:脑子里有文化。穿得整齐干净,指甲里没有黑,嘴里没有粗话。她原来的丈夫,只读过三年小学,只会下死苦种地,连个笑话都不会讲,十天都不洗脚。他们结婚不到一年,就离了。

怎么就离得那么容易?

她说医生说她这辈子生不了孩子,那家人就急了,他们三代单传。

她是先开了缝纫铺才离的婚吧？

是。

那就是说，她看准了你才决定离婚？

可能吧。

你，你跟她，没有病吧？我还是咬咬牙，把这句憋了很久的话说出口。

没有。沉默了一会儿，解放终于说。

我也不想这样对你，可是我不知道我是怎么了，一见你我就紧张，越紧张越不行。在她的崇拜面前，我……我觉得我像一个男人。可是一回到你面前，我所有的自信刹那间崩溃。我不像一个男人。你从来就没有崇拜过我。从结婚起就没有。也许，男人需要崇拜，虚荣也好，天性也罢，你这辈子都不会给我这种感觉。

我明白了。这病什么医生也治不好。你说哪天去办手续，咱们就哪天去办。其实两年前咱们就应该办了。两年前你仁，两年后我义，就这么简单。咱们扯平了，我也不用再背负着十字架过日子。既然是真心相爱，我成全你们，也算是我对你的一点补偿。家里就这点东西，你随便拿。儿子归你，女儿归我，现在两个都跟我，你出儿子生活费就是了。

给我一点时间，我要好好想想。解放艰难地说。

三个月后，解放调回县图书馆，不久，副馆长退休，顺理成章做了副馆长。那段婚外恋，解放一生之中唯一的一次越轨，如同一出折子戏，就这样迅速拉上帷幕。下一折戏，要等十多年后才能重新敲锣打鼓，剧中人也要重新粉墨登场，这场本戏才能继续演下去。

这一年，我在纯阳宫博物馆开始了电视剧创作。那个曾经被我冷落的剧本《何仙姑传奇》已经在省台黄金时间段播出，而且收视率不低。我写又一个电视剧本时，脑海里常常会浮现那个唱大戏的戏台，那些演绝活的艺人以及如痴子般的看戏人。还有，那个小裁缝招弟的面孔和她银铃般的笑声，而且，随着岁月的流逝，那面孔越来越清晰，似乎还有几分熟悉，好像原本就是朋友，只是多年没有见生疏了罢了。

我的文字里就有了一个个女子的夜半歌哭。

就有了一个个男子的柔肠寸断。

就有了一段段缠绵悱恻的故事与恩恩怨怨。

第三章　假若时光倒流

恋爱之所以让女人痴迷，是因为她永远充满了未知的浪漫与诱惑。但是，如果想永远拥有一个男人，传统比浪漫更有优势。

——摘自《宋梅影日记》

1　紫荆又开了

多少年后，我仍然怀念那个早晨。只是那时，我还不知道那是一个信号。把它扔进干草垛，一点火星，一股轻风，就可以燃起熊熊烈火，就足以使一个女人忘却所有的恩恩怨怨，重新坠入爱河。

——摘自《宋梅影日记》

每天开馆后，我都要准时到各个大殿巡视一圈，看大家是在聊天还是织毛衣，然后根据结果在奖惩表上画钩或圈。有时候，处理一些游客发生的纠纷，或者检查闭馆时殿门是否锁好。这是副馆长秀林给我个中轴线组长的最大权力。

124

我走进中轴线时，洪流老师手里拿着小号板刷站在大殿旁那株紫荆树下，看着我一步步登上大殿的月台，目光专注、认真，有着久违了的神情，让我心中最柔软的那根神经怦然跳动。

在他头顶，千万朵小花竞相怒放。铺天盖地的粉紫色，如同云霞，簇拥着他，使他系在牛仔裤里的白衬衣也闪烁着浅粉和淡紫，就连额头上的川字纹也蓄满色彩。他常年在大殿临摹老子殿的《朝元图》，对接成四米多长的高丽纸，捧灵芝玉女或者穿蓝色道袍的仙官的线描稿以及各种型号的狼毫和板刷、颜料盒、涮笔碗就与跪在地砖上的他融为一体。他的裤子和脑袋尤其抢眼，膝盖上常年是两个窟窿。脑袋被一头长发覆盖，披在脖颈。后来，他索性弄副护膝，戴在裤子外面，常常不画画也忘了取掉。我们见惯不惊，游人往往频频回头，仿佛格外欣赏这位画家的"行为艺术"。

宋梅影你今天真漂亮。他由衷地赞叹，上下打量着我的着装。这是认识后他从来没有过的事情。

是吗？老师也赶时尚，学会恭维女人了。从我们又一次重逢在纯阳宫博物馆，我就不再喊他洪流团长，而是恢复了中学时代的称呼，喊他老师。尽管我已到不惑之年，而他也白发染鬓，但师生关系不会改变，永远不会。

我低下头看自己一眼，牛仔布上衣，肩头和背部一红一黄两块枫叶，一排中式布纽子，就显出了几分俏皮和时尚。这是北京女画家刘枫送我的。刘枫擅长画风竹，而且是反其道而行之，先点后勾。于是那些竹子就在她笔下，疏密有致，浓淡相宜，永远是被东风吹着，一边摇曳一边飒飒作响。她画画的特点是，低头挥笔，不说话，也不许别人说话。只看见笔在砚台里提起左右一滗，接着听见笔在纸上唰唰游走。然后，画一张团一张，团一张扔一张，而且速度越来越快。经常是，地下白花花，一团团的四尺徽宣到处滚，让旁边的人看得心疼。往往，画到最后，她才远看看近瞧瞧，然后把笔一扔说，好了。就这张吧。然后署名，然后取出印鉴。那一刻，她面带三分桃花色，像喝了酒。地上的那些画，她不许别人捡，说，我要画疯了，才能画出我最满意的作品。要送就送最好的，要么就不送。她第一个让我见识了她的"疯"。她送我的那幅，我装裱好后来一直挂在书房，只要进门抬头，就能感觉到凉风飕飕,感觉到那一簇墨竹顶风不甘的韧性。

临走那天,她拉住我的手说,小宋你不能老这样消沉,人的生命很短暂。你要争取有我画疯那样的状态。记住我的话,就先从穿衣开始吧。然后,她回去就寄来这件别致的上衣,使见到我的所有人都眼睛一亮。

有事吗?我走过去站在树下。我知道此刻,那些浅粉和淡紫会使我的脸在色彩中闪烁着光泽,不再发暗。

我知道,没有事,洪流老师不会找我。自从与高扬分手后,我就一直在回避他。我感觉到他也尽量不与我照面。那种尴尬,我们都不愿面对。就像我不愿面对当年他被押上刑车那一瞬。

我想来想去,这件事只有你来做最合适,因为你心地善良。看在我是老师的分上,你就帮帮我这个忙。我快退休了,儿子们都混得不错,只有这件事是我的心病。你应该知道。洪流老师的神情一反常态,带几分可怜相,这种神情从未见过。他一贯心高气傲,多少年来也未改变。进宫以来,尤其看不起那些学院派,认为他们临摹的壁画只有形似而无神韵。他们是在用笔,用理论,用技巧。而我,是用心,用心。这样的临摹怎么能相提并论?他的话里充满自信。

这一点,确实没有人能与他相比。他似乎与生俱来就有那种能力。那些线条,像是从他笔下流淌出来,圆润,饱满,灵动,有生命的活力。兰叶描流畅而妩媚,使玉女的肌肤丰腴而充满弹性,似乎飞扬的袍带下包裹着鲜活的生命。铁线描充满阳刚之气,让武将的肌肉紧绷,甚至能使老者的胡须根根见肉。这可是真功夫。在这些线条里填颜色,刹那间仿佛注入血管的血液,人物瞬间里复活,简直能听见心脏的强烈跳动。

他的临摹作品可以以假乱真,除了线条,靠的就是做旧了。来临摹的专家们最头疼这门技术,他们的理论在颜料盘里变得苍白而无力。纸上的人物与墙壁上的,先不说线条的拙劣,只在色彩上就显出极大反差。像唐代美女穿了一件时尚的牛仔裤,或者戴了一顶旅游帽,说不出的滑稽。而洪流老师,就凭感觉,把那些颜料调来调去,再一遍遍涂抹上去,赭石就不是了原来的赭石,石绿也不是了原来的石绿,所有的色彩充满历史的沧桑。或者说，带着岁月流逝的痕迹。仿佛他用的不是现在的颜料，而是七百年前的矿石砸出的粉末。仔细一看，活生生从墙壁上走下来的仙女或武将在地砖上舞蹈。这一点令所有专家佩服，因而对他刮目相看。

闲暇时，他会心血来潮，尝试在那些线条里，填上颜料后不做旧。他说，想想当初，这些墙壁，这头顶的藻井，这斗拱间的彩画，还有神龛前的雕塑，就是如此绚丽，如此斑斓，如此雍容华贵，像皇帝金碧辉煌的宫殿。你喜欢吗？我不喜欢。尽管它当初就是那样。我喜欢做旧后的效果。更民间，更本色。蜕去浮华，没有虚荣，不再追求形式，像成熟的中年女子，举手投足，一颦一笑，都韵味十足。你不知道，做旧的过程，已经超越了临摹本身，是在触摸。反复触摸我们没有见过的生活。触摸那些民间画匠的想象力。触摸色彩变化的原因和过程。这种触摸是有快感的，你懂吗？像做爱。感谢上帝，让我有幸做这件事情。他滔滔不绝，完全忘记了我是他的学生，让"做爱"这样的词脱口而出。

我最喜欢看他做旧，像看刘枫画风竹一样，真是一种享受。你就是站在他身边一上午，他也视而不见，不是趴着就是跪着，神情专注而虔诚，让人恍惚中觉得他也成了一幅画。可他突然会伸出手臂说，三号笔。或者，朱砂。我就赶紧递上去，仿佛他是主刀的手术医生，而我就是器械护士。有一次他说，水，我赶紧递上涮笔的水碗，他看也不看就往嘴里倒。等我醒过神阻止时，他已经一饮而尽，还问我，你这茶叶可能有问题，怪怪的味道。

我知道了，你是想找春儿吧？我把思绪拉回。可我听说她当初被送到西安了，又没有具体地址，那样大的城市，去寻找一个二十多年前的婴儿，不是大海捞针吗？我觉得他真是老了，怎么想起一出是一出，这么多年来干什么去了？还有那个做母亲的，莫非也没有找过？我要是春儿，知道了当初是怎样地被父母遗弃，也不会在二十多年后相认。

可我没有办法不想她。近年来老做梦，一双幽怨的眼睛盯着我，也不说话。昨晚又梦见她了，眼里含着泪水，不出声，可我从口型能看出，她在喊爸爸。她肯定过得不快乐不幸福，如果找到她，我起码可以帮帮她，尽尽做父亲的责任。

可即使找回来,李老师那儿怎么交代?不知为什么,面前这个人与妻子和儿子多少年前拉着手在机械厂散步那一幕,突然就闪回在眼前,我心里猛地一抽,真想掉头而去。

你放心,她如今也一身病,走路靠轮椅,如果女儿回来,还能照顾她呢。再说,毕竟是我的骨血。找不到春儿,我会死不瞑目的。你不会看着我把负罪的十字架背到另一个世界吧?在我有生之年,我能弥补多少就弥补多少,也只有你,能帮我做这件事。洪流老师艰难地说完这番话,望着我,眼神里充满痛苦。那一刻,我心里最柔软的地方一动,又一动。

2　不是插曲

有句老话说,人算不如天算,这话准确地应验在我身上。当年我要是知道洪流老师会在最短时间内回到省城,担当起省壁画研究所筹备组组长,而且携妻带子,住进一套公家的两室一厅单元房,他就是说破天,我也不会从娘炕上爬起来,靠在他怀里,喝下七天来的第一口汤水。

娘是善解人意的,把小米粥放在炕墙上,轻轻带上窑门出去。老师把我揽在怀里,用小勺喂我喝粥,每舀起一勺都要轻轻吹一会儿,然后用嘴唇挨一挨,然后说,来,再喝一勺。

那一刻,我像个婴儿。窑里静得只有老师的声音,还有,小米粥滑过喉咙,滑下食道的轻微响声。我说,老师,我没有,我什么都没有做。我只是想……

别说话,你现在需要静养。我相信你什么都没做,你没有那么傻。只是太聪明了。有时候,人是不需要聪明的,知道吗?答应我,再不许做傻事。你还这么年轻,路还长得看不到头,为这样一件小事放弃自己的生命,是最愚蠢的。人生就是要遇到许多坎,迈过去就是成功。当初我被押上刑车时,也动过轻生的念头,但我熬过来了。记住,时间是最好的疗伤药。

我没有想到,他会提到当年被押上刑车那件事。那是一个人的耻辱,甚至是全校老师的耻辱。可他此刻,在学生面前,不再顾及老师的颜面和尊严。

老师,可我咽不下这口气,他们凭什么开除我?他们为什么不调查清

128

楚？为什么就相信旅馆那两个，老太婆？还有解放……

别担心，我已经跟解放谈过，他相信你。只要他相信你，你就能回到原来的生活。至于厂子里，没有道理可讲。条条道路通罗马，忘记那个厂，一定会另有出路的。别管别人怎么看，怎么说，跟着自己的心走。世界在变，你没感觉到吗？

我含泪点头。想问他，那你是因为李淑平相信你，才回到原来的生活吗？你怎么对李淑平解释判刑的理由？一个女人爱自己的丈夫，就可以原谅他的错误吗？而且是作风问题。也许，这里面另有隐情，或者，老师是冤枉的？可我张不开口。我只想着，就为了他刚才那句话"你，我，我们，都不能活得太自私"，我也要重新坐起。

在以后的多少年里，这句话如同雷鸣一般时刻响在耳边。我品味着它，等着它带给我未知的那个结果，漫长的岁月就不知不觉过去。其实我憋了一肚子的话，从十四岁起就憋在心里，想说给他听。我想让他知道，我做的一切都是因为他。眼前的机会多好啊，可他的神情和行为，全部的体贴，都像个慈祥的父亲，使我那些话像鱼刺一样卡在喉咙，无法出口。我尽量放慢喝粥的速度，企图延长依偎在这个我心仪已久的男子怀抱中。那一刻，我觉得自己幸福无比。

3 日子仍是日子

潘解放领着大风小雨来接我。我们一家四口走在村巷里，解放背着我的蓝花布包袱，大风小雨一边一个牵着我的手。解放用他脸上的笑容和坦然自若的神情阻挡回所有射向我的不善目光。那一刻我明白，乡村是大度的、宽容的。只要婚姻仍如堡垒般坚固，一切的一切都可以烟消云散，仿佛从未发生过。

从那天起，我养成一个习惯，走路仰头挺胸，对所有的人视而不见。经常有人问我吃了吗，我就用鼻子哼一声。乡亲是识趣的，从没有人问过我，为什么不再去机械厂上班，人们似乎都在有意回避这个话题，不至于使我难堪。但我是那么明白，我被捆在机械厂卡车副驾驶座上那一幕永远地刻在了人们心里，不仅是我的耻辱，也是乡村的耻辱。

我不再去公众场合。我惧怕人们的议论。我想让人们忘记我的存在。但我每天要回家,要鼓最大勇气,面对把话深埋心底的婆婆和弟妹诧异不解的目光。尤其是婆婆,从不吩咐我做什么,连说话也变得小心翼翼,似乎在看我的脸色行事,这一点让我很别扭。我不能对他们视而不见,对他们也仰头挺胸。

我变得格外勤快。早起烧火做饭,饭后赶着刷碗,然后下地。午饭后解放睡觉,我下沟洗全家人的衣服,花花绿绿晾在沟坡小树上。傍晚回家路上给猪拔草,进门做晚饭,剁猪草,赶鸡上窝。每月有两次,我与解放各背一口袋玉米去磨面厂排队磨面。遇到停电,我俩在地上铺块塑料布,打个盹。经常是半夜回家,下沟时他走我前面,上坡时他走我身后,边走边叮嘱,你若脚下滑了,有我挡着,摔不着的。出红薯的季节,我与解放刨,弟妹们在身后捡,然后解放担两只大筐,我担两只小筐。我们买不起架子车,只能靠肩膀。我们蚂蚁搬运馍渣一般,把几千斤红薯刨出搬运回家,然后下窖。有一次,我踩偏到竹根上,脚下一绊,两筐红薯骨碌碌顺坡滚到沟底。就着月光,解放与我摸索着捡,手指被酸枣刺扎出了血,解放拿过我的手,把滴血的指头含在他嘴里。解放的口腔温暖而体贴,分泌出的唾液,有止血止痛效果。我把眼泪悄悄压回眼眶,心里涌过一阵暖意。

下雨天,我坐在婆婆炕上,帮她缝弟妹的褂子裤子,纳一双双鞋底。坐在织布机上,梭子穿来穿去,看那匹布在自己手下一寸一寸地长,在心里背诵着《木兰辞》。我看着自己白皙的手掌和五指被麻绳和锥子磨出一层层老茧,在污水中一天天变得粗糙僵硬。原本纤细的腰肢,在扁担的压力下变得水桶一般粗壮结实。演喜儿时轻盈的脚步消失得无踪无影。那时我最深刻的体会就是劳动确实能改造人。它使人头脑变得简单,一切为了糊口,没有别的。我再没有了任何幻想,比如重新站在舞台上表演自己喜欢的角色,比如重新拿起笔写一出戏,像在宣传队那样。我只有一个念头,就是赶快把一双儿女拉扯大,让他们出息,将来一定要做公家人。只有这样,似乎才能证明我在这个家里存在的价值。

解放完全变了,从来不提那件事。他似乎还有点高兴我的归来,白天去学校上课，没有课时就回来与我一起下地，甚至为我扛着锄头或者铁锨。值得庆幸的是，生产队早就没有了，土地分到每家，我就避免了与许多人接触的机会。到了夜里，大风和小雨都已经习惯了跟奶奶一个炕，我得费很大劲才能哄着小雨，把她抱回身边，试图掩饰单独面对解放的尴尬。小雨缠着爸爸讲故事，于是，我静静躺在他们身边，任思绪游离，然后沉入梦里。

隔上几天，解放仍然会说"睡一觉"，我也会默默配合，仿佛不配合，就愧对解放的一片情意和苦心。我始终不敢问他，洪流老师怎样对他说，也始终没有对他解释那件事情的真相。我怕自己解释不清。我一次次问自己，他为什么不问？难道他就这么不在乎？他是真不在乎，还是装作不在乎？他在乎了我觉得冤枉，觉得委屈；他不在乎了，我又觉得有那么点失落。为什么会这样，为什么？

日子如水一般流去，波澜不兴。但我知道，我与解放，再也不是当初那对夫妻。我们之间，什么都发生过了，又似乎什么都没有发生。只是不说。这种不说，比说了还让我郁闷，让我憋屈，让我挺不起腰杆。让我觉得自己心底埋着一颗炸弹，只需拉动导火索，便会在瞬间引爆，碎骨粉身。从此在自己家里，仿佛是寄人檐下，客气中透着生分和距离。大家的不说，在我与家人之间竖起一道无形篱笆，我想迈过这道篱笆，上面每一根削尖的竹签都会戳得我体无完肤，鲜血淋漓。夜深人静时，听着解放粗重的鼾声，我问自己，这样活着好，还是当初一死了之好？

父亲平反的文件抵消了洪流老师离开的悲伤，也结束了我所有的尴尬。我被恢复城市户口，招工，安排进纯阳宫博物馆，当了一名保管员。我再一次告别解放、婆婆与弟妹，还有大风和小雨，离开那个小窑洞，做了公家人。

4　公家人

攥着这几张纸币，冥冥中我似乎觉得，攥着自己的命运，自己的前程。我有了几分底气，可以按照自己的意志去追求自己想要的生活。

深埋心底曾经的幻想蠢蠢欲动,一起涌到眼前,电影一样闪回,使我泪水潸潸,不能自已。

——摘自《宋梅影日记》

拿到第一个月的三十八元工资时,我躲在纯阳宫后花园的竹林里悄悄哭了一场。我哭得酣畅淋漓又莫名其妙。那几张纸币攥在手心,攥得湿漉漉的,舍不得装进口袋。我彻夜无眠,翻烙饼一般在床上折腾。与我同屋的秀林说,姐你咋啦?

我还没开口就哽咽得说不成句。

秀林恍然,笑道,不就发工资吗?等涨到我这样你该蹦着走了?

秀林是大学本科毕业,专业又是历史,一进纯阳宫就是干部身份,工资比我多一倍,正在为评副馆员职称写论文。而我,刚从农民转为工人,也就是拿到了养家糊口的几个钱,有什么值得兴奋?职称连想也不敢想,这种天地之差,使我顿时感到羞愧。我的兴奋骤然消失,情绪跌落到谷底。

秀林说,恢复高考时,姐你当初为什么不考?你这么聪明,一定能考上,现在也是干部了。

我无言。那时我在干什么?在坐月子。

接着,解放也凭着考试,招聘为国家干部,被分配到那个离县城四十里的乡政府,做了文化站站长,后又进了电影队。世界确实在变,变得令人应接不暇。体现在我们这些小人物身上,最实惠的就是我俩都不再当农民。这时候,恰恰有许多人纷纷放弃铁饭碗,扑腾进商海,像潮水一般涌向南方的城市,仿佛那里有遍地的金子可以随手捡拾。这种背道而行,让我们瞠目结舌,百思不得其解。我们只敢抱紧天上掉下的这块"馅饼",哪里还敢撒手?除了感恩,还是感恩。

5 童养媳

我经常问娘,童养媳是被压迫者,奶奶是欺压你的地主婆,你怎么不恨她?那时候我刚上初中,很想从娘嘴里弄点能在学校里炫耀的东西。我同学勺子,她娘当过荆家庄院的丫鬟,就在大会上忆苦思甜,讲得台下一片哭声。勺子也被选为班长,尽管她门门功课不及格。同学们羡慕得恨不得重生一回,也让自己爹娘当个长工或者丫鬟,甚至讨饭的乞丐。

可娘斥责我,不许这样说你奶奶,不怕造孽!

娘说她娘家穷,八岁进了宋家门,连条裤子都没有。是奶奶给她一块枣红黑条子粗布,教她学针线。奶奶让她脱掉借来的那条黑夹裤,坐在炕席上,用小棉褥子遮住大腿,缝不好不许下炕。奶奶的铜顶针套在她纤细的中指上,时时往下溜,如同小狗脖子上戴个大项圈。针屁股一下一下戳在肉上,一行针脚缝不到头,手指上的血就渗出来,针就涩得要不断地在头发上抿。

十岁时,奶奶教她织布,在机座上垫个玉米秸箅子,脚下支个小板凳,把腰带收到最紧,先让她织做揉布的纱布,再织白布,等手劲匀了,等不再断线,再织花条子和格子布。织布机前就放着筶帚,织错了或者断了线,奶奶的筶帚把就上了娘脊背。

你奶奶可是巧手,啥花样看一眼就会,没有难住她的。娘骄傲地说。

可我听爹说奶奶脾气坏,一点不顺就打你啊,她怎么不打爹呢?不打我妈呢?还是童养媳嘛。我启发她,觉得她没有觉悟,到底没文化啊。

你妈到家没多长时间,就怀上你哥了,捧到手心还怕化了,哪儿舍得打呀。说到底是我肚子不争气,女人不生养,就是大罪。你奶奶没有让你爹休了我,娘就算烧高香了。其实她打我也是为我好,不是打,我哪里啥都会?再说,你妈是啥出身?你姥爷是教书先生,你妈也跟着念过几天书,不是天生身子弱,也不会嫁到宋家来做小。

啥叫小?我不懂。

哎呀忘了喂猪了,闺女家哪有这么多话,有耳朵没嘴,记住了?

我妈早已离开我们。后来我才知道,先天性心脏病不能生孩子,可她仍然为宋家生下一男一女,偏偏哥哥拉痢疾,九岁时死在她怀里。关于妈,我已经记不清她的面容了,可她临死前的话我到死也忘不了,她看着我的眼神非常古怪,一遍遍地说,你为啥不是长生?是长生我就对得起宋家了。

娘没有见过哥哥长生,我跟着爹回来后,就觉得娘是生我的娘,我掉根头发她都会心疼半天。娘说她有福气,没受一点罪就得了个闺女,我这一辈子没白守哇。娘摸着我的脸,一遍遍看不够。

记得那年我正跟解放闹别扭,两个月没有见面,在一些阴雨连绵的夜晚,我会烦躁地难以入睡。那一刻,生理需要会大过心理的排斥,多么希望他能躺在我身边,与我"睡一觉"。而娘这辈子,要熬过多少个这样的夜晚?我大着胆子问娘,娘你就不想那事吗?

娘肯定是蒙住了,待娘明白我问的是啥时,脸如一块红布,呸,这话也是你说的?唉,从你妈娶进门到你爹带你回来,十几年光景过去了。我只把他当你爹,早就不当我男人了。女人,只要忘了,也就忘了。

我看见娘一脸黯然,心里涌上一阵酸楚。

在这个世界上,娘是如草芥一样的乡村女人,不生养让她始终愧对所有抱孩子的女人。但到了关键时刻,只有娘是我的保护伞。没有娘,那次从机械厂回来,我就死定了。娘疯了一般,把爹放在门口的1059瓶子摔到沟底,把菜刀、剪子、绳子,一切可以使我结束自己生命的东西全收拾得无踪无影。娘指着崖头上看热闹的人,拍着屁股骂,谁家麦秸堆里没有几根孽孽秸?这一村两巷,谁家的底不在我肚子里,偷人的跳墙的,谁肚子里几根花花肠子,我都清楚,跑这里看啥笑话?在娘的骂声中,人们悄然散去。

娘还数落爹,不给自家闺女长志气,倒向了别人。你老了我老了,靠谁去?莫说我闺女没有做那事,就是做了,我们不嫌弃,解放不抬舌头,关他别人屁事?

娘把我搂在怀里,眼泪唰唰地流,一遍遍说,梅子啊,你不能,你不能啊!

6　从寻找春儿开始

那时候,我仍然没有意识到,我就是老师梦中的春儿。我一厢情愿地认为,老师对我的一切关爱,都是爱,男女之间的爱。只是他一直无法说出。因为,有那么多的禁忌,在束缚着他的躯体,他的心。

——摘自《宋梅影日记》

134

洪流老师,无疑给我出了一道难题。茫茫人海,我去哪儿找回他已经二十四岁的女儿?

仅有的一丝线索就是当初从产房抱走她的体育老师文龙,可他已经在两年前得脑溢血去世了。据说,送走孩子后他对学校其他老师说过,是送给来医院授课的一位大夫了,这位大夫是西安人。于是,所有人都认为春儿去了西安,而且是位大夫抱走的,从今后就跌到福窝,会过着舒适的生活。对于一个私生子,哪里有比这更好的归宿?可现在,她的亲生父亲,突然心血来潮,要找回她,要尽做父亲的责任,而且把这道难题交给我。这就是血缘的缘故吗?那么她亲生母亲,廖静老师呢?这么多年,她在哪里?她找没找过自己的女儿?

星期天,我坐公共汽车去了西安。两天后我走下汽车,一眼看见洪流老师推着自行车,站在汽车站门口的树荫下,一脸焦急和倦意。出出进进的汽车,在他头发上落一层尘土,嘴唇卷起一层干皮,身子也仿佛缩了几寸。看着我写在脸上的答案,他没有问下去,只是一遍遍说:这是老天对我的惩罚。我想让它结束,它偏偏不让。我这是罪有应得。罪有应得。

我心里又是一抽。这还是那个才气横溢为我画速写的老师吗?还是那个教我们芭蕾舞步的文工团长吗?还是那个痴迷地整天爬在大殿地砖上,以临摹壁画为乐趣的画家吗?

我赶紧解释,不过,那位主任说,他是要抱那个孩子的,但被一位中年妇女捷足先登了。那妇女说一口当地话。这说明,春儿没有去西安,说不定,就在我们周围的某个村庄,或者,曾经在街上与我们擦肩而过,只是彼此无缘相认罢了。

老师的眼睛一亮,顿时兴奋无比,说,走,我请你去吃羊肉泡馍。你抵得上福尔摩斯了,功劳不小,功劳不小。

他的手抚在我肩上时,我浑身不由自主地颤抖了一下,仿佛多少年前的桑柔润边,我们文工团练功时他的手扶着我的腰,而我则像打摆子似的一阵热一阵冷。那种奇妙的感觉像一个魔鬼被深埋在岁月的尘土中,一瞬间又在我身体上重现原形。我想不明白,究竟是女人的天性所至,还是别的？

7 荆家庄园的故事

1965年，我走进那座庄园。如果说没有那幅速写，我就是一名普通女生，就不会让男老师无意间拨动我情窦初开的心弦。命中注定，我将为自己的心动，痛苦一生，快乐一生，追求一生，也失败一生。

——摘自《宋梅影日记》

宋梅影？

到。

梅影？梅影，好！月笼明，窗外梅花瘦影横。

音乐老师兼校文工团长洪流和我几乎同时念出这句词。不同的是，我没有喊出口，而老师盯着我，情不自禁地吟诵。抑扬顿挫，神情投入，几分沙哑的男中音让宋代一个并不怎么出名的诗人李重元在这个瞬间重现。

然后，大家就听见我说，我姥爷是私塾先生。我出生在腊月十九，我们院子里那株蜡梅正含苞待放，于是，我就有了这个名字。我细声细气，浓重的新疆口音，把"我"念做"俄"，把"们"念做"盟"，引起了一阵哄笑。

站在洪流老师身旁的副团长、俄语老师廖静对着我笑了一下，扭过头对团长说，哦，有点大家闺秀的气质。转身出门时，两条长到腿窝的辫子随着脚步荡悠，使人感觉到辫子超过了她的身高。我听说南方人个子小，但从未见过像她这样的袖珍型，我想林黛玉初进大观园时，大概就是如此小巧玲珑，惹人疼爱吧？

我当然算不上大家闺秀，甚至连小家碧玉也够不上。父亲是熬相公（学徒）出身，祖上三代种地，如今莫名其妙地成了历史反革命。母亲略通文墨，是姥爷的潜移默化。如果说遗传基因厚爱我，应该感谢母系一族赐给我的一切。

我喜欢廖静老师。她住三进院东厢房，与我们女生宿舍隔一个月洞门，据说是二姨太卧室。洪流老师则住三进院与二进院之间的廊房，与廖

136

静老师斜隔着院中天井,又小又矮,明显是下人们的居室。

每天上课,廖静老师会从我们宿舍门口经过,遇到我时往往停下脚步拽出我卷在脖子里的衣领,称赞我白底细蓝格子布衬衫跟洋布没有区别。在课堂上,她频频让我起立,回答问题。俄语是我喜欢的功课,几乎每次考试全是五分。

那时候,没有人关注我们学校的真正历史,大家都叫它荆家庄园,说它是第二个四川刘文彩。一组叫作《收租院》的雕塑,记录了大地主刘文彩的全部罪恶,是我们的必修课。前院拆掉雕花廊柱的戏台上,经常开忆苦思甜大会,同学勺子当过荆家丫鬟的娘,站在台上,抹一把眼泪鼻涕,诉说被压迫受剥削的经历。第一次诉苦时,她忘了词,说,荆家是善人,我们丫鬟一年四季也吃的是麦面馍馍油泼辣子,过年还添新裰子,绸的缎的都有。贫协主任急了,扬臂高呼,打倒剥削阶级!绝不能被他们的小恩小惠捂住眼睛!一院人的胳膊就如同校园后面的杨树林竖得齐刷刷。百十人的嘴巴同时张开,吼声如雷,震得那些发霉的屋梁纷纷落下灰尘。

我们一年级女生宿舍,在二进院子东边,据说是当年四姨太的住房,对面是三姨太和六姨太,隔壁是五姨太,三进院子,是大太太和二姨太住房,上面是老爷的藏书楼。可惜这些太太姨太太们根本就没有回来过,她们一直住在京城。就连老爷,还是赴日本早稻田大学留学时回过一次家,到死都没有让豆津镇人再见过他。人们见到的,只是从京城源源不断捎回的银子,以及后来矗立在豆津镇这座三进院落一座楼的庄园。

我像刘姥姥初进大观园,惊叹着这个罪恶的园子。悄悄对自己说,它现在不是罪恶的见证,是我喜欢的学校。星期天独自走在廊子的青砖地上,用手抚摸着那些门窗上的繁复花纹,猜想着绿色纱帘背后,富家小姐太太们涂脂抹粉对镜理云鬓的优雅,说不出是憎恶还是羡慕。一次次出进砖刻着"五子登科"图的垂花门,远眺操场,想象不出当初的后花园是如何的桃红柳绿气象万千。

北房檐下,是一幅幅人物木雕,演绎着"二十四孝"故事,并不陌生。《王祥卧冰》《董永卖身葬父》等等,早就从姥爷那里听到过。仰头一一看去,栩栩如生,想不出怎么会有这样的能工巧匠把人雕成活的?还有廊柱下的柱础,是雕着乌龟的青石,托起油漆斑驳的粗大木柱,显出几分美丽的沧桑。

最绝的是藏书楼,只那十二扇造型迥异的镂花窗户就让人眼花缭乱,还不知有多少奇珍异宝,被那把锈了的大铜锁锁在里面。那有着雕花阑干的木楼梯,尽管红漆脱落,仍使我想入非非,仿佛看到一个美丽女子手捧蓝布封皮的线装书,从楼梯上姗姗而下,紫色绸裙窸窣,如院中一过夏至就迅速绽放的木槿。

老爷还在通往镇上的桑柔涧修建起一座夯土桥,那是我每天上学的必经之路。我想象着当初这天堑变通途时,山北解州盐池过来的驮队,再也不用上沟下沟,在之字形的小道上攀登。骡马脖子上的铃铛,像节奏欢快的蒲州梆子曲牌《大登殿》彻夜不绝,顺着这条古驿道直响到豆津渡口,响过黄河,响到对岸老子骑青牛走过的函谷关,响进长安城和"西出阳关无故人"的荒漠。

据说从宋代起,镇上就商铺林立,旌幡招摇,全因了这条晋盐外运的通道。那时候叫作"三十里豆津街",可想而知,从横岭山下到渡口的全部距离都是商业交易场所。源源不断的驮队把豆津渡堆成一座银山,也使那些驿馆客栈,酒楼茶肆,夜夜笙歌燕舞,日日车水马龙。

有桥时已是民国,昔日的繁华早就不再,二里长一条街上,店铺寥落,渡口的衰落使一切繁华如过眼烟云。只剩南北过街戏楼,偶尔响起蒲州梆子的铿锵锣鼓,高亢激昂的唱腔把四乡八村的乡民拉到那条街上,瞬间里还原出曾经的热闹。可惜这一切,在1937年被战火一把烧个精光,若不是这座园子做了外来倭寇的司令部,怕早也灰飞烟灭,哪里能做了我们学校?又哪里能在几十年后的一天,挂上"辛亥革命闻人故居"的铜牌,并让人们频频欣赏照片中那位气质不凡的九旬老太?照片是荆家大儿媳,父亲是对河潼关城里有名的中医世家。她是荆家家族唯一共享改革开放成果的后人。恬淡安静的面容,一丝不乱的发髻,以及一双深潭似的眼睛背后,隐藏着的神秘,多少年仍藏在我心里。

8　排练厅

每天下午,我们校文工团都要排节目,排练厅就在藏书楼下大厅。

洪流和廖静两位老师是我们最喜欢的老师。男的幽默风趣,才华横溢,风琴、二胡、笛子、扬琴,还有小号,只要他拿起来,都会使它们发出悦耳动听的声音,让我们着迷。女的漂亮温和,亲切体贴,与其说是老师,不如说是我们的大姐姐。最主要的他们是从城市来到这里,而其他老师,包括校长,清一色当地土著。我发现许多女同学,说话做事悄悄模仿他们,买一支牙刷,下晚自习后躲过同学的目光,在牙齿上横着拉来拉去,白色的泡沫涂满嘴唇。

往往我看着站在前面的两位老师会生发出奇怪的念头:他们如果是夫妻,恐怕就是人们所谓的"金童玉女"吧? 可是,洪流老师有妻子,在县中学当收发员。那个叫李淑平的年轻女子,星期天抱着刚刚满月的儿子走进那个小房间时,我们女文工团员都会扒在窗户上看。看她在院子里晾尿布,端着小铁簸箕走过大厅门口,穿过月洞门去倒垃圾。有时候,她会一手抱着孩子,一手端着碗,那是她打饭从教师食堂回来。无论在哪里,李淑平遇到我们,总是不说话,淡淡一笑过去。就是在房间里,我们去了,她也会笑过后抱起孩子,去廊子下转悠。她那副超然的神情,让我羡慕至极,只有嫁给洪流这样优秀的丈夫才能如此吧?

背地里,阴兰兰经常愤愤不平,毫不掩饰她对李淑平的轻视,说,老校长真是乱点鸳鸯谱,凭什么把她介绍给洪流老师? 凭什么?

我没有说话,心里却赞同阴兰兰的看法。李淑平相貌平平,皮肤黑而粗糙,除了身材苗条性格平和,看不出有什么出众的地方。而洪流老师,眼睛不大却炯炯有神,眉毛不黑却属于剑形,尤其是皮肤,太阳再晒也不黑,这是城市文化的符号,天生的优势。据说居住在西北省会的父母都是知识分子。他若不是跟了个右派老师,应该在大城市教书,哪里能分配到我们这个小镇中学? 洪流老师还有个特点,走起路来步子频率极快,简直超过常人一倍。腰板无论什么时候,都挺得笔直。最有特色的是他的声音,低沉中略带沙哑,带着一种说不出的魅力,后来我才懂得那叫"磁性"。

廖静老师的丈夫是海军,他俩的结婚照挂在房里,醒目得令每一个人都无法忽视。但背地里阴兰兰撇撇嘴说,他们这叫郎才女貌,不然,廖静老师不委屈?我仔细看过,若不是那身漂亮的海军军官服的掩饰,那男人确实不英俊,甚至有点丑陋。鼻头有点大,眼睛挤在一起,嘴唇厚得差点翻起来,但与那身军官服相比,相貌的丑陋不堪一击。我在心里排斥阴兰兰的观点,如果让我选择,我肯定会毫不犹豫。嫁个军人多威风啊,没有人敢欺负你,还能随军。但不久,我就推翻了自己的理论,我发现,要是嫁人,洪流老师是最无可挑剔的人选。尤其是教我们唱歌时,浑身仿佛打了气的自行车胎,让人不由自主地抖擞精神。

偶尔,他看我唱歌时,眼神里会流露出一种东西,闪电一般掠过,让我脸红心跳。还有他的语气,永远不摆老师架子,仿佛在和你商量,征求你的意见才是目的。跟那样的人一起生活,肯定快乐无比,幸福无比。

我们之所以如此胸无大志,上初中就盘算将来的嫁人,是因为我们学校女生从没有一个考上高中的,甚至还有半路退学回家做新媳妇的。我们班开学时五个女生,后半学期时吴妮子就退了学,一年后怀里就抱着闺女。阴兰兰也早许了人家,不是她跟爹娘闹,也是同样下场。但她仍然不能发奋读书,使趴在榜尾的名字往前挪几步。她之所以留两次级,十八岁仍不能毕业,是留恋文工团,只有在舞姿中才能找到自我价值。她试图"另辟蹊径"。

我唱出名气,也许哪个工厂宣传队就把我招走了。我那个女婿,如果像洪流老师一半,我也不委屈。你没见他的脚,垢甲都有半寸,得用刀子刮。说这话时阴兰兰脸上一贯的妩媚消失得无踪无影,只有无奈和渐渐泛起的严肃。

阴兰兰的外号叫"狐狸精"。我想是因为她总与众不同。大眼睛喜欢乜,小嘴巴习惯撅,说话时头经常一偏。鼻梁不高,但化出妆来非常漂亮,如同舞台上古典戏剧中的小旦。走起路来,胸脯前像藏着两只馒头,屁股扭来扭去。女生都议论她就靠着那股子劲勾引老师。我也发现,排节目时,只要洪流老师在场,她就格外兴奋,大呼小叫,根本不顾及别人怎么议论。每天早晨我们会练功,对着桑柔涧那些葱郁的树木和潺潺溪水,喊嗓子,做深呼吸,扩胸,踢腿,倒立,下腰。下腰时,洪流老师会一个个护住我们的腰肢,阴兰兰就会借机大施她的狐狸精手段,非要比别人多做几次,像一根藤般缠绕在老师臂膀上。我偷看一眼,会不由自主地脸红,还会莫名其妙地着急,很想对洪流老师提醒:她在勾引您。可这样的话我只能一遍遍在心里说,永远也难以出口。

有一天,廖静老师也来参加练功,她一点儿也没犹豫,笑眯眯走到阴兰兰跟前,扶住她的腰。她早看出了阴兰兰的阴谋诡计,根本不理会她的不高兴。她到底是老师啊,我们女生都暗暗捂着嘴巴笑。从此,洪流老师再没有扶过任何一个女生的腰。

9　速写

　　许多日子里,我一遍遍回忆起那个下午,我坐在洪流老师的柳木圈椅上,按他的要求手捧一本画册,低头,把辫子放在身后。侧身,把一只胳膊搭在椅子扶手上装作看书。只要偷看他就会立即发觉,就会说,别动,哪儿都不能动。从此,我的一生,就定格在那个午后。

——摘自《宋梅影日记》

我明显地感觉到廖静老师喜欢我。我愿意替她跑腿送作业本,愿意帮她去教师食堂打饭。做得最多的,是替她送报纸。洪流老师订着学校唯一一份《中国青年报》,每次却都是廖静老师先从办公室拿去看,然后让我替她还给洪流老师。我很愿意做这件事,因为送报纸时我就有机会走进洪流老师房间,有机会看他画画或者给二胡上松香。他无论做什么都非常专注,总会说一声"宋梅影你来啦,放桌上吧"。我奇怪他并不抬头,怎么就知道是我呢?这一次我实在忍不住了,问,老师您头都没抬,怎么就知道是我呢?

他笑笑,用他磁性的男中音说,我听呀,我的耳朵就是眼睛,谁进来都会报告我。说完他放下二胡盯了我片刻,说,你想不想让我画你?

几分钟后他说,你看像不像?

我张大嘴巴,盯着那张速写,不相信那个单纯、专注,甚至有点害羞的少女是自己。

老师没有把那张速写送我,而是收进一个夹子里说,这是我的作品,不能给你。我走出房间,说不出的失落。

多少年后,洪流老师把一直保存了四十年的速写复印件递给我时,我顿时泪水盈盈,差一点失声痛哭。那张十六开大的速写,使我迅速回到少女时代,往事裹挟着我,潮水一般汹涌。

在省城那个咖啡馆的卡座上,他仍然笑着,说,你看你那时多么单纯,如一杯白水,知道我为什么画左侧面吗?左侧面才能扬长避短。尤其是眼睛,多么专注。还有嘴巴,很性感啊(这时的人们已经敢用这个词了)。你看这神态,你看,当年你就是这个样子,站在我面前说,我生在腊月十九,我们院子里那株蜡梅正含苞待放……他模仿着新疆话,声音仍然充满磁性,但太多的沧桑感充填其中,让我觉得心里发酸,怎么也笑不起来。

岁月无情,上帝早就编排好人生的密码,让这一刻姗姗来迟,迟在我心如一口枯井时。

那个下午他肯定没有感觉到我会在他画我那一刻爱上他,如果这叫作爱的话。他忽略了一个十四岁女孩情窦初开的想象力;忽略了那种一厢情愿的杀伤力;忽略了他随意或者说有意的一次美术习作,带给一个女孩一生的影响以及难以抹去的记忆。

我永远忘不了,自己曾经一遍遍回忆那个过程,那短短的几分钟。回忆他抬头看我的眼神和眼神背后的内容。我一次次问自己,为什么他只画我而不画别的女生?

我只知道,阴兰兰再和他亲近时我会恨她,李淑平抱着儿子来时,我也会恨她。我甚至悄悄在心里盼望,他们最好吵架,打架,离婚。文龙老师和妻子,不就打闹着离婚吗?可我又希望他们不要离婚,因为我才十四岁。或者说,最好等我长大再离婚。我开始关注起那个小房子的一切。我发现,阴兰兰似乎也在关注着那个房间。她像一只猫,随时会竖起耳朵,捕捉来自那个房间的每一个动静。

有一天她突然说，你说廖静老师为什么从不单独去他房间？老站在廊子里喊他出来说话，为什么？你说李淑平与老师在干什么，你猜？

我猜不着。那一刻他们的儿子可能睡着了，不再哇哇哭。那个糊着白粉连纸的窗户中间的玻璃也用报纸遮住了。我无法想象，一对年轻夫妻会在此刻做什么。还有廖静老师，她似乎从来就那样，她对洪流老师和对其他男老师没有两样，保持着一定距离，从未见过她单独去谁房间。只有在文工团排节目时，才偶尔在眼神里露出一种神情，也被我们忽略了过去。

这天阴兰兰突然站在我面前，问，你刚才又替她送报纸了？

是啊，有什么不对吗？我奇怪她板着面孔气势汹汹，完全没有了平日的友好和妩媚。

你是借送报纸单独见洪流老师吧？人小鬼大啊！她乜着我，眼睛里全是敌意，她从没有这样看过我。我心慌了，仿佛被她一眼看透心底的秘密，要是她看到老师画我的情景，我该怎么解释？我庆幸老师没有让我拿走那张速写。

你胡说些啥呀，她是老师，让我做啥我能拒绝吗？再说，女老师不去男老师房间证明她作风正派少招闲话。前一段，体育老师文龙老找她学俄语，不就被她以这个理由拒绝了吗？你忘了？这还是你告诉我的呢。

我要让事实来说话，你看这是什么？她从背后拿出一张报纸，我刚从洪流老师房间偷来的，他不在。可这就是证据，你看看这张报纸与其他报纸有啥不同？

这张报纸第二版右上角用铅笔写着一个小小的"老"字，不仔细看，很容易被人认为是纸浆中的一个灰点。这有啥？也许是谁胡画的，报纸从传达室送到教师办公室，难免不被别人拿去翻翻。

好吧，你是不见棺材不落泪，今下午你别回家，我领你看一出戏。现在，我要把证据先送回原地，不能打草惊蛇，趁洪流老师还没有回来。走，咱俩一起去。我懵懵懂懂跟着她返回那个小房间，看着她把报纸仍然放进那摞报纸堆。

10　藏书楼的秘密

夜黑得像锅底。被阴兰兰拽住手,摸着墙壁在廊子里屏住呼吸蹑手蹑脚像钻进无底黑洞,让人莫名的恐惧。一阵阵掠过脖颈的穿堂风以及脚上袜子与砖地接触的轻微声响,都使我头皮发麻,浑身顿时生出鸡皮疙瘩。

往日这时候,那四排教室正上自习,灯火通明,光亮会映照进月洞门。每进院子间隔处的老师房间也会透露出橘色灯光使廊子里充盈着几分暖意,不再阴森可怖。可此刻,一切全都在过星期天,只有我莫名其妙地被好朋友强迫着去看我猜也猜不出的什么"戏"。我憎恨学校,为什么要把男生宿舍放在操场旁边新盖的排房,而独独让女生住在昔日的三进院子里,看似是保护,却不知在我们心灵里那高墙深宅、鬼魅一般的廊柱造成的阴影多少年都抹之不去。

当眼睛适应了眼前的黑暗,终于看清是站在藏书楼梯下的拐角处时,楼里经常闹鬼的传说立即使我毛骨悚然。我挣脱阴兰兰的手想跑回宿舍。可已经来不及了,阴兰兰一把按住我的头,蹲下,几乎是同时用手捂住我的嘴。

先是吱呀一下,像是开门声,若不是夜静,没有人会注意到这声音。片刻后,有脚步悄悄,从藏书楼梯上下来,然后一个黑影在我们眼前一闪,顺着廊子向前。接着,洪流老师的房门就轻轻关上了。那平日熟悉的脚步,虽然轻得只有一丝声音,我仍然没有判断错,那黑影就是我们敬爱的洪流老师。接着,头顶传来咔嚓的锁门声。然后,又一个黑影飘然而下,我们从楼梯边伸长脖子,看到那个黑影飘过排练大厅,拐弯飘进昔日的二姨太房间。无疑,她是廖静。

不开灯,连手电筒都没拿,熟门熟路,真是神不知鬼不觉啊,偏偏就让我抓住了。阴兰兰得意地说。还有你,还给人家传书递笺,不是傻瓜是啥?

坐在我们宿舍炕上时,我和阴兰兰连灯都没点,也无意钻被窝,从进宿舍起就任她数落,还不上一句嘴。

也许他们是在做正经事,只是不愿意让别人知道罢了。我说。我确实想象不出他们在做什么要如此偷偷摸摸。

告诉你,他们肯定在搞男女关系,明白吗?不明白再告诉你,就是夫妻结了婚,在自己炕上才能做的事,做了就会生出孩子。懂了吧?算了,你连那个都没有来呢,不懂就不懂吧。

后来我才知道,阴兰兰趁洪流老师不在时,翻遍了那些报纸,那个"老"字,在同一个地方,一个月里出现过两次,都是星期六。而仔细回忆,恰恰都是李淑平没有来度周日。

11　少女的拯救

再见到廖静老师那张笑脸时,她的热情让我觉得有点过分。那种大姐姐的亲密感觉也消失得无踪无影。我想,她再让我送报纸时,我一定要找个借口不去为他们的丑恶行为做帮凶。可有一天,我发现阴兰兰抢着送了报纸,我不明白她为什么不让我做而要自己做?这不助纣为虐吗!

那天回来阴兰兰说,等着看好戏吧。那个"老"字又出现了。我下午就借口回了家,不想再与她搅和一起做龌龊的事。第二天,我没有看到阴兰兰得逞的信号,没有人时,她沮丧地说,特务换接头暗号了,我扑了个空。她清鼻涕一串串地滴,我能想象出她独自躲在楼梯拐角下,挨冻担惊的样子。

我开始为两位老师担心,注意他们的表情。李淑平来过星期天时,廖静老师史无前例地走进了那个房间,那一天我们文工团正好不放假,洪流老师让我去房间拿乐谱。我看见廖静老师亲热地抱着那个一岁的婴儿,像抱着自己的儿子小秋。当着我的面她对李淑平说,这炼乳是我从福建带回来的,冲时要加橘子汁的,不然我们这宝宝会上火的,是不是?她低头问着怀里的孩子。其实孩子才半岁不到,哪里会说话,又哪里懂得她的话?

排节目时,我明显看到阴兰兰丝毫不顾羞耻,把一双狐狸精眼睛,一次次对着洪流老师,当然是避开其他同学。早上练功时,她趁廖静老师为别的女生扶腰时,快步走到洪流老师面前,把腰弯下去,使老师不得不赶快扶住她的腰。天哪,有个早晨,她竟然不把贴身小背心系进裤子,而让她白花花的肚皮就晾在老师眼前。那一刻,所有的女生为她脸红,我甚至听到大家共同在心底的咒骂声,不绝于耳。从那天早上起,廖静老师再也没有为阴兰兰扶过腰。阴兰兰得意地说,怎么样?他们投降了!我莫名其妙。

再看洪流老师,神情有几分尴尬,他借口要开会,提前离开练功的同学。望着他的背影,我突然生出几分怜悯,对阴兰兰的做法有了反感。散了后我与她走在人群后,我小声说,你为什么要这样?

我知道你想入团,你想巴结洪流老师这个团委书记对不?那也不能违反学校纪律。他们这样做是乱搞男女关系,廖静是军婚碰不得,他这是犯罪你知道吗?

那你这样又是为了啥?

我在拯救他们,拯救你懂吗?我又没结婚。

我确实不懂。等我懂时,阴兰兰早就被开除,洪流老师被押上刑车。廖静老师,生完孩子就回了老家,叫春儿的孩子,被体育老师文龙从医院抱走送人。

又过了几个月,廖静老师剪一头短发,穿一身草绿色军干服出现在前院戏台上。那时她已是"红遍天"毛泽东思想宣传队队长,而体育老师文龙,是"反到底"战斗队队长。学校已经不上课,两个队在前院戏台上"你方唱罢我登场",有时热闹,有时打得一塌糊涂。那些叫"草原红卫兵"的骑兵,在一方台上纵情驰骋,尘土飞扬,声声"马蹄"响彻校园的每个角落。还有扮作藏族姑娘的女生们,挥动衣袖,让北京的金太阳一次次升起,光芒照射着偌大的校园上空。

而我,早就辍学回家,在娘炕上学纺棉花,给自己绣满红枕头,准备有朝一日做嫁妆。我不再留恋那个学校,我想把那最后一幕从脑海里彻底抹掉,可它就是抹不掉,它已经镌刻在脑子里,如同藏书楼门上那把锁子上的斑斑铜锈。

我忘不了,就在几个月前,校园非常奇怪。似乎阴云密布,似乎剑拔弩张。一早就有吉普车开进来,有穿警服的人跳下来,空气里充满火药味。校长和教导主任以及全体老师都集中在教师办公室。先是阴兰兰,接着是我,后来是文工团所有女演员。我们分别被关进校长和教导主任房间,接受审讯。我不知别人是怎样的情景,我面前的警察,一次次威逼利诱,软硬兼施,只有一个目的:洪流强奸你了吗?坦白从宽,抗拒从严。我莫名其妙,吓得浑身发抖,如此可怕肮脏的字眼,怎么会与我连在一起?

不说实话?他为什么给你画像?画像时没有摸你吗?是你要他画还是他主动要给你画?你们都说了什么?画了多长时间?是白天还是晚上?他亲你了吗?他脱你裤子了吗?别不老实,阴兰兰都交代了,你还想抵赖!

如此地轮番提问,如同轰炸机,炸得我晕头转向,我不记得自己说了什么,只记得一遍遍地重复:我没有,我没有,什么都没有。最后是娘,一头撞开校长的门,指着那些人骂:我闺女要是有个三长两短,看我这一腔子血不倒给你们!你们敢打我吗?我是童养媳,你们敢打童养媳?剥削阶级才打,你们是剥削阶级吗?看我去县革委会告你们!连黑白都分不清,枉披这身皮!

我跟着娘,脚步趔趄逃离那座我曾经那么喜欢的学校,连头都没有回。

阴兰兰被开除后,曾经来找过我,挺着大肚子。娘掰着手指头算,笑着说,你这才过门五个月嘛,这肚子里的娃儿可不小,你要小心些,大了不好生。身子不利落,就别跑来看我们梅子了,有空我让她去看你。兰兰走后,娘板着脸,从今往后,你再也不许见她,啥烂货吗!

娘的话真的应验了,阴兰兰死于难产,那孩子是个闺女,也没有活下来。我后悔那天不该顺从娘时时让她跟在身边,我有许多话想问兰兰呢,可始终没有机会,那些没有解开的谜会把我憋出毛病。

五年后,在我做了新娘的那个夜晚,丈夫潘解放一番话揭开部分谜底。原来他那天恰好在教导主任房间后面台阶上看书,听到里面在审讯阴兰兰时已经无法跑掉了,只好蹲在墙角一声不吭。他说,你知道洪流老师和廖静老师是怎么被抓住的吗?他们夜里在藏书楼上搞男女关系,被学校一举抓获。教导主任一行下午就离开学校,造成假象,傍晚又悄悄回来,就潜伏在楼梯拐角处。

那文龙老师是怎么知道的？我想起五年前那个夜晚，我与阴兰兰也曾藏在那里。脸突然红了，我可是守口如瓶啊，连娘都没有告诉过。

不知道，但阴兰兰那天参加了捉奸，她跟在文龙老师身后，还有教导主任。学生里，只有她一个人参加了这次行动，但仍然没有逃脱审问，还被开除。我有一种感觉，她好像是一个牺牲品，被人利用了。

我无言。只剩下一个谜底未曾揭开，就是阴兰兰肚子里那个孩子到底谁是她的父亲？

12　画展

《朝元图》临摹品终于完成，要去省城展出。我暂时离开那间文物库房，副馆长秀林带队，还有两位女讲解员，一行四人，将在省城与那些复制的壁画共同度过一个月时间。女伴们兴致勃勃，我知道她们早已向往省城的繁华，还有，这短暂的离开。离开日复一日的重复和秩序。

唯有我，不愿意去，没有人知道我为什么。

秀林说，这是我第一次带队出去，你不去哪行？每天还有生活补助呢。

我可以找借口请假，但无法拒绝秀林的私人情分，谁要我们是好朋友呢？

这幅403平方米的巨幅画卷叫《朝元图》，是那些全国聘请来的画家们历时三年，照着纯阳宫老子殿墙壁，拷贝，勾线，填颜色，沥粉贴金，做旧，然后按照原来的布局，悬挂在省城展厅。这就把七百多年前的艺术珍品，把一段历史，带到省城，让许多没有见过原作的人们惊叹不已。

《朝元图》与一幅叫作《八十七神仙卷》的名画颇有相似之处，却有过之而无不及。它们的"吴道子遗风"和"颜回笔意"使典型的中国道释画里多了些让人心动的气息。没有人知道，我喜欢它们，还因为，里面最精美最能以假乱真的几幅是我的老师洪流的作品。

现在，人们不用走进纯阳宫，就可以看到这些神仙足登祥云，头顶瑞气，各怀心思，穿着代表自己身份和地位的服饰，露着画匠们为他们猜测或者设计的表情，从各自的领地飘然而来，来朝拜他们的祖师爷——元始天尊老子。遗憾的是，少了繁复的斗拱，没有了精美的藻井和梁架，嗅不到泥巴墙壁里散发出的幽幽气息,还有那些风雨剥蚀的斑点和隐约可见的搬迁痕迹就少了许多滋味。不再让人触目就从心底升起复杂的情绪:好奇,惊讶,崇敬,虔诚,还有爱意。当雪亮的灯光给这些壁画平添了富丽堂皇时,原作的神韵就减去几分。

每日守在展厅,墙外喧嚣的市声渐渐远去,又被喧闹的人们复又带回。空间在我心里转换,无休无止。场景在我脑海变幻,没有规律。隔壁的戏曲文物展厅为了吸引观众,时而会放一段蒲州梆子,重复过无数遍的磁带,在录音机里吱啦啦响。电池常常不饱,突然的降调或拉慢节奏,改变了原有的柔婉和流畅,让人听得难受,仿佛张嘴打哈欠吞下一只苍蝇。

我知道那个戏曲文物展览的内容,金墓里出土的砖雕刻着一夫两妻坐在一起共同看戏的情景。他们面前桌上,有杯碗盘盏,有菜肴瓜果。桌下酒坛,是自家酿的养生酒。可见他们在世时是多么喜欢戏曲,去另一个世界时还要带上。还有演戏的场面,台后是坐在一张乐床上的演奏队,各自操琴或笛子,让人似乎听到乐声阵阵传来。那个手舞足蹈的演员,鼻梁上抹一块白,分明是丑角装扮。这些戏曲文物的出土,据说把中国戏曲史又提前了几十年。

还有一张唱片。唱片是上海百代公司出品,灌制的是蒲州梆子演员郭宝臣的精彩唱段《探母别妻》和《芦花计》,是他留给我们唯一的声音。这位曾被慈禧太后频频招进宫、红满京城的须生,手中捧着赏赐的银子,被太监们披上黄马褂时一定泪挂两腮。最精彩的是一座"绿铀陶瓷戏楼",方形尖顶,四根柱子支撑着亭子式两层建筑,里面是生旦净末丑,正在唱念做打,栩栩如生,典型的金代戏楼。这些戏曲文物于我曾经另有一番意义,给过我创作灵感和所谓的爱情。可如今,意义已经不再具备任何意义。它们不再让我感动。我甚至从没有进过那个展厅,我怕触景生情。我只能每天守着壁画,不许人们突破白色绳子拉起的那道警戒线就算完成任务。

临摹壁画的老师们早就离开纯阳宫回画院和学校去了。只有洪流老师仍然住在宫里,日复一日地画。偶尔回省城家里小住几天,到单位报销完一些票据,又返回来,仿佛这是他的单位和家。我那时忙着和高扬写信,偷偷约会,学写剧本,早就忘记这个男子曾经在我心里占有一席位置。偶尔想起,我把它归结为少女时代的梦幻,根本算不上爱情,充其量也就是情窦初开的少女对异性的好感,仅此而已。

洪流老师不知道,省城已是我的伤心地,他只是奇怪,星期一闭馆休息时,我为什么不愿意跟其他讲解员一起随他去动物园看大象,去有名的古街巷逛,去那个有一湾湖水的公园里散步,去吃省城有名的小吃——莜面碗托?他觉得到了省城,他就是主人,照顾这些宫里来的女孩子,是他的责任。我经常独自躲在宿舍,悄悄舔自己的伤口,试图使它弥合,不再流血,不再有被撕裂的疼痛。我怕上街,怕无意间撞入那个小巷,看到"地方戏曲研究所"的牌子,勾起一年前的记忆,回到那场解释不清的恩恩怨怨中。

你等着,我的核桃树三年后就可以卖钱,只要送走八十老父母,儿子闺女们毕业分配,给凤茹一笔钱养老,我们就结婚。我心安理得,你也心安理得。这是高扬郑重其事的承诺。他似乎胸有成竹,似乎对妻子有着绝对的把握,仿佛妻子愿意等这一天来临,愿意拿着那笔养老金让开这个位置给我。

他是个有责任心的男人。他对不爱的凤茹尚且如此负责,对爱的我自然不用怀疑。虽然等待是难熬的,但结果却会带给后半生的幸福,这还不够吗?

我相信高扬,我认同他的理智,但我不需要过程,我只要结果,不然就分手。高扬把结果早早告诉我,就等于给了我一颗定心丸,我不能再逼他。欲速则不达。我明白这个道理。

隔壁的录音机仍然在唱蒲州梆子,不厌其烦地重复了又重复。

13　插曲

我终于争取到出差机会,到省文物局办事,我提前写信告诉高扬,希望他能在火车站接我。他却打电话告诉我:凤茹来了三天了,在拆洗被褥收拾房间。我不能去车站接你,后天下午三点在公园老地方等我。

我绕着湖边,走了一圈又一圈,腊月的寒风已经把湖水冻成结实的冰层,有孩子在湖面上滑冰,欢乐的喊声一阵又一阵。一对年轻夫妻迎面而过,互相搂着取暖,把一条长围巾,系在两人脖子上,走路的姿势,像参加趣味运动,好笑又让人羡慕。我捡起一粒小石子,往远处扔去,听着滑去的清脆声音,觉得自己就像那粒石子,在滑向未知的方向。那腾空而起的美丽弧线,刹那间就会消失,没有人能阻挡这个结果的残酷。

五点钟时,游人开始纷纷往外走。望着高扬跑来的身影,我泪水汹涌。他连连解释,我们发电影票,她非要去看,我只能陪她去,要不她就疑心了,疑心我就出不来了。

那你又握着一段木头是吧? 我问他。

是。自从有了你,她开始学会撒娇,以前她就像个姐姐,从不这样。今天她把手又塞进我手里,我惦记着你在这挨冻着急,借口点烟抽出了手。对不起,让你等了这么久。他一遍遍说着道歉的话,建议我们到廊子下去,那些枯萎的藤蔓,还有廊子拐角处,都可以避开人们的目光,让他亲吻我,弥补他的歉意。

可我始终不想。我摔掉他拽我的手,仍然沿着湖边转,仿佛那是个怪圈,怎么也绕不出来。

冬天天黑得早,送我到旅馆门口时他说,她明天一早的火车。明天下午我等你。别耍孩子脾气。我们已经有半年没在一起了。

我相信他,但说不清为什么,我没有答应。我已经买好明天下午的火车票,必须回去。我不再顾及他企求的眼神,其实我哪里有票?

在火车站,我突然临时决定给他个惊喜。让他遗憾我已在火车上时出现在他面前,那会是一种怎样的情景? 也许,我们会恢复往日的热情,会重新焕发出激情,回到初恋时?

蹑手蹑脚进了院,轻轻推开房门时,高扬低头在桌上写日记。抬起头,脸上突然掠过一丝惊慌,迅速合上日记本,塞进抽屉。接着,脸上果然挂上我渴望的惊喜。我不动声色,任他有点夸张地抱起我,在屋子里兜圈子。

晚上,几个朋友约他聚会,他要我同去,我借口肚子不舒服留在他房里。高扬的脚步声消失在院子里,我迅速去拉抽屉,锁上了。他为什么锁抽屉？哪会儿锁上的？为什么？想起他迅速合上日记本那一刹那的慌乱，我不甘心就这样罢手。扫视一圈，他刚换下的外套挂在墙上，口袋里，他的钥匙没有带走。

结果使我失望，抽屉底都倒出来了，没有那个黄塑料皮的日记本。高扬有记日记的习惯，有时候还会当着我的面写下一些东西。但我从来没有看过他那些文字，我认为两个人再亲密，也应该保留自己一点空间。可这天我有点利令智昏，我忘记了自己平日坚守的原则，我认为他一定有秘密瞒着我，这秘密一定跟我有关系。不然，我又没要看他的日记，他为什么要慌乱要藏起来？

他房里唯一的木箱也锁着。我拿着钥匙一个个试，刚试了三把就打开了。箱子里是他的衣服，有信封装着不多的人民币。还有，就是一些准备报销的票据。

坐在椅子上我陷入茫然，想不出他在最短时间内能把日记本藏到哪里，难道会带走吗？可他走时我看见的，空着两手，口袋里也不可能装下，那么，让人怀疑的东西去了哪里？

最危险的地方才是最安全的。我想起这句话，想也没想，就冲向他办公室。楼道里没有一个人，我不敢开灯，拿着手电筒打开门锁，又打开他抽屉。得来全不费功夫。日记本那么醒目，就放在最上面。我翻到他没有写完的那页，迅速读完，脑袋一阵阵发热发昏，能感到血液急速地汹涌、膨胀，乃至爆炸。又勉强往前翻了几篇，照原样放好，离开"作案"现场。

火车轮子转动时，我想高扬可能还在酒桌上。想着酒精燃起的极度兴奋，要靠自己的手来消解，那种狼狈使我恶心。这小小的惩罚，并未使我感到痛快，而是一腔悲愤化作泪水，恣肆汪洋，随着车轮，尽情抛洒。

14　没有设计的结尾

如果我不偷看他的日记，不知道他的真实内心，不选择主动离他而去，继续做梦，现在，会是怎样的结局？可惜，没有如果。

——摘自《宋梅影日记》

下午的展厅最轻松,参观者寥寥无几。对中国寺观壁画有兴趣的人,本来就少得可怜,这些复制品的命运可想而知。两个女讲解员要上街买衣服,副馆长秀林留我与她相守。看得出,她想借此与我说话。走出红墙,友谊才显得重要。想想我们曾经同居一室,吃饭不分你我,衣服互换着穿,甚至悄悄询问对方,结婚的第一夜和做爱的感受,那是只有闺中密友才能分享的快乐。

展厅里突然走进一个人,东张西望,显然不是参观,而是在找人。那身影,是那么熟悉,连匆匆走向我的脚步,都那么耳熟。我想躲出去已经来不及,只好低下头,面朝墙壁。秀林问,你怎么啦?我问你话呢你听不见?

我当然听不见。我此刻想逃出去,可我逃不掉了。那个人如一堵墙般堵在我面前。

秀林迅速站起来,警惕地问,高编剧啊,很久没见你了。你想干什么?

干什么?你问她,她知道我想干什么!副馆长能不能行个方便,暂时离开一下,我想单独和她说几句话。高扬的口气怪怪的,让人想到电影里某个场面。

不行,我得为这些展品负责,我可以站在展厅那头,不打扰你,但不能离开。秀林态度坚决,说不出是想保护我,还是出于本能保护那些画。

那好,到了这份上,也没必要瞒你,也让你这领导知道知道,你的下属是什么东西!他的客气转眼间消失,出言不逊,让秀林一时瞠目。

我知道高扬想干什么。我太清楚他想干什么。但我没有想到,他会选择这个时间、这个地点。他早就想干了,只是我没有给他干的机会。此刻他已经失去理智,是我逼得他失去理智。一个心气高傲的男人,被女人甩了,确实像当众挨了一记耳光,怎么能让他不感到羞辱呢?他确实是有备而来,或者说蓄谋已久。这个展览在省报上刊登着照片和文章,他当然会留意。旁边又是戏剧文物展览,少不了他们研究所参与,只是他怎么知道我会来这里?

而我,措手不及,完全蒙了,不知道他会怎么做,也不知道自己该怎么做。我四周全是画，连个依靠的地方都没有。只有秀林，我的领导，很仗义地把我拉向她身后，仿佛她有力量为我阻挡不可预知的风雨。

你说，为什么？为什么？杀人不过头点地，你这样不明不白，电话不接，信不回，我到纯阳宫找你两次，你躲着不见，你以为就算了？你躲得过初一躲不过十五，今天你得说清楚，又傍上哪个臭男人，把我一脚蹬了？高扬气势汹汹，完全不顾及秀林就在旁边。声音冲出去，回响在走廊里，隔壁戏曲文物展厅恰好有一个十多人的团队，纷纷出来挤在门边，想进来看热闹。

对不起，因为特殊情况，现在闭馆，请大家去别的展厅。秀林迅速过去把"现在闭馆"的牌子放在门外，关上门，用脊背顶住。

你自己不记得了是吗？那我帮助你回忆：12月3日，星期三，阴。前几天梅影在信中又问我，什么时候才能拿到离婚证。我心里很烦躁，梅影她哪里能体会到我与凤茹是患难夫妻，哪能说离就离了？她太天真了。说心里话，我有点后悔，当初为什么轻易表态？哪知道她就认死理，人在情绪中的话她就当了真？现在弄得我骑虎难下。如今谁不找情人，别人为什么就没有这麻烦？12月2日，星期二……

原来你，你偷看了我的日记。高扬打断我的背诵，愣了片刻，接着说，不，是喊，是咆哮。你凭什么，翻我抽屉？凭什么，偷看我日记？是谁给你的权利你说？你，卑鄙！你，无耻！你，不要脸！

我怎么卑鄙？怎么无耻？怎么不要脸了？白纸黑字是你写的，要不要拿出来再看看？我只是按照你的想法去做了，不让你再后悔，我有什么错？告诉你，我要的是婚姻，决不会做你的情人！你忘记自己的承诺了是不？忘记最初是你先说要离婚的是不？既然你给不了我婚姻，那就分手，我错了吗？我还没有骂你骗子呢，你倒猪八戒倒打一耙！

那篇日记，早已烂熟于心的文字，使我开始冷静，我知道自己该说什么怎么说。面前这个男人，熟悉而陌生，他哪里知道，那一百五十一个字，如同一百五十一把刀子直戳我心里，戳得千疮百孔，鲜血淋淋。七百三十二天，我天天夜里要悄悄舔伤口，试图让它弥合。曾经的梦幻，灰飞烟灭，消失的是瑰丽，毁灭的是我做人的自尊和自信。他哪里知道我已经与丈夫开始谈判办离婚手续的细节。我是在放弃他的同时，也放弃了家庭。因为，我不能背负着良心的十字架度过余生。我应该让潘解放去找属于他的幸福。他哪里清楚，做出这个决定，几乎耗损我全部元气。我曾试图说服自己，既然爱他，那么为什么要计较名分，为什么不能继续做他的情人？可我不能，我说服不了自己。

高扬继续咆哮。

渐渐我看出他始终纠缠在面子问题上，计较的不是这个结果，而是得到结果的过程。我突然明白，他其实得到解脱了。他早就想解脱了。只是这种解脱的方式，不是他预料之中，使他尴尬，给他羞辱，这就打击了他的自尊和自信。这就使他颜面扫地。他并不是仍在留恋我们的恋情，仍在留恋我——他半生来唯一的情人，而是在留恋他失去的颜面，在留恋他曾经拥有过的自信。我心里涌上一种莫名的悲哀。我蔑视他，像当初他的同事孙春岚蔑视他一样。

不行，你得跟我走，这里说不清楚。高扬拽着我的胳膊，试图拉走我。

秀林赶忙拉住我另一只胳膊，不行，她在值班，不能离开一步，有话晚上到我们房间去谈。

展厅门突然开了，洪流老师快步走过来，拦住高扬说，都是朋友，有话好好说不行吗，拉拉扯扯干什么？这里是公众场合，不是撒野的地方。

谁跟你们是朋友？我就撒野怎么啦？你算宋梅影什么人？你不就是那个搞当兵的女人进去坐了几年的画家吗！难怪你帮她，难怪你整天在宫里混，名曰画画，其实在跟她勾搭嘛。感谢你啊，圆了她少女的爱情梦。可她告没告诉你，她已经跟我上床了，她要我离婚，她要嫁给我？

不许你侮辱人！走，我跟你走，有话出去说。我不能让高扬继续无理，不能让他把我们当初的私房话现在拿出来当炮弹，乱炸无辜的人。

秀林拦住我，不许走，没有我同意，你不能离开岗位。我是领导，我要对你负责。高编剧请您离开，您是文化人，应该懂得尊重女性。

高扬哼一声，我今天就不尊重女性，你能把我怎么样？我就不当文化人，我就是个农民，你能怎么样？你不就一个副科级吗！我还副处级呢，你管得了我？我今天非要让这婊子说清楚,你有了新欢也得打个招呼不是？你以为你是什么好东西我离不开你？你以为我是求你来了？我是咽不下这口气告诉你!

他终于说出了他的心里话。那一刻,我几乎崩溃!

秀林说,你也不必太伤心。我能看出,高扬是真爱你,才这样闹。不是说,爱有多深,恨就有多深吗?

让你看笑话了。

你放心,我不会对任何人讲的。

有这样的爱吗?我不知是在问秀林,还是问自己。

我倒羡慕你,起码你们真心相爱过。不像我,一开始就只有交易。我给他身体,他给我权力。现在想起来没有任何意义。一切都结束了。她谈起了自己的事情,那么坦诚,那么冷静,仿佛在说的事与自己毫不相干。

其实爱情太累人,会耗去女人的一切。倒不如想开些,交易也罢,情人也好,逢场作戏最轻松,起码不会亏自己。秀林又说。

我无言。无论是爱情还是婚姻,我都是个失败者,有什么资格说秀林?

15 菜地

今年的紫荆开得张扬,开得霸道,似乎要用铺天盖地的色彩压过所有的绚丽。牡丹、月季、四季常青的松柏,似乎都在一刹那间"六宫粉黛无颜色"。可我是那么清楚,那极度的张扬之后,是迅速的衰败。霸道过了,是寂寞,是寥落,是熬过四季的漫长等待。值得庆幸的是,一簇簇嫩绿的新芽,悄然在枝条间冒出,不久就会以一盖浓绿,张扬地第二次生命的美丽。却没有了霸道,唯有含蓄,矜持和默默地守望。

——摘自《宋梅影日记》

在纯阳宫后面园子里,我分到的两分菜地与洪流老师的菜地紧邻,下班之余,这里就成了我的乐园。我的种菜技术天天长进。

老师说,我在监外执行期间,没学会别的本事,就种菜技术教你绰绰有余。

他根本就不忌讳坐监狱那件事情，我因此知道了许多我不知道的东西。比如，他也曾绝望过，在看守所被抽去怕犯人上吊自杀的裤带，得时时处处把裤子提在手里时，他就在想，与其这样活着，真不如死去。比如，当与那些强奸少女犯与盗窃犯肩并肩坐在一起学习，从一个桶里打饭，排着队去砖场上出窑背砖时，他就觉得生命对他已经失去意义，多活一天都是屈辱。

可这一切，不都过去了吗？他仿佛在讲别人的故事，口气平静，神色平静，像周围树叶上散发出的负氧离子，在不知不觉间，滋养脑细胞，使人清醒。

我学着老师的样子选择品种，以蔬菜成熟季节和颜色分配区域，撒下种子；蹲在幼苗间疏苗拔草，看着它们在我手指下变化；卷起裤腿去前院厕所担茅粪，给黄瓜和豆角搭起棚架。我看到，我们两人的菜园在整座园子里，如大殿斗拱间的彩绘，有俗气的艳丽，亦有脱俗的生动。他地里的冬瓜蔓，悄悄延伸臂膀，侵占了我的领地，韭菜地里就滚动出一只冬瓜，白绿相间，让人想到凡·高的油画。我的豆角，也不安分，竟然悄悄让触须越过沟垄，缠绕在他的黄瓜架上，紫色的花串，映得那些长形果实，翡翠一般晶莹剔透。

当夕阳的余晖悄悄把园子染成一片金色时，荷锄赤脚，踩过松软的泥土；拄着锨把，在渠水里一遍遍涮脚；仰头，看燕子在大殿的檐角穿梭般来去，心里便一派宁静。仿佛世间的喧嚣，曾经发生在自己身上的一切，一刹那间远去，就剩了眼前的简单劳作与无处不在的乐趣。

种菜带来的收获，远非其他职工想象的那样，只是节约了人民币，不用去挨菜贩子宰割。它让我体味到另一种滋味。昨天还在盛开的南瓜花，今早就让我看到还没有完全枯萎的花蒂上，生出小小一点绿茸，让我心里一动。浇水时站在黄瓜架旁，简直可以听到它们噌噌的生长声。争先恐后，笑声盈耳。还有那些韭菜，昨天刚挨了刀子，今天就忘记疼痛。明明知道长得越快，刀子就来得越早，仍然不顾一切，给水就齐刷刷往上蹿，甚至还蹿出花蕾,不等绽放就又被无情的人们摘下来,捣成泥,去做早餐桌上一道美味——香油韭花。

站在色彩斑斓的菜地,我悟到,人其实可以活得如此简单。

16　一个人的战争

我把离婚协议避过儿女,塞进解放抽屉,等着他签字。我知道,我所做的一切,都未曾瞒过他的眼睛。可他从来不提。他仍然是星期天带着儿子大风在体育场游泳池学游泳,陪着女儿小雨去旱冰场滑旱冰。然后,用自行车,小雨坐前杠,大风坐后座,他带着他们以及三人的笑声,从县城骑到纯阳宫。我到后园菜地去摘几根黄瓜辣椒,割一把韭菜,再拽两根葱,为他们包饺子或者蒸菜卷。傍晚,他们爷仨出宫,又一路笑声而去,他会把孩子们送到学校门口,然后回图书馆。

自打他调回县城,做了图书馆副馆长,我也因为父亲的平反,转为正式工,我们的生活就变了。够不上翻天覆地,但日新月异,一点不夸张。比如鸡蛋每餐桌上都会有,隔三岔五,割一斤猪肉包饺子或者炖红烧肉。两毛钱一斤的苹果,可以成筐地搬回,放在房间,光散发的香气就时时诱惑着人的胃。他和我,都有了属于自己的空间,他是办公室卧室两兼,我是单身宿舍。但我的房间是迁建时的库房改成宿舍,里外两间,很宽敞。门口与别人一样,搭间八平方米小厦做厨房,院子里种菜,日子就像模像样起来。

最让人欣慰的是,孩子们都离开农村,就读于县城最好的中学,成为城里人。这梦寐以求的日子,终于变为现实,但我清楚,解放心里,没有笑声,就像我一样,在为自己的不如意苦恼。人就是如此地贪心,先把物质当作终生目标,以为那就是幸福,追到手,却又觉得缺了滋味,开始追求别的。

平时,总是由解放照顾大风小雨,图书馆就在学校门口。孩子们晚上住校,白天回他办公室吃两顿饭。他把蜂窝煤炉支在檐下台阶上,办公之余,切菜煮粥,公私兼顾。像县城里所有两地分居的夫妻,没有属于自己的后来叫作"单元房"的家,办公桌后就是床板,桌下摆着锅碗瓢盆。遇到去文化局开会,早早把锅坐上,托邻居照看,回来煮面炒菜,从来没有让孩子迟到过,也从不曾啃过冷馒头。

图书馆是清水衙门,什么油水都没有,有的只是时间。解放就把时间除了照顾儿女,督促他们做作业,都用来钻书堆。即使我偶尔进城办事买东西,进他房间,他也是抬头淡淡一句,回来了,继续看书。

临走时,送我到图书馆大门口,看着我骑车而去,扭身回去。我知道,他这是做给同事看。像他回到我那个家,我也要装出一副夫唱妇随的样子,去地里摘菜,系围裙下厨,在水池子里洗他们的衣服,然后晾在院子里。让同事看。给孩子看。给社会看。我们不再像当年在机械厂时那么幼稚,闹离婚闹成全厂职工的"大戏",想用"睡一觉"来融化夫妻间的矛盾,结束两个人的战争。我们已人到中年,理智和修养告诉我们,应该怎样处理这件许多人都处理不好的事情。我们是那样清醒,为了孩子,我们也不能像其他人那样,打得头破血流或者诉诸公堂,把自家隐私暴露出来,成为社会的反面教材供人们学习或者引以为戒。我们即使不再做夫妻,这段缘分,也足以让我们继续保持一种关系,去做朋友。"睡一觉"已经是个生疏的词,我们都没有触碰它的意思。我们也懂得了,靠它解决同床异梦,重新回到过去,比面对陌生人脱光衣服还要难堪。

解放迟迟不肯签那份协议,不办手续,日子就有点尴尬。那天我去文物局送份文件,仿佛设计好似的,就让我撞见了那一幕。当我走进图书馆院子,掀开解放门帘时,那个小裁缝招弟正端着解放的水杯喝水。她坐在窗前桌子旁的椅子上,恰好避开了门。看到我,五官突然扭曲,泪水还挂在腮边来不及拭去。坐在小板凳上,低头削苹果的解放抬起头又扭过脸,我看到他脸上的表情迅速凝固,眉眼缩成一团。那一瞬间,我心里一痛,像是有人拿刀子戳了一下。解放就是与我商量离婚协议,也没有如此痛苦不堪。

对不起,我来拿点东西。趁他们还没有醒过神,我胡乱从书摞上拿起一本上次没有读完的小说《生活在别处》,匆匆离去,甚至客气地对他们说,你们坐,我要去文物局办事。

出了门,我的泪水就难以遏止,我想不明白,明明是我的家,我为什么要逃一般躲开?本来是想对解放说,办完事回家吃饭,让他多做我一份,也可问问孩子们的功课。可我为什么要走?我为什么不能理直气壮继续做我的女主人?我们毕竟还没有办手续。

解放没有像往日一样送我到门口,他脸上明明白白写着对我的轻蔑。他肯定在说,你在抓我,你多么卑鄙!

就在前不久,我们有过一次彻夜长谈。那晚月色朦胧,纯阳宫后园,所有的花草树木,假山池水,披一层薄纱。特意选在竹林边,是因为我们曾经都喜欢坐在这里。看月亮如冰轮,升起在大殿鸱吻上,毫不吝啬,用光辉沐浴人间万物。他的神情,几分无奈,却又真诚可信。我们很久都没有这样面对面说话了。他的话如同警钟,敲响我每一根神经,使我不能不认真对待。

我仔细考虑过了,我与她并不合适(我知道他说的是招弟)。首先是年龄差距,我比她大整整十六岁,一起生活,对她不公平。最主要的是,大风小雨,一个要考大学,一个要升高中,这种时候,我们能不能忍一忍,先把各自的委屈放在一边,考虑孩子们的感受?孩子们的前途是全家头等大事,我们耽搁了,深受其害。我们不能让孩子再跟我们一样是吧?身边的例子还不够教训我们吗?我们单位老王,闺女跟人跑了,其实学习还不错,考师范肯定没问题。还不是他跟老婆天天打架,把闺女气跑了。这下两口子再也顾不上打架,天天在外面找闺女。老王把面子看得比命都重,这见了人头都不抬,心里不定窝多少气呢。还有电影公司老刘,儿子打架被判刑,这辈子不就毁了?其实老刘也就跟办公室会计能说得来,哪里有什么事情,可他老婆就是不信,天天坐到老刘跟前监督,闹得人家会计没法上班。这都成大笑话了,他老婆还以为自己本事大。前车之鉴,我们绝不犯如此幼稚的错误对吗?欣慰的是,我们没有,始终没有让孩子们觉察,孩子们才能如此顺利。你我不愧是演过戏的人,这出戏演了几年,就继续演下去,等他们考上大学,就有了承受能力。再委屈你几年。他笑了一下,他的无奈,在笑里写得明明白白,让我心里一动,生出几分怜悯。

我不得不承认,解放说得有道理,也不得不佩服,男人关键时候的理智。我何尝没有这样想过,与孩子的前途相比,自己的那点委屈又算什么?当初我爱高扬时,从未替孩子着想,似乎什么都不再考虑。爱情占满一颗心,容不下一丁点别的。他还在为他的家庭计划安排,我还欣赏他的担当和责任心。而我,为什么不会?也许,这就是女人与男人的区别?解放一番话,真诚,周到,贴心,让我惭愧。可是,他与招弟,轰轰烈烈爱一场,真的说撒手就能撒手?就是他愿意撒手,招弟就甘心吗?

再说,你真的,心里选择好了一个可以终身依托的人?说实话,我很后悔,谁也无法替代你在我心中的位置。你还是不懂男人,有时候,男人特别脆弱,经不起心里魔鬼的诱惑。招弟只是一个偶然,匆匆而过,其实还没有到谈婚姻的程度。当然,我喜欢过她,甚至是爱过她。她单纯善良,温柔体贴,让我体会到做男人的尊严。在她面前,男人的担当自然充满全身。这些都是你无法给我的。可是,婚姻靠得不仅仅是这些,婚姻是一辈子的事,我没有勇气,跨出这一步。她缺少的,恰恰是你拥有的,而且她永远也不会有,这是性格所致。日子长了,我怀疑自己能否担当得起。坦率地说,如果把你们放在天平上,你这边要重得多。相信我,给我一段时间,让我们重新开始,好吗?

我似乎无话可说。这世界上,没有我想要的那个人。或者说,我想要的人,一开始就是别人的丈夫。

所以,我们才想尽一切办法,把解放调回县城,离开那个乡政府。我知道,解放想用距离来试图割断情缘,想用逃避来结束自己的爱情。可是,他欺骗了我,他们仍然藕断丝连。那一刻,招弟的眼泪和解放的表情说明了一切。

17　彩色的日子

我也免不了让解放处于尴尬之中。那个傍晚我与洪流老师摘西红柿,看着自己的劳动成果,我们都有点忘情。我们把西红柿排成一列,摆在水渠边上,看夕阳映照下色彩在瞬间的万千变化。那真是魔术一般地好看啊。我与老师争执着,他说是洋红,我说是朱砂,又说变金红、橘黄,甚至紫红上面,刹那间涂上一层粉白,接着是银灰。光线使那些静物,仿佛有了生命,生动,美丽,让人心疼。那一刻我们似乎忘记了年龄,似乎又回到练功的桑柔涧边,他让我们闭上眼睛,听竹林里的鸟叫,辨别是云雀还是燕子,或者百灵。

暮色姗姗来迟,玩累了的我们站起来,收拾起那些美丽的果实放进篮子。我们约定,今天这些果实,不许吃。要摆在屋子里,装饰房间和平淡的日子。这时候,我突然看见解放的背影,匆匆消失在竹林间的小径中。他没有上前说话,可他肯定看到了刚才那一幕。

好在那晚他没有回县城,我便张罗着用西红柿炒鸡蛋,用青辣椒拌韭菜,还做了虾皮紫菜汤。这都是他喜欢吃的菜。我把新摘的西红柿按颜色深浅,装在一只白瓷盘里,摆在窗台的小书架上。还解释道,昨天的西红柿不吃就坏了,这还可以放几天。我仿佛做了亏心事,殷勤得连自己都觉得虚伪。孩子们不放礼拜,连个打掩饰的都没有,吃完饭抢着洗了碗涮了锅,似乎该说点什么却无从开口。

那天我不是诚心的,我不知道招弟来了,下次我去时一定提前打电话给你。我不知道自己为什么要解释那天的事,要给解放道歉。我们还没有离婚,我为什么要这样?那么我是言不由衷了?

她不会再来了。你放心。那是你的家,来就来,打什么电话。我们不是已经商定好了吗?那天她是来买电扇,想要我帮着选牌子。其实她是和她嫂子一起来的,你来那会儿她嫂子刚走。她要结婚了。她的裁缝铺也关了。解放解释着,声音有点怪怪的,我分辨不清他是难过还是失落,或者说,庆幸?

为什么把裁缝铺子也关掉?这和结婚有关系吗?

这个男人包砖瓦窑,不需要她开铺子挣钱,只想要生儿子。他前妻连生了两个,都是闺女。

可他怎么就知道招弟一定能生出儿子?要是生不出怎么办,再离一次么?这样的择偶标准首先就错了。你怎么不拦她?

我有什么资格拦她？

我默然。

我知道，招弟的第一次婚姻很短暂，不到一年，因为那个男人无法与解放相比，他的失败是必然。这第二次的婚姻能否长久？我问自己。隐隐替招弟担心。同是女人，我理解她放弃解放的苦衷。解放不能给她婚姻，她再不嫁人，等到何时？我心里涌上深深的同情，对天下女人的同情。当然，也对自己。

我说过，你们可以走到一起的，毕竟真心爱过。那晚我们的话，可以不算数。

你不也没有找下合适的吗？我还是那句话，等你找下合适的，咱们马上办手续。我决不拖你，行吗？当然，如果你找下合适的，最好能拖到大风小雨考上大学。可以吗？他望着我，眼里有我熟悉的神色：真诚。

可那时候，招弟说不定已经抱上儿子，你怎么办？就这样放弃吗？这次我也是真诚的，我相信。

这就是没有缘分。我不能耽误她，让她无休止地等。已经失信一次了，不能再随便承诺。也许这次，她能嫁个称心的过下去，也是最好的选择了。解放很冷静，我却在他的冷静中，使自己又一次激动，恍惚回到一年前的那个晚上。

18　插曲2

我说，解放咱们谈谈，到时候了。

解放问，是因为高扬吗？你们不是已经分手了吗？你急什么！

咱俩离跟我们分手没有关系。咱俩离是因为这个婚姻已经没有意义。从发生机械厂那件事后，就没有意义了，没有理由再维持下去。与其要走这一步，早走早好，各自都是解脱，各自还要组织家庭，不对吗？

可你想过没有，咱这小县城，单身女人的日子不好过。和其他男人说句话，唾沫星子都会淹死你。有我撑着，一切议论都可以消失，我不想看着你不好过，毕竟你还是大风小雨的母亲。我们的情分完了，你与孩子能完了吗？我们多维持一天，他们就能少受伤害一天。

可不办手续,我有负罪感,我不想再背着十字架过日子,太重,我喘不过气。我艰难地终于说出口。这句话从有了高扬那天起就憋在心里。

你就当已经办了还不行吗?我清楚你明白,我们需要维持,维持这个婚姻。还有,我想对你再说一句话,你一定要坚持写作,一定不要放弃。别人都说你的剧本是高扬帮你写的,只有我知道不是。你要用自己的实力,证明你自己。你能写,你一定要证明自己,知道吗?

那一刻,我突然难以控制,泪水涌上眼眶。我知道,解放说的是肺腑之言,只有解放,能这样说,能这样做。可是,我为什么不再爱他,他也为什么不再爱我?我们之间,真的没有了爱情,只靠亲情维系?

你其实把招弟害了。我说,真诚地说。

怎么是我害了她?这是两相情愿的事,最初还是她先到我房里的。她没有那个意思,我哪里敢打她的主意?解放分辩道。

我相信你说的话,但你还是不明白女人。女人一旦爱上哪个男人,这个男人就在心里扎了根,轻易不会再去看别的男人。她结婚,会拿你做比较,她这样的条件,哪里再找你这样的?我说的是实话。招弟如今还是农民,只有初中文化,解放是国家干部,有固定收入,只这一条,招弟就注定会自卑一辈子。

其实,我俩都太自私了。我说。

19　蓦然回首

与招弟的谈话,比我意想的艰难。可我突然从她眉宇间看到了苦苦寻找已久的东西。那一刻我想,如果她真是春儿,接下来的"戏"该怎么唱?

——摘自《宋梅影日记》

在县城南街一家新开的铺子里,我找到招弟。

头顶长长短短的成衣,在阴暗的光线里,失去本来的色彩,有几分暧昧,像我们今天的谈话。尽管我事先做了准备,她的态度还是让我意外,词

164

不达意。

姐你吃,今早上才蒸的。她把一碗毛栗子和红枣,放在我面前的凳子上。你自己剥,我怕手不干净。

你怎么知道我爱吃这两样东西?

解放以前说过,我记住了。

那一瞬间,我从她眉宇间看到一丝神情,似曾相识,却又陌生。以前总是带着俯视的目光,扫她一眼,或者说,从没有正眼瞧过她。无论哪一条,与她相比,我都有着绝对的优势和自信。可解放,就爱上了这个小女人,而且爱得如此投入,神魂颠倒,甚至完全把我排斥出心底。此刻悄悄打量,暗暗称赞解放的眼光,这小女人,如果生在城里,如果多读几年书,比我一点不差。最起码是,说话温柔,性格顺和。我能想象出她面对解放的样子,她会撒娇;会为解放洗脚;会费尽千辛万苦找来黍子面,为他炸坨坨;会用崇拜的眼神望着他,对他言听计从;会以解放的中心为一切。也就是说,在解放那里,她没有自己。解放在这样的女人面前,肯定挺胸直背,一副大男子气概。那是一种什么感觉?换位思考,可想而知。

可我,我从来没有这样对过解放,将来也不会有。我奇怪自己在解放面前,怎么不会撒娇?或者,不愿撒娇?我颐指气使,做着女主人。认为一切的一切都是本分,都是应该,婚姻不就是这样吗?解放从来都是,以我与孩子为中心。解放从来忘记了他自己。他甘愿这样,还是生活逼迫他这样?我需要细细想。可我永远不想丢掉自己。就是在高扬面前,我也是我。所以我与高扬注定要分道扬镳。那么,我凭什么要让解放失去招弟?

招弟其实不善言谈,也许是在我面前不敢。她一次次地重复着,姐我没有再去找过姐夫,真的没有,我发誓。我离婚后,没法在家里再住。你不知道,我是抱养的,我爹脾气坏,我娘性格弱,他们嫌我丢了人。去年过年,我就躲在村外废了的饲养室窑洞,啃着娘给带的馍馍,初二才能回家。就这,长期住着,弟媳妇的脸色我也受不了。我不在县城租铺子,真的就没有活路了。我可不是为了找解放才来县城啊。姐你要相信我啊,我为他做了件西服,一直都没敢送给他。你看,还在那儿挂着,上面都落一层灰了。当初做时没想那么多，做完才明白，他拿回去，咋给你交代？

你是说，你是抱养的，那你亲妈呢？我只记住了这句话。

我也不知道。我一直以为自己是亲生的。其实有了弟弟后，他们仍然对我很好。就是离婚，第一次离婚后，我回到娘家，爹骂我是婊子养的，给他丢尽脸面。我才想到，自己大概不是亲生的。因为娘总说我，小时候喝面汤喝糊涂了，没脑子，做事太老实。后来偶尔从邻居嘴里知道我是从医院抱养的，我妈生了我不久就走了。解放从不嫌弃我，他说我心好，说我一点不笨。笨还能学会裁缝？他就是这样说的。那是他第一次跟我说话，让我给他们做几套演出服。你没看过他们在县里的演出，拿了奖呢。解放排的节目。亲自给我画了张图，我就照图给他们做演出服。招弟语无伦次，恨不得把以前的事情全在那个下午让我明白。

他没有兑现自己的承诺，你就不恨他吗？我心平气和。我认为自己很大度很宽容，解放负了她，她心里的怨恨，只是不想让我知道罢了，哪能没有？

不恨。真的不恨。我离婚不是他的主意。他从一开始就没有说过他会跟你离婚，只说想跟我好。他和你那么般配，我要早点见到你，也不敢有这样的心。那时我只觉得他孤单，乡政府一天两顿饭，他吃不好。我就做了饭喊他吃。他不会洗衣服，我就捎带着帮他洗。夜里关了门，这大院子就我们两个人，坐在水泥墩子上乘凉，他就给我讲故事。他肚子里故事多得讲不完，说都是从书里看来的。可我老说他肚子里会生故事，想讲给我听，故事就像割韭菜一样，一茬一茬的，老也割不完。招弟的声音越来越缥缈，我似乎又回到了那个黄河滩，他为我一遍遍讲"敬德访白袍"的戏剧故事。在我们的小窑炕上，他躺在枕头上，跷着二郎腿，我就着煤油灯纳鞋底。

他说，今天讲个啥呢？肚子里没货了。

我说，你肚子就是韭菜地，割了一茬又一茬，讲不完的。于是他就说，那就《封神演义》吧，话说姜子牙……

后来，先是儿子，接着女儿，哪个不是枕着他的胳膊，拱在他怀里，听着他的《白雪公主》和《鱼美人》，还有《西游记》一天天长大的？我心里一抽。

招弟,你既然喊我姐,就听我的话好吗?过去的事咱们不要再提,姐相信你。姐只求你两件事行吗?临行前我想了又想,做出一个决定。

姐,你看得起我,就是十件一百件,我也肯为你做的。你真的不计较我吗?我保证不再去找解放,不,他如今是我姐夫了,你放心,不信我发誓。

姐放心,姐没有妹妹,就把你当亲妹妹看了,以后姐老了,还要靠你帮姐呢。我住在博物馆,来回十里路,不方便。以后星期天下不来时,你就过来,帮解放做做饭。孩子们回来,帮他们洗洗衣服,就算是帮我做,行吗?

可是姐,我能不能把他们的衣服拿到这儿洗,能不能在我这里做饭,让他们来吃?我是说,解放当领导,我去了会给他惹闲话。我离过两次婚,别人都斜着眼看我呢。还有,解放他肯不肯来?我租了铺子,他还一次没来过呢。

你真心细,我怎么没想到这一点呢?行。还有,如果有人再介绍对象,你要让姐知道,姐帮你拿主意好吗?姐比你有经验,一定不会像这次,一开始就错了。

可姐,你不知道,我不能再生孩子了,谁还肯要我呢?

为什么?

这次做B超后,医生说是个女孩,他们逼着我打掉,想再怀男孩。手术没做好,就……招弟捂着脸,泪水顺着指缝淌下,刹那间湿了前襟。

我顿住一时竟想不出怎样安慰这眼前的女人,只觉得心里那点恨意消失得干干净净。其实细想,恨她什么?不就是觉得她使我丢了面子吗?

临走时我又扭头,细看招弟,她含着泪,眉宇间又露出似曾相识的神情。我的心一动。我得去为我的证实寻找更确凿的根据。解放啊解放,你还是太粗心了。我叮嘱招弟,姐一定会为你找个合适的人家,这个男人,一定要一辈子对你好!姐保证!

20　白云苍狗

娘躺在县医院病房。看到液体一滴一滴流进娘瘦弱的胳膊,我的眼泪就下来了。

医生说幸亏送得及时,不然血栓形成了就偏瘫了。解放守在床边,大概一夜未合眼,眼里布满红丝。

谢谢你连夜送娘进医院。爹真是,怎么当时不给我打电话呢,你接到电话怎么不叫我呢?

叫谁不一样?爹电话打来已经九点了,说娘吃饭时把碗摔地上了。我说这病可不能耽搁,也来不及和你商量,就找了车接娘。医生说,大概得住一个月,这样吧,我管白天,抽空回去做饭给娘送,也不耽误孩子们吃饭。夜里你陪娘,起居方便些,白天仍然可以做自己的事。行吗?我发现解放到事中不再优柔寡断,安排得很周到,而且尽量不耽误我的工作,他知道我正在写长篇电视剧。可娘病了,我还写什么东西,我能坐下来安稳地写东西吗?

在以后的一个月里,解放让我见识了他的好脾气,无论娘怎样,他从不嫌麻烦。除了回去做饭,整天都守在床前,喂饭喂药,扶娘去厕所。同病房的人都以为是亲儿子呢。娘也跟解放不生分,就是有我在跟前,仍然习惯喊解放做事,让我觉得自己很无用。

娘恢复得很快,医生惊讶,同病房的病人也惊讶。娘说,全凭我这女婿呢,不是他,我这后半辈子就窝在炕上了。死不能死,活着拖累儿女,有啥意思!

输完液娘要去院里,我扶着娘,看娘拖着一条腿,摇摇摆摆,心里说不出地难过。我们坐在树下,我为娘擦干头上的汗,娘攥住我的手,仿佛怕我跑掉似的。

娘说,梅子啊,你告娘说,你们是不是又闹了?

没有啊,解放天天伺候你,你怎么说这话呀?闹还能是这样子!

你别哄娘了,娘吃的盐比你吃的饭都多,还看不出你那点小把戏?夫妻就是夫妻,怎么突然客气起来,不闹能是这样子?娘给你说,听不听在你。这女人啊,年轻时攀高望远,到头还得落到实处不是?人说少年夫妻老来伴,你看解放多好,又忠厚又老实,过日子可不是搭花架子,中看不中用。

娘你不懂。这是两个人的事,也不是我想咋就咋。

娘是没文化，可娘是过来人。男人吗，旧社会哪个不娶小？县北吴村吴家，有钱有规矩，家里不许男人娶小，可民国时，弟兄仨，太太都暴死，不是拉痢疾，就是得了绞肠痧。可不到一个月，儿女还在热孝中，这当爹的就把新娘子抬进门。听说老二，娶的老婆比闺女还小，这不活活造孽吗？

娘你怎么尽扯些陈芝麻烂谷子？

你别不耐烦。娘话丑理端。你不要说解放外面有人了，就忘了你，你就丢了面子。男人嘛，再咋花还是舍不下家，两天新鲜过去，这家还是家，儿女还是自家儿女。要让人犯错误，改了就好是吧？

娘你算了吧，我知道你想说啥，我们没事，真的没事。你放心养病。这不输液了，观察两天，咱们出院，你去我那儿住几天。

我哪儿也不去。听娘的，娘走了，你们要好好过日子。女人不能太逞强，男人好面子，你得记住，处处给他留足面子，这日子就像一渠水，流得顺畅。这次住院，娘可把解放看透了。你要是留不住他，是你没本事，这后半辈子就有罪受了。

娘的话，让我心里一惊。我想了好多天，解放也想了好多天，我们始终弄不清楚，是他留住了我，还是我留住了他。

但是，我们的战争结束了。在娘住院的一个月里，莫名其妙地散了硝烟，仿佛什么都未曾发生过。接下来，孩子们考学，占去了我们大半精力。解放的弟妹相继成家，婆婆生病去世，我们尽着为人父为人母，做儿女当兄长的那份责任，无暇顾及自己。内心的那点空间，曾经为自己保留的那小小空间，早就挤得没有了一丝空隙。当我们单独在一起时，竟然都没有再提离婚的事，那份协议，似乎早就被我们遗忘在抽屉里。

解放的事业终于有了起色，升为馆长，接着是文化局局长，在小县城，算是一个官了。有自己宽敞的办公室，出门有车子坐，身边有干事们围着，经常有应酬，连肚子也微微隆起。解放几次说，你进文化馆创作组吧？在我这一亩三分地，拿奖也是小菜一碟，话里透着得志后的十足底气。

我对解放说，禅宗里有段名言：老僧三十年前参禅时，见山是山，见水是水；及至后来亲见知识，有个入处，见山不是山，见水不是水；而今得个休歇处,仍然只见山是山,见水只是水。

没想到你久居道观,竟参起禅来。解放笑道,几分不被欣赏的苦涩,几分无奈。

他哪里知道,那个道院,恐怕是我为自己保留的最后一块阵地。

我写的电视剧,在地方台播出,赚取着电视机前女人们的眼泪。在一些会议上,人们叫着我的笔名,使"无为"两个字逐渐被人们熟悉。而昔日的宋梅影,似乎早被人们遗忘,只是故事里的一个曾经的人物。

我们搬进县城南边自己的单元房里,三室一厅,单卫单厨,大阳台。能洗澡,有暖气。孩子们放假从外地回来,每个人都有自己的房间。日子过了这么多年,这才像个真正的家。星期天,当我做完一切家务,站在阳台上眺望着远处,楼房林立,马路宽阔,喧嚣的市声不绝于耳,我心底就会涌动起一股东西,像暗流,在地下河床汹涌;像岩浆,在地壳深处蕴蓄着能量。那一瞬间,我突然想起,自己的承诺,我要给那个叫招弟的小女人,找个好归宿。可我只顾了自己,顾了这个家,忘记了曾经对她的同情与怜悯。若是上帝明察秋毫,会以怎样的方式,惩罚我和我的丈夫?

21　永远的《朝元图》

我知道自己,有着太多的不甘。我是那么贪心、贪婪,难道我这一生一世,就值这房子,这柴米油盐不愁的舒适日子,这平静而又平淡的一天又一天?

——摘自《宋梅影日记》

是紫荆唤醒我,又一个春天悄然来临。

其实,在这之前,迎春花、紫穗槐、二月兰,早就在园子里恣意绽开,各领风骚三五天,可我视而不见。我只等大殿旁那株紫荆铺天盖地的色彩席卷而来,只等那生命的极度张扬与霸道又一次呈现,只等一夜狂欢后的残宴证实曾经有过的华彩,只等落红满地装扮青砖月台的冰冷与漠然。我久久,久久,徘徊在树下,任那些粉紫的花瓣纷纷扬扬落在我的头顶、肩膀、脖颈以及脚下,像多少年前的一幅画,只是画中人物悄然遁去。只留这无形花冢、这清风明月、这些默然站在墙壁上的神仙们,伴我年年岁岁,岁岁年年。

大殿里空荡荡。

有歌声飘然而来:

天青色等烟雨 而我在等你
炊烟袅袅升起 隔江千万里
在瓶底书汉隶仿前朝的飘逸
就当我 为遇见你伏笔……

看守大殿的女孩脖子上的MP3诱惑着我,与其说是周杰伦的歌声,不如说是词作者方文山勾人魂魄的魅力。

临摹壁画的老师与学生早已不允许进殿,只能在壁画室对着那些原大的临摹品,上课与实践。那些木头架子也搬进库房。就连地砖上曾经洒下的颜料水滴也没有了半点痕迹。仿佛曾经的一切,从来就没有发生过。但我仍然在写作之余去大殿里站着,仿佛看见地砖上对接成四米长的高丽纸上捧灵芝玉女的线描稿,随着一双手的移动,随着颜料盘里朱红与石绿的减少,随着一点一点"沥粉贴金",在某一个时间里有了活泼泼的生命。玉女的一双凤眼开始说话,小而厚的双唇撮起来,含娇带嗔,丰满的脸庞,让人想到那幅《贵妃出浴图》里的杨玉环。

老师,你为什么总画她?她太胖了。现在时尚骨感。其实水星,还有捧珊瑚玉女、端宝盒玉女,都比她美。你没见其他老师上课或者临摹,都选她们吗?中央美院画家,挂在北京"荣宝斋"出售的《朝元图》临摹品,大都是端宝盒玉女。

你知道为什么吗?老师又考我了。他似乎总在考我。

因为她是《朝元图》里唯一完整的一位。铁线描,兰叶描,重彩勾填,沥粉贴金,所有中国重彩工笔画的元素,无不囊括其中,淋漓尽致。对吗?

正确。加十分。可是,我就是喜欢这个捧灵芝玉女,尽管我永远无法看到,她的裙裾,她的身姿,她的整体。可在我心里,她是完美的。我喜欢她。我为什么要与别人一样?我有我的最爱、我的喜欢、我的审美追求与趣味。就像我一看见《朝元图》就喜欢上它,其实你知道,我的专业是版画。

现在国画最吃香,画出名了,一幅就换回人民币十多万,甚至几十万。有人说当今歌星最富,一次出场费就顶普通人一辈子的工资。其实跟画家比起来,不过是小巫见大巫。至于摹绘作品,根本就上不了台面,你为什么还要钻在这道观里钟情这泥壁?上次洛阳那位画家画牡丹,地上一字儿铺派开八张四尺徽宣,或勾或点或红或绿,简直跟印刷机似的,就连落款,也是一眨眼间完成。不到一个小时,几千块钱就到手了。可让我开了眼界。

你喜欢那样的画?你看刘枫,画到最后,只留最好一幅,其他全撕了。一个人,一定要明白,自己能做什么不能做什么。你要知道,喜欢,才会把你潜在的能力发挥出来。当然,有了几十万固然不错,可以买豪宅可以周游天下,可以吃尽别人吃不起的东西,玩尽别人玩不到的花样,享受许多人永远也享受不到的舒适。可是,这样就幸福吗?幸福是感觉,我只要站在这里,看着这泥壁上的线条和色彩,能够天天守着,用自己的双手去勾勒这些线条,去涂颜色,就快乐就满足。做别的,找不到这种感觉。

为什么?艺术的意义在于创新,可你是在临摹,在别人的老路上走,不是吗?

说不清。也许,不是形式所呈现的,是感觉。奇妙的感觉。我觉得当初这个画匠太了不起了,他不是在照着画谱作画,而是有真人做模特。这个真人在他心中扎了根,才能画得如此传神,如此美轮美奂。他把他所有的爱意,把全部才华,倾注在笔下,集中到这个玉女身上。他太聪明了,人的生命是有限的,但画在泥壁上,就成了永恒,成了不朽。你敢说这不是中国的"蒙娜丽莎"吗?你看,脖子,只有三笔,就让你感觉到她的丰腴,肌肉的弹性,如凝脂般的皮肤。还有,薄如蝉翼的丝绸衣服,多么飘逸。鼻子,只一笔,就显出这个女人的高贵血统。这嘴唇,就两笔,这么一弯,多么性感。谁说性感是时尚？古典美人，准确地说，唐代美女是以性感为标准。这眼睛，典型的凤眼，细长而妩媚。只有凤眼，才会有这种妩媚。可她的妩媚，她的性感，为什么让你感觉到的是女性的端庄。是雍容。是华贵。对，最主要的是，善意。是，慈爱。是，女性骨子里的天性。为什么？你看看大殿里如此多的女神仙，谁能与她相比？她是画匠心中的女神啊，那些线条是充满活力的。色彩是附着在血肉之躯上的。你懂吗？洪流老师又激动起来，每次说到这幅玉女图，他的话就如同泛滥的河水，滔滔不绝。他的神情，就超越了年龄，浑身蓬勃着一股朝气、一种激情、一种无法形容的男性魅力。

老师匆匆离去时，那幅《捧灵芝玉女图》还没有完成。胸前璎珞间少了朱红点缀，发髻步摇上没来得及点上金粉，仅露出衣袖的两根手指，指甲上仍是苍白点点。掩藏在儒雅的仙伯肩膀后，让人感觉到盘中灵芝的沉重，担心她是否会不堪重负。最令人遗憾的是，它还没来得及做旧，色彩绚丽，俗不可耐，挂在壁画室里，仿佛一个不懂得色彩搭配的新娘，艳俗地出现在婚礼上。

我喜欢经过做旧的玉女，脸颊上的片片阴影，会让我看到时间的魔力；赭石会多了一点沉着，让我感受光线几百年的浸淫带给色彩的悄然变化；就连那些云气，飘逸中也多了一丝沉重，让我感叹，七百多年前的云彩，挂到今天，怎么还能轻盈？可是，老师为什么会用"做爱"来形容"做旧"？为什么那么喜欢做旧？我的脸又一次发烧，浑身发热，这仅仅是艺术的理解和需要，还是别的？

老师总习惯不辞而别，多少年来，我已经习惯了默默接受。来便来，去便去，一切随缘。我承认自己的自我和强势，但在老师面前，这一切都失去意义。他总是在关键时刻出现，不管你愿不愿意。但这次似乎不同寻常，我心里总是忐忑，难以静下心来，完成长篇电视剧本的最后一集。我日夜开着手机，直觉告诉我，他这次一定会来电话，告诉我，他离开的原因。

我回家。归期难定。你要保证，善待自己。

我一次次读着这条短信，直到我们坐在省城一家咖啡馆，他从一个小画夹里取出四十年前的作品。

他说，你看，你那时多么单纯，像一杯白水……

那场谈话异常艰难。

解放停止扑克游戏，关掉电脑盯着我，眼神里充满困惑。你是为他吗？

不是。为我自己。解放仍然像以前那样，从不提洪流老师的名字，而是用第三人称。那一刻我发现自己异常冷静。仿佛不是在决定自己的何去何从，而是在谈与己无关的事情。

不对，你是为了他。你从十四岁起，就开始为他，你瞒得过别人，瞒得过你自己，也瞒不过我。

不过，你只说对了一半，我是从十四岁起就开始为他。但他没有。至今，也没有。也许在他心里，我永远是那个情窦未开的小女生。

他现在可以有了。因为，李淑平已经走了。

是的，阻挡在他面前的一切障碍已经消失，婚姻、妻子、责任、义务。他可以爱了。可是，这是唯一的理由吗？那么，爱情是什么，可以让人等待四十年？

我不知道是在问解放，还是问自己？

我答应过你，等你找到合适的人选，我就签字。我说话算话。尽管我心里，早已不做如此打算。我们已到知天命之年，还有什么看不透？我觉得亲情与爱情，根本就没有可比性。

爱情是浪漫，是少女梦，像轻音乐，永远飘忽不定；而亲情是血肉相连，是生命延续，是责任和义务，是承诺，像跌宕起伏情节复杂的悲喜剧。

解放一直在说。我无言。

错了，解放，你只记得我们之间的承诺，记得你对我的责任，却忘记了你曾经带给另一个女人的希望。你对她就没有责任吗？对不起。我也答应过一个人，要让她有个好归宿，我得兑现自己的承诺。我在心里说。

22 送葬

　　秀林与我专程去省城为李淑平送葬。这个平凡的女子,在那幅黑纱围绕的镜框里仍然是那样望着我,让我永远猜不透。有限的几次见面,她永远是那副神情,不浓不淡的笑,有分寸的问候以及在丈夫面前的温和与顺从。只要有老师在的场合,我似乎感觉不到她的存在,可她又无处不在。老师的四季服饰,甚至鞋袜与裤子的搭配,都散发着她的气息。那气息使我羡慕,让我妒忌。我无法忽略她,我感觉到,她已经把自己附着在丈夫身上,或者说,她早已与丈夫融为一体。这就是婚姻? 可我与解放,不也是婚姻吗? 我为什么不能与解放融为一个人?

　　我突然明白,多少年来,阻挡自己的,不是自尊,不是道德,不是害怕的拒绝,而是李淑平。就是如此普通的一个女人,为什么会让我把自己心里隐藏的东西不敢放出来? 四十年的漫长岁月也没有。每当我与老师单独相处时,涌上喉咙的话,都会在这个女人的无形逼视下悄然隐去,多少年来不会改变。

　　现在,她走了。能看得出,老师是那么伤心,白发增加了,额头的川字纹蓄满哀伤,就连说话也失去了往日的语速,变得缓慢,词不达意。腰突然就弓了,不再挺拔。最明显的是走路,那是他一生的骄傲啊,比同龄人快一倍的节奏,突然就消失了,变得蹒跚,失去协调,仿佛刚治愈的脑血栓病人。

　　这就是亲情的魔力吗? 我怀疑,老师从来没有爱过她,从一开始就没有。老师要是爱她,就不会跟着廖静老师去那个藏书楼"作案",毁了自己的前途;就不会在出狱后,做出离婚的决定。那么,他们为什么相守一生呢? 我不知道这个女人,是怎样让丈夫回心转意,死心塌地继续做她的丈夫与孩子的父亲? 多少年前机械厂那一幕,又在我眼前闪回。在别人眼里,他们是那么和谐,那么恩爱,只有我知道,不是真的。他们,准确地说,老师,是要做给全厂的人看。他在那个下午,告诉大家,他根本就没有离婚的打算。文工团那些关于我离婚起因的闲话跟他从来就没有任何关系。

我要报复他,我咽不下这口气! 秀林说,把那些照片扔在我床上。她情人熟悉的脸庞在我眼前晃动,胳膊上搂的却是一个艳丽如月季的时尚女孩。

秀林已不再是宫花,徐娘半老,眼角有了蛛网般的纹。皮肤上过早地有了褐色斑点,头发如干草,失去了原来的润泽。我知道她不是为情人的负心,而是为自己婚姻的失败。她的丈夫用冠冕堂皇的理由甩了她,这是她为自己当初的交易付出的最惨重代价。

你怎么报复他? 把这些照片公布在网上? 或者,交给他老婆? 告诉你,现在没有人再关注这些破事。他老婆想保住自己的位置,只会睁只眼闭只眼,说不定还会为她老公打掩护呢。她清楚得很,她能吃香的喝辣的,不是自己的宣传部长丈夫,谁给她? 那小情人,连男朋友都没有,只盯着当官的有权的,她怕你吗? 说不定巴着有人闹呢,闹了就可以名正言顺地当二奶。就不会有别的女孩子再打她情人的主意。至于他,宣传部长也当到头了,没有领导会因为作风问题把他官罢了,钱不是白花的。你闹,只能是自取其辱,伤不了任何人。

我真想弄包炸药,与他们同归于尽。

值得吗? 你说过,你跟他没有爱,只有交易。他当局长时你就应该想到。你不是没得到,为什么还要闹?

说是那样说,其实我心里还是有他的,只不过在你面前,故作不在乎罢了。他如今搂着小情人,让我想起当初。我从来没有嫉妒过他老婆,因为我压根就没有打算嫁给他,可我看见他那个小情人就眼里冒火。

这就是女人。比我还强势的秀林也概莫能外。

南街裁缝铺扩大了,昔日的昏暗一扫而光,两间房子宽敞而明亮。门口的模特色彩鲜艳亮丽,若不细看,会以为是一群幼儿园宝宝。我不知道,招弟从什么时候开始事业成了气候。只觉得自己很久很久没有见过她了,内心充满愧疚。

现在她站在我面前,服饰得体,动作利落,目光热情,说话老练,完全一副小县城女老板姿态。以往的那个招弟，那个让我时不时会想起的小女子，在这些布料的设计与完成中脱胎换骨。

姐，你可是稀客，咱们到对面茶馆去坐坐，我请客。她三言两语把门市交代给两个女徒弟，自然地挽起我的胳膊，穿过马路。

对不起，我没有兑现自己的承诺。我真诚地说，尽管晚了，我还是想说出来，说出来就仿佛卸下肩上的担子，轻松起来。面前的玻璃杯冒着热气，茶叶在水中挣扎，渐渐沉落到杯底。

姐，你可别这么说，其实我早就不想嫁人了。离过两次婚，我知道自己没有条件去挑挑拣拣。可来上门的，全是些歪瓜裂枣，连姐夫一个手指头都不如。她飞快地嗑着葵花子，把瓜子皮扔到茶几上，一点儿不忌讳在我面前重新提到解放。

她心里只有解放，早就装不下别的男人。我清楚，是女人就会爱。爱一次，就把自己弄得伤痕累累。这一点，我们相似又不相同。

我今天来，想告诉你，我打算离开解放。

为什么？她惊讶地瞪大眼睛。

为我自己的心。其实我早就该离开他了，可是你知道，我们不想让孩子受到伤害。不想让老人受到伤害。我们都在违心地做人，我们都太自私了。对不起。

姐你别这么说。应该说对不起的是我。如果没有我，你与姐夫不会离婚吧？

不，如果没有你，我会一辈子内疚的。

我早就不敢想了，我只想着挣钱。我想去孤儿院领养一个女孩，我现在有能力把她养大，让她读最好的学校。将来有份好工作。让她嫁自己最想嫁的男人。姐你千万别离开姐夫，你会后悔的，多好的一个人，你为什么？

我今天讲的是真话。至于你跟解放的事，怎么做，是你们的事。我真后悔，现在才做出这样的决定。迟了，太迟了。

招弟突然眼泪汪汪，姐，你不知道，我恨我亲妈，既然不要我，为啥要生下我？如果我能见到她，我一定要问问她，为什么？

如果你爸爸，站在你面前，你会不会也像现在，恨你妈那样，恨他？

不知道。姐，说实话，其实最初我喜欢解放，就是因为觉得，他像个父亲一样宠我，疼我。

那一刻我突然怀念起当初的招弟。我犹豫，要不要去证实自己的猜想，去揭穿那个谜底？

23　请以一吻赐永生

我走进省城最有名的咖啡馆。卡座上的洪流老师正低头翻手机。他似乎变了一个人，显得那么苍老，那么沮丧。显然，他仍然没有从丧失亲人的哀痛中走出来。我轻轻坐在他对面，老师，我来晚了，这地方还真像您说的得费劲找。

他翻着手机，说，看，我就是读着你的短信，让生活恢复到原来的秩序。

他念道：汉字开茶话会，"能"对"熊"说，穷成这样了？四个熊掌全卖了。"兵"对"丘"说，踩地雷了吧？两条腿咋都没了。"王"对"皇"说，当皇帝有什么好，头发都白了。"口"对"回"说，亲爱的，怀孕这么久也不说一声。"果"对"裸"说，哥们，你穿上衣服还不如不穿。"比"对"北"说，夫妻何必闹离婚呢？"巾"对"币"说，戴上博士帽就身价百倍了。"臣"对"巨"说，一样的面积，但我是三室两厅啊！哈哈哈，你从哪儿得来的这些？有意思，太有意思了！这民间智慧，你不佩服都不行。

我也不知道谁是原创。只要好大家就互相转发，博得一笑。这是当今时尚。看到老师终于露出笑容，我感到一丝安慰。其实当初选择那些短信时，还在怀疑，他是否会喜欢这时尚的幽默。

笑过后，却是沉默。我发现，老师眉宇间的忧郁难以挥去。这忧郁，让我的心一阵抽动，那个熟悉的隐痛又开始作祟。他的余生，该怎么过？我该怎样才能使他重新恢复到原来的洪流，那个乐天派画家？

他打开随身带的小画夹，取出一幅速写。说，你看，你那时多么单纯，像一杯清水……

我不敢相信自己的眼睛，双手捧着，一遍遍地看，一遍遍地问，这是我吗？真的是我吗？右下角"洪流"两个字和1965年12月5日的草书签字，证实了这一切。

那个午后，那小房间，那椅子，那个暗恋老师的我，瞬间里回到眼前。往事如潮水，汹涌而来，裹挟着我，使我不能自已。

泪水潸潸而下，模糊了视线。我不知道，是在留恋自己的如花年华，还是这幅以我做模特的速写本身？我看到自己，在四十年前的一个午后，目光清澈、专注、单纯，确实如一杯清水。

他送我一份复印件，把原件又小心翼翼放回画夹。四十年，我不知道他是如何保存着这幅速写。这幅不同于其他作品的与我有关的作品？也许在他眼里，这只是一幅普通的速写，完成于某一个下午的一次偶然中。可于我意义非凡。那个下午，定格在我一生中，无时无刻不在。这一点，他可清楚？

你，我，我们，都得感谢李淑平。我进监狱后，就是她，从那些人手里要回这幅作品。她说，这是我丈夫的作品。美术作品。她在临终前才交给我，我一直以为早就找不到了。

我又一次惊讶，震撼。李淑平，这个普通而又不凡的女人。她活的是那么糊涂，又那么明白；那么愚钝，又那么智慧。她一句话就总结了这一切：这是我丈夫的作品。美术作品。

渐渐平静下来，我望着他说，谢谢老师，把我四十年前的那个下午，保存了这么久。我也有东西要送你。

老师瞪大眼睛，看看我那小皮包，仿佛我会变戏法般，取出一件礼物。

老师您忘了？您曾经托付我一件事，现在快有结果了。

你是说，春儿？他忽地站起来，瞪着我。满脸通红，仿佛一刹那间，血液全涌到脸上。我害怕了，想起脑溢血之类的急病。

您千万别激动，快坐下，坐下。老师，我尽量放慢速度，放平口气。还没有最后结果，但我很快就会去证实。您保证，在听到她的消息后，不要激动。或者，当她站在您面前时，您能冷静对待。

我保证。你快说，她过得好吗，幸福吗？她应该三十六岁了，孩子恐怕都读初中了。应该是两个孩子吧？男孩还是女孩？哈，他们要喊我姥爷！她丈夫怎么样，做什么工作的？他们现在住哪里？快说。

老师忘了，他根本没给我喘息的机会，我怎么说？我不知道，先回答他哪一个问题。

老师您听我说，如果她过得不幸福，我只是说如果，您会怎么样？假如她，或者说，她不愿意认您，您怎么办？我终于把这句话艰难地说出来。其实，我一直想不到怎样让他接受这句话，接受这个事实。所以才拖到今天，不去做最后的证实。假如，假如……春儿不愿意认他这个父亲，那么我为什么要让在他丧妻之痛后再遭受一次打击？

你快回去，我马上给你买车票。不，我要跟你一起回去。你等我一天，不，一个小时，我去拿行李。我们马上走，我一刻也不想等。对，我回答你刚才的问题，如果她过得不幸福，那么我会倾其全力帮她，让她过得幸福。假如……假如她不愿意认我，我……我就远远看她一眼，只看她，行吗？老师说这句话时，脸上又是一副可怜巴巴的样子，让我的心又是一抽。

那一刻我突然有点后悔。全力，是什么？金钱，还是亲情？这些都可以使一个人获得幸福吗？时间和岁月销蚀掉的一切，能补回来吗？

解放在那份离婚协议上签下自己的名字。他兑现了多少年前对我的承诺。

虽然晚了点，但是毕竟圆了你的少女梦。去找你追求了一生的幸福吧，没有阻拦你的任何障碍了。解放说，言语里除了真诚，还有几分辛酸。

谢谢你。这一辈子，只有你理解我。可我，对不起你。我说，由衷地。却始终不敢去看，他的眼睛。

只要你幸福，要我做什么，我都愿意。

我知道，你一直在委屈自己。

你不懂，委屈对我，其实也是一种幸福。

招弟还没嫁人。我知道，她一直在等你。你不能对自己当初的行为不负责任。你能使她幸福。只有你，解放，才能珍惜她，疼爱她。我是真诚的。这么多年,我们都太自私了。我想告诉你解放,第二次婚姻,断送了她的生育能力。你们不可能再有孩子。可是,我知道,她对大风和小雨,不会差过我这个做母亲的。你放心。解放,我们同是女人,我承诺过她,要给她找个好丈夫,我不能食言。

你永远也改不了主宰别人的脾气。你永远这么自我。你考虑过我的感受吗?我是你的私人物品,可以拱手相送?梅子,我是喜欢过她,爱过她,可我更爱你。你不觉得吗?我爱你,才能容忍你的一切,包括坏脾气和所有缺点。我爱你,我们才能维持到今天。可是,我不明白,我们为什么会南辕北辙?我要怎样做,才能使你回到从前?我知道,你不再爱我,或者说,我从来就不是你的最爱。可是,亲情呢?你和我几十年,我们的亲情,难道是一张离婚证可以了断的吗?

我默然。泪水潸潸。解放,原谅我,我不能背负着十字架过一生。

这就是我,唯一的理由。

24　去庄园

车子在急驶。

坐在老师身边,看着他把车子开得飞快,听着他滔滔不绝的声音,想着他要带我去的地方——我的母校——如今的"辛亥革命闻人故居",那种心情难以言表。那些建筑,那些廊柱,那珍藏着我的初恋的排练厅以及那间小屋,将会给我怎样的感受?那座藏书楼,使老师蒙受耻辱的,见证他能否坦然面对?

但我愿意与他共同面对,无论是痛苦还是快乐。他说过,时间是最好的疗伤药,一切都会在岁月的风尘中烟消云散。唯一不变的是自己的心。

这是一条熟悉得不能再熟悉的柏油路,出县城往东,一直往东。路边的白毛杨一掠而过,农用蹦蹦车不断从对面开来,使视线有片刻的中断。

我的车技不错吧?李淑平走后这几个月,我就干了这一件事,学开车。你对春儿说,她的爸爸,要把这车子当见面礼,送给她。你说,她会接受吗?老师扭头问我,一脸的喜悦,丧妻的悲痛消失得无踪无影。我心里掠过一丝不明的隐痛。

这就是，男人的理智？他此刻心里，只有春儿，他对我，仍然视而不见。

或者说，仍然一如既往。那么，我这样做，为了什么？如果说，过去有李淑平，但是以后，有了春儿，我该怎么办？我一次次问自己。

明天，我简直等不到明天。春儿，对，她现在叫招弟。你肯定她，愿意认我？

应该吧。她现在很自立，有自己的铺子，恐怕不缺钱。只是……

只是什么？他又扭过头，瞪着我。

她，没有孩子。

为什么？为什么没有？

她离过两次婚，在一次流产中，失去了生育能力。我狠狠心终于说出口。

是因为我的缘故吗？

不能这么说。我认为，是命运。

不，是我，我们，我和她母亲。老师突然看着我，那眼里有着太多的内容。

车子似乎在飞，车轮摩擦路面的声音撞击着耳膜。老师没有来得及把他想说的那句话，不，是我等待了四十年的那个"爱"字说出口。我深信。

他真狠心啊。他就那样，把那个字，带到了另一个世界。

那辆卡车，从拐弯处闯出，老师迅速如一座山横挡在我前面。切断了阴阳两界。

尾声

假若时光倒流，我会用毕生精力，去救赎自己的灵魂。去对所有我伤害过的人，说对不起。

——摘自《宋梅影日记》

小院里，那株杏树，正孕育着一树花蕾，等待春风拂过。树干沉静而含蓄，仿佛伫立了很多年。

一辆轮椅从屋里出来，顺着台阶上的木板缓缓驶下。坐在椅上的女人，白发染鬓，戴墨镜的脸微微仰起，感受着阳光的抚慰。腿上的绿色毛毯一角耷拉在地,双肘支在轮椅扶手上,苍白的十指扣在毛毯中间轻轻颤抖。

一个年轻女孩拿着一盒香烛,从月洞门跑进。白色套头衫,牛仔裙,光腿蹬双黑色短靴。一身勃勃朝气使早春的寒意顿减几分。

爸爸还没有消息吗?女人头也不抬地问。

是。不过,哥哥说,他一定会回来的,你别担心。说着,女孩轻轻拈去落在母亲肩头的一丝白发。妈,张阿姨的电子邮件来了,她问你,书名到底用哪一个?女孩的声音,让人想到"大珠小珠落玉盘"这样的诗句。

妈,今天是洪流伯伯的百天忌日,我把香烛也买回来了。

也是另一个男人三周年忌日。女人在心里说。

院子里很静,静得仿佛没有一丝声音。但细细去捕捉,仍然能听到风儿掠过杏树枝间,细微的、体贴的、温暖的又似乎不存在的悄悄低语。

女孩看到,母亲从毛毯下取出那幅铅笔速写,把它举在墨镜前,对着阳光照。

久久。

此一生一只一为一你。告诉张阿姨,就用这个书名。女人艰难地吐出几个字。然后,把轮椅转向,停在那株杏树下。

女孩的眼睛蒙上一层水雾。她看到,母亲坐在树下,阳光透过那些花蕾把斑驳的光影洒在她面庞、脖颈,乃至全身。她抬起手指,轻轻抚着,那幅速写的右下角,一遍又一遍。

有歌声飘起。

是周杰伦。不,是方文山。是他们俩。

　　天青色等烟雨　而我在等你
　　月色被打捞起　晕开了结局
　　如传世的青花瓷自顾自美丽
　　你眼带笑意
　　……

母亲脖子上的MP3，像一枚琥珀，烁烁。

那是她送给母亲的生日礼物。

2008年9月28日于舜帝陵

2009年2月3日于五老庐

"三晋百部长篇小说文库"书目

经典作品：

- 李家庄的变迁·三里湾　　　　　　　　　　赵树理
- 太行风云　　　　　　　　　　　　　　　　刘　江
- 汾水长流　　　　　　　　　　　　　　　　胡　正
- 草岚风雨　　　　　　　　　　　　　　　　冈　夫
- 新星　　　　　　　　　　　　　　　　　　柯云路
- 游戏　　　　　　　　　　　　　　　　　　成　一
- 黑雪　　　　　　　　　　　　　　　　　　哲　夫
- 世界正年轻　　　　　　　　　　　　　　　高　岸
- 玉龙村记事　　　　　　　　　　　　　　　马　烽
- 草青　　　　　　　　　　　　　　　　　　吕　新

- 吕梁英雄传　　　　　　　　　　　马　烽　西　戎
- 跋涉者　　　　　　　　　　　　　　　　　焦祖尧
- 神主牌楼　　　　　　　　　　　　　　　　张石山
- 咸阳宫（上、下卷）　　　　　　　　　　　林　鹏
- 生死门　　　　　　　　　　　　　　　　　晋原平
- 送葬　　　　　　　　　　　　　　　　　　王西兰
- 白银谷（上、中、下卷）　　　　　　　　　成　一
- 北腔　　　　　　　　　　　　　　　　　　毛守仁
- 巅峰对决　　　　　　　　　　　　钟道新　钟小骏
- 母系氏家　　　　　　　　　　　　　　　　李骏虎

原创作品：